FARFALLE

Della stessa autrice
nel catalogo Marsilio

Studio Sex
Fondazione Paradiso
I dodici sospetti
Delitto a Stoccolma
Il Lupo Rosso
Il testamento di Nobel
Finché morte non ci separi
Freddo Sud
Linea di confine
Happy Nation
Ferro e sangue

Perla nera

Perfette sconosciute

Liza Marklund

La donna della palude

traduzione dallo svedese di Laura Cangemi

Marsilio

La citazione da *Snön faller* è riportata con l'autorizzazione di Ulf Lundell.

Titolo originale: *Kallmyren*

Published by agreement with Salomonsson Agency

Prima edizione: ottobre 2024
ISBN 978-88-297-1398-1
www.marsilioeditori.it

LA DONNA DELLA PALUDE

Notte tra il 14 e il 15 agosto 1990

Fu il ronzio a indicare la strada alla squadra dei soccorritori, il ronzio sordo prodotto da migliaia di insetti succhiasangue. La zanzariera che copriva il porte-enfant in cui era sistemata la piccola era volata via, la coperta si era scostata e il piedino destro aveva perso la calza. Zanzare, tafani, moscerini avevano colto la golosa possibilità offerta dalla bambina ed erano subito partiti all'attacco. Il visino era gonfio al limite dell'irriconoscibile, rosso-violaceo e punteggiato di ferite, gli occhi chiusi a causa dell'edema. Le manine e il piede nudo sembravano palloncini. Le formiche le strisciavano dentro e fuori dalla bocca.

Aveva smesso di strillare da un pezzo.

L'unica ipotesi logica era che fosse morta, ma quando Pettersson dell'unità cinofila la prese in braccio, la bambina emise un debole gemito.

Un miracolo, ecco cos'era.

Un'ambulanza la portò con i lampeggianti accesi all'ospedale di Stenträsk. Dopo una rapida visita del medico del pronto soccorso di turno, la situazione si calmò: la piccola era disidratata e in stato di ipotermia, ma non in pericolo di vita. La ripulirono dagli insetti, la avvolsero nelle coperte per alzare la temperatura, le somministrarono una piccola dose di cortisone per le punture e il prurito, le fecero una flebo e le diedero un biberon per rimediare alla disidratazione.

Non si ritenne probabile il rischio di lesioni permanenti, o almeno questa fu la valutazione del momento. Le punture degli insetti avrebbero potuto lasciarle qualche cicatrice, ma all'inizio degli anni Novanta, e forse ancora oggi, era opinione comune che i bambini di quattro mesi non ricordassero traumi di quel genere.

Era una notte di luna, con stelle lucenti e veli di foschia sulla torbiera. Le ombre erano cupe e azzurrine.

Verso le tre del mattino arrivarono i primi accenni di un'aurora opaca. Sarebbe passata un'altra oretta prima che il sole spuntasse oltre l'orizzonte, ma il debole chiarore cancellò i contrasti, facilitando le ricerche della madre della bambina, la ventisettenne Helena Stormberg. Dopo il ritrovamento della piccola ci si concentrò sulla parte nord-occidentale della torbiera.

La bambina era in un porte-enfant verde chiaro marca BabyBjörn, una sorta di culla portatile fatta di tessuto imbottito e munita di manici, abbastanza comune all'inizio degli anni Novanta. Accanto c'era una cesta di vimini piena a metà di more artiche.

Il cane poliziotto Charlie, uno dei più abili del distretto, fiutò abbastanza rapidamente una pista: partendo dalla cesta, le tracce della donna formavano cerchi e archi intorno a zolle e cespugli. Chiaramente aveva vagato per un pezzo raccogliendo le bacche lì intorno. Alla fine il cane individuò altre impronte, diverse, che portavano dritte verso il centro della torbiera. Il conduttore, un ispettore di polizia di Pitholm che si chiamava appunto Pettersson, ebbe grosse difficoltà a seguirlo e rischiò di sprofondare quattro o cinque volte prima che Charlie si fermasse all'estremità di un dosso di sfagni. Lì, a qualche centinaio di metri dalla cesta di more artiche e dalla neonata, si perdevano le tracce.

Sulla superficie liscia come l'olio della palude si vedevano solo alcuni insetti pattinatori. A parte quelli, non c'era ombra di esseri viventi, umani o animali che fossero. Le sagome dei pini contorti stagliate contro il cielo notturno si riflettevano nell'acqua grigiastra, immobile e compatta.

Helena Stormberg era stata letteralmente inghiottita dalla terra.

I soccorritori ne presero atto nello stesso istante in cui il sole scavalcò le cime montuose a nord-est. Tutti i membri della squadra erano ben consapevoli del folclore che circondava quei terreni e che narrava delle persone sprofondate nella torbiera senza fondo, del modo in cui aleggiavano nella notte come veli di foschia, ululando lunghi lamenti fra le spaccature della roccia e le alte cime dei pini. Furono questi pensieri ad attraversare la mente degli uomini della battuta di ricerca. Per qualche istante sul mondo intorno a loro calò il silenzio, come se uccelli, vento e rane palustri avessero trattenuto simultaneamente il respiro.

Poi il mondo si tinse di un giallo intenso e si scatenò la sinfonia: la tempesta nacque dal nulla, con il fruscio frastornante dei pioppi, il sibilo del gas di palude, i luì che intonavano il loro omaggio alla luce del mattino.

Le ricerche continuarono frenetiche in cerchi sempre più ampi, e alle sette e mezza del 15 agosto venne trovata la giacca a vento blu di Helena gettata su un cespuglio di ginepro ai margini della torbiera, a quasi un chilometro dal porte-enfant e dalla cesta di more artiche. Era umida e nella tasca destra c'erano le chiavi della macchina e di casa, in quella interna il portafogli con soldi, patente, bancomat e cercapersone.

Le immersioni sul posto si svolsero in condizioni difficili e con grossi rischi per i sommozzatori. Non diedero nessun risultato.

Il corpo di Helena Stormberg non venne mai ritrovato. Di lei non si seppe più nulla.

Fu così che finì per riposare da qualche parte a Kallmyren, cullata da sfagni, funghi, alghe e tecamebe.

Pare che a volte il suo canto si levasse sulle terre acquitrinose, soprattutto nelle nebbiose notti di fine estate come quella in cui era scomparsa.

Ninnenanne, si diceva. Trasparenti, in scala minore.

PARTE I

WIKING

Venerdì 21 agosto 2020

Trent'anni dopo

La sala d'aspetto al secondo piano dell'ospedale di Stenträsk aveva le pareti rosa. Nella parte superiore erano sospese delle nuvolette azzurre. In qualche punto la vernice era colata e, con un pizzico di buona volontà, si poteva pensare che le nuvole piangessero.

Wiking Stormberg si sentiva a disagio, in divisa. Essendo periodo di ferie, oltre che di Covid, doveva essere pronto a svolgere servizio sul campo, e in caso di emergenza non avrebbe avuto tempo di tornare a casa a cambiarsi.

Era questo genere di pensieri a occupargli la mente quella mattina, l'ultima prima che tutto cambiasse. Si sarebbe fermato da Holmdahl a prendere un panino con le polpettine mentre andava al lavoro, e avrebbe chiesto a Carina Burstrand di rifornire il distributore automatico delle bibite. La solita vita, da trent'anni a quella parte.

Il dottor Chang lo fece entrare poco dopo l'ora fissata per l'appuntamento. Altro colore pastello sulle pareti, giallo chiaro, vista sul parcheggio. La foschia incombeva umida e grigia sull'asfalto e sulle colonnine con l'attacco per i riscaldatori del blocco motore.

«L'esito della biopsia è arrivato ieri pomeriggio» esordì il medico. «Non ho buone notizie.»

Wiking rimase immobile con le braccia conserte. Gli ospedali non gli piacevano, ma il dottor Chang era un brav'uomo e un ottimo professionista, almeno secondo l'opinione comune. Non era un medico a gettone e lavorava a Stenträsk da anni.

«Nel sistema linfatico sono presenti delle cellule tumorali. Ancora non sappiamo cosa significa. A volte è il linfonodo stesso a essere malato, ma di solito c'è un tumore primario da qualche altra parte, quasi sempre nei pressi...»

Wiking lo fissò allibito. Il dottor Chang era originario di Taiwan e anche il fratello era medico. Dovevano essere arrivati in Svezia da bambini. Il suo svedese era perfetto.

«Di cosa sta parlando?» disse Wiking. «Era un esame per una tonsillite.»

«La tonsillite non c'entra con il cancro. Quelle che abbiamo trovato nella biopsia sono cellule di un carcinoma squamocellulare, la forma tumorale più comune in ambito otorinolaringoiatrico. Ci vorranno ulteriori approfondimenti per...»

«Aspetti un attimo» lo interruppe Wiking. «Io non sto male. Ho una lisca in gola e mi sento un po' affaticato...»

Il medico lo guardò in silenzio e lui frugò la stanza con gli occhi in cerca di qualcosa a cui aggrapparsi. Si aspettava un responso tranquillizzante e il conseguente senso di calma, il sospiro all'idea di doversi sottoporre a una lastra o a un altro esame del sangue, il leggero senso di vergogna per aver attinto senza motivo alle risorse del sistema sanitario. Invece, niente di tutto questo. Quella che provava era la sensazione di essere stato gettato nella parte della piscina dove non si tocca, senza saper nuotare.

«Carcinoma squamocellulare?» chiese.

«Si trova nella regione» rispose il medico. «Tonsille, ghiandole salivari o corde vocali.»

Wiking spinse indietro la poltroncina, quasi volesse creare una distanza tra sé e le parole pronunciate dal medico.

Profondo scetticismo.

Si era sottoposto all'esame perché Josefin aveva insistito: poteva avere una tonsillite o una forma di long Covid e magari servivano un antibiotico o qualche integratore.

«Può avere a che fare con il coronavirus?»

Il dottore lo guardò, calmo e pacato.

«Il coronavirus non provoca il cancro, almeno a quanto ne sappiamo al momento. Questo è un processo probabilmente iniziato da parecchio, forse da anni. Ma il carcinoma squamocellulare è curabile e si evolve lentamente. In ogni caso, dobbiamo iniziare con gli esami nel più breve tempo possibile.»

Wiking spostò lo sguardo sul parcheggio. Una volta aveva fatto sesso, là sotto, nella vecchia Golf di sua madre.

«Ha detto che si trova nella regione. Cosa significa?»

«Questo non è il tumore primario, che è quello che dobbiamo individuare. È necessario operarla al più presto per asportare le tonsille e verificare se è lì. Ho prenotato l'intervento a Sunderbyn per il 31 agosto.»

Dio santo, non aveva tempo per queste cose.

«L'intervento? Tra dieci giorni?»

«Faremo anche una serie di biopsie. Oltre a cercare di localizzare il tumore primario controlleremo se il cancro si è diffuso, passando al lato destro, e se ha altre metastasi. Dovrà mettersi in malattia.»

Sì, era una conseguenza logica. Annuì.

«Per quanto tempo?»

«Dipende da cosa troviamo. Un anno, direi.»

Wiking fissò il medico.

«Un *anno*?»

«Esistono protocolli su come procedere» rispose il dottor Chang. «All'ospedale di Sunderbyn le faranno una serie di esami e poi il suo caso verrà discusso all'interno del gruppo multidisciplinare a Umeå. L'esito varierà a seconda dei risultati delle analisi.»

Protocolli. Discussioni all'interno del gruppo multidisciplinare. Non era certo il primo a essere colpito da un tumore, a esserne informato in quell'ufficio. Magari non era nemmeno il primo di quel giorno. Eppure aveva proprio quella sensazione: di essere l'unico, l'unico a subire quel destino.

Lui non era uno a cui veniva il cancro.

«Quindi, quali strade si possono percorrere?» chiese riuscendo a mantenersi composto. «Che strumenti avete a disposizione?»

«Si parla di radioterapia, chemioterapia e chirurgia.»

Un senso di vertigine. Stava succedendo davvero. Parlavano di radiazioni, come per un vero paziente oncologico.

«Ma quanto è grave la situazione? Morirò di questa cosa, insomma?»

Lo disse per scherzo, per dare al medico la possibilità di liquidare quelle parole dure e lasciarlo andare con una risata e una pacca sulla spalla.

Invece il dottor Chang non accennò nemmeno un sorriso.

«Spero davvero di no» rispose.

Wiking tornò alla stazione di polizia completamente stranito. Dimenticò sia il panino che le bibite, oltrepassò il banco informazioni e la saletta del personale senza salutare nessuno e si chiuse alle spalle la porta dell'ufficio.

Non avrebbe googlato niente. Non che fosse minimamente ipocondriaco, ma sapeva che non si doveva googlare.

Aveva appena aperto il motore di ricerca sul computer e inserito la stringa CARCINOMA SQUAMOCELLULARE quando Carina Burstrand irruppe nella stanza senza bussare, come al solito. Wiking chiuse la finestra del browser.

«Furto con scasso» annunciò Carina. Poi gli appoggiò un foglietto sulla scrivania e rimase dov'era. Vedendo che lui non accennava a prenderlo, ci mise sopra una mano. Con enfasi.

«A casa di Johan Björkman su a Pålberget» precisò.

Lui alzò gli occhi. Santo cielo. Björkman era un cacciatore e faceva anche parte della guardia nazionale.

«Le armi?»

«Tutte quante» rispose lei, e uscì.

Wiking si alzò e attraversò il corridoio per entrare nell'ufficio del collega Roland Larsson. Era urgente comunicare che sarebbe andato in malattia. I colleghi e i suoi superiori alla sede provinciale di Luleå dovevano trovare un sostituto, un altro capo della polizia locale. Un *anno*, però? Assurdo.

Quando entrò, Roland Larsson alzò gli occhi.

«Prendi tutto quello che serve» disse Wiking. «Abbiamo un arsenale in fuga.»

Roland Larsson rivestiva la funzione di investigatore distrettuale e normalmente era lui a fare il sopralluogo sulla scena del crimine per i casi che si verificavano a Stenträsk, come furti con scasso, lesioni personali, danneggiamenti. Veniva gestito quasi tutto a livello locale, tranne omicidi e reati terroristici, che richiedevano l'assistenza di Luleå.

Il collega cominciò subito a sistemare l'attrezzatura nel borsone.

Presero due auto diverse. Wiking, davanti, superò Gransel e proseguì verso Pålberget, un borgo costituito in realtà da alcune case rurali lungo la provinciale verso Kåtaforsen. Johan Björkman, l'uomo che aveva subito il furto, era amico di Markus dai tempi del liceo e come lui lavorava alla base di sperimentazione. Aveva rilevato la casa dai genitori quando si erano stancati di spalare la neve. A quanto si diceva, ora abitavano in un appartamento alle porte di Boden in cui non si trovavano bene, ma Wiking non sapeva se fosse vero.

In ogni caso, il nuovo proprietario li aspettava sullo spiazzo davanti a casa, l'espressione confusa. Alle sue spalle, la porta d'ingresso era spalancata e sul portichetto tre valigie si contendevano lo spazio con un cane.

«Sono entrato senza scarpe» disse accennando con la testa alla casa e salutandoli con il gomito. Wiking gli porse il suo, anche se era un gesto che considerava infinitamente ridicolo, pandemia o non pandemia.

«È sparito l'armadio portafucili» continuò Johan Björkman.

Insieme a Roland Larsson, Wiking fece un rapido giro della casa e constatò che non era stato toccato quasi niente, a parte il ripostiglio che fungeva anche da guardaroba. I vestiti appesi erano stati gettati sul letto e il piccolo locale era completamente vuoto, se non si contavano una stampella con delle cravatte e la polvere nel punto in cui prima c'era l'armadio blindato. Dato che pesava più di centocinquanta chili, non c'era stato bisogno di fissarlo al pavimento.

Si sedettero in cucina e Wiking aprì il blocco per gli appunti. Johan Björkman era scosso, pallido e sudato. Era stato in vacanza tutta la settimana con la sua nuova ragazza giù all'hotel del parco acquatico Pite Havsbad, lasciando il cane alla vicina. Quella mattina, rientrando, aveva trovato la porta forzata e si era accorto che le armi erano sparite. Non aveva chiesto a nessuno di andare a innaffiare le piante o sorvegliare la casa, dato che si trattava di una settimana soltanto. Il furto doveva dunque essere avvenuto tra venerdì 14 e venerdì 21 agosto.

Johan Björkman andò a prendere un raccoglitore con i documenti relativi alla refurtiva, comprese licenze e assicurazioni, e i timori di Wiking vennero confermati: forse non era proprio un arsenale, ma quasi.

Un AK-4, una scatola di munizioni contenente ottocento proiettili da 7,62 mm, di cui ottanta traccianti. Una Glock 17 semiautomatica. Queste erano le armi della guardia nazionale. Inoltre erano spariti un grosso fucile da caccia Sako 85 appena acquistato, una carabina più piccola per la caccia al capriolo, un Sako Vixen 222 e un vecchio Husqvarna a canna liscia calibro 20 con cani esterni.

Visto che minacciava pioggia, Roland Larsson si mise alla ricerca di tracce sulla strada d'accesso, sullo spiazzo e all'interno della casa. Le precipitazioni e il vento forte dei giorni precedenti avevano portato via quasi tutto.

«Chi è al corrente del fatto che possiedi queste armi?» chiese Wiking, anche se conosceva già la risposta.

«Tutti» disse Björkman.

Wilking annuì. Björkman era capoplotone nella guardia nazionale e presidente della squadra di caccia di Stenträsk. Lo sapevano "tutti".

«Ultimamente hai parlato delle tue armi con qualcuno?»

«In primavera ho comprato il fucile da caccia ad Arjeplog. Markus ed Emil l'hanno provato, ma per il resto non ne ho parlato con nessuno, no...»

Oltre a essere suoi colleghi alla base di sperimentazione, Markus ed Emil facevano parte della squadra di caccia.

«Hai visto in giro persone o veicoli sconosciuti, in questo periodo?»

«No.»

Wiking gli si piazzò davanti a gambe divaricate.

«Johan, c'era qualcos'altro nell'armadio, oltre alle armi?» domandò. «Qualcosa di cui sarebbe bene fossimo al corrente?»

L'altro lo guardò perplesso.

«Cosa vuoi dire?»

«Voglio sapere se avevi messo lì dentro qualcos'altro. Qualcosa a cui tenevi o che comunque non doveva andare perso.»

«Cosa, per esempio?»

Wiking lo scrutò per alcuni lunghi secondi, ma vedendo che non batteva ciglio lasciò Roland Larsson al suo metodico sopralluogo e prese la macchina per bussare alle porte delle abitazioni più vicine, nessuna delle quali si trovava in una posizione tale da permettere a chi ci viveva di tenere sott'occhio quella di Björkman. Due coppie anziane erano in casa, e anche la donna che si occupava di artigianato tessile e aveva comprato la vecchia sede della missione. Nessuno aveva visto niente, ma tutti rimasero turbati dalle sue domande. Sicuramente nel borgo sarebbero stati installati dei sistemi d'allarme, nell'immediato futuro.

Mentre Wiking tornava verso la stazione di polizia, riprese a piovere. Anche se non aveva in programma di farlo, quando arrivò all'altezza della svolta verso Kallmyren girò a destra e seguì le strette strade forestali fino allo spiazzo nell'angolo nord-occidentale, parcheggiando nello stesso punto in cui Helena aveva lasciato la macchina quel giorno. Trent'anni e sette giorni prima. Spense il motore e rimase immobile. La pioggia sferzava insistente il tettuccio e i finestrini cominciavano ad appannarsi.

Era stato lì anche il giorno dell'anniversario, nonostante si fosse ripromesso di non farlo. Un paio di anni prima l'aveva accompagnato Mats Vikander, un suo compagno di accademia, e lui gli aveva garantito che sarebbe stata l'ultima volta.

Aveva passato decisamente troppo tempo in quel posto.

In realtà Kallmyren non aveva niente di speciale. Era una torbiera intermedia che dava un'impressione di grande disordine, con innumerevoli dossi di sfagni che correvano in direzioni diverse senza apparente simmetria. Grande, ma non una delle più grandi del paese. Un'eredità dell'era glaciale, come tutte le altre della Scandinavia, costituitasi per impaludamento. A causa della scarsità di elementi nutritivi, la vegetazione era rada, ma c'erano scopa macchiaiola e rosmarino selvatico, more artiche ed empetro nero, erica palustre ed erioforo, oltre a betulle nane, pini contorti, giuncastrello e mirtillo palustre.

E le torbiere potevano essere senza fondo, o quasi. C'erano molte testimonianze, in proposito. Sia esseri umani che oggetti sparivano e non venivano mai più ritrovati.

Un esempio era il caccia fagocitato negli anni Settanta dalla torbiera nei pressi di Nässjö, nello Småland. Wiking ci era stato insieme a Mats. Il posto era ancora desolatissimo, uno specchio di melma liscia e deserta dove non cresceva niente. Né l'aereo, un Draken J35, né il giovane pilota erano stati recuperati. Riposavano nella palude, come Helena.

Le torbiere erano diventate un'ossessione, per lui. Leggeva libri, articoli e saggi sulla loro origine, composizione ed evoluzione, e passava tanto di quel tempo su a Kallmyren che alla fine mamma Karin e Mats si erano alleati e gli avevano fatto un discorso serio. A forza di starsene seduto al margine della torbiera con lo sguardo perso nel nulla stava trascurando sia i figli che il lavoro.

Quella era la tomba di Helena. Gli era stata offerta la possibilità di mettere una targa nel giardino delle rimembranze, al cimitero, ma aveva declinato. Era lì che riposava.

Si sarebbero rivisti, se fosse morto di quel cancro?

Che pensiero stupido.

Aprì la portiera per scendere e, nello stesso istante, sopra di lui un jet infranse il muro del suono, producendo un rumore simile a quello di un'esplosione. In seguito allo sbalzo di pressione, l'umidità nell'aria gli si rovesciò addosso come una secchiata e Wiking si affrettò a tirare dentro la testa e chiudere la portiera, con l'acqua che gli scorreva sul viso e il cuore che batteva all'impazzata. Un messaggio chiaro: era meglio che si tenesse alla larga da quel posto. Strizzò gli occhi verso il cielo senza però riuscire a vedere l'aereo, già scomparso in mezzo alle nuvole gonfie di pioggia. Quella settimana la base di sperimentazione era prenotata dai norvegesi, e probabilmente sarebbero rimasti anche la successiva. In realtà ufficialmente non si sapeva quanto si sarebbero fermati, ma la pensione in centro era al completo fino al 28 del mese.

Guardò l'orologio. Era invitato a cena da Markus e Josefin per le sei. Meglio mettersi all'opera, se voleva completare in tempo i rapporti e gli avvisi di ricerca.

Accese di nuovo il motore, mise la retro e scese verso la strada principale con gli aghi di pino che crepitavano sotto le gomme.

L'ultima cosa che vide nello specchietto retrovisore fu il vecchio cartello di sbarramento dimenticato dagli anni Settanta:

AREA INTERDETTA
Vietato l'accesso agli stranieri
RESTRICTED AREA
Entry prohibited for aliens
SPERRGEBIET
Zutritt für Ausländer verboten
ZONE PROHIBÉE
Accès interdit aux étrangers
SUOJA-ALUE
Pääsy ulkomaalaisilta kielletty
САНКТУАРЬ
Доступ запрещен для иностранцев

Granselsvägen correva lungo il confine della zona militare, che però non aveva delimitazioni fisiche. Sarebbe stata un'impresa impossibile, equivalente a recintare l'intero stato del Rhode Island. Quella sopra Stenträsk era l'area più grande d'Europa per la sperimentazione di armi di distruzione di massa, una base militare di altissimo livello tecnologico. Il nucleo centrale consisteva di un aeroporto militare, con una serie di edifici per le attività amministrative e di analisi. Ufficialmente si chiamava Missile Test Range Stenträsk, che sembrava il titolo di un film d'azione americano. Per Wiking aveva sempre rappresentato una specie di colonna sonora, un basso rumore di fondo che accompagnava la sua vita fin dagli inizi.

Era stata inaugurata nel 1957 come aeroporto bellico segreto e area di sperimentazione per i test atomici simulati eseguiti negli anni Cinquanta sul bassopiano della regione del Norrbotten. I pochi abitanti erano stati evacuati in via definitiva. Wiking era andato diverse volte nel piccolo borgo abbandonato, Nausta, rimasto nel cuore dell'area di sperimentazione come un'eco dimenticata: una casa di legno, una canna fumaria, il fienile di una stalla usata nel periodo invernale. Tre comunità sami sfruttavano i pascoli per le renne e venivano avvertite per tempo dell'esecuzione dei test. La comunicazione sembrava funzionare senza intoppi.

Un paio di aerei supersonici passarono sopra l'auto e Wiking li vide abbassarsi oltre le cime degli alberi per atterrare. L'aeroporto della base aveva una pista regolamentare, lunga poco più di duemiladuecento metri e larga trentacinque, il che in pratica significava che un jumbo jet poteva tranquillamente decollare e atterrare. C'era anche una seconda pista più corta, di ottocento metri.

La base veniva utilizzata per ogni genere di esercitazioni, compresi i voli notturni, e lanci di prova che coinvolgevano cannoni automatici, missili, testate a grappolo, robot militari, a volte in collaborazione con unità della contraerea. C'erano le risorse necessarie per misurazioni, verifiche e analisi di tutto il possibile, dalle nuove armi alla guerra elettronica. Spesso venivano valutati il rendimento delle bombe e gli effetti su infrastrutture realizzate allo scopo. C'era qualsiasi cosa servisse. Per esempio, venivano costruiti strade e ponti sul nulla con l'unico obiettivo di farli saltare in aria.

All'inizio la base veniva utilizzata solo dalla Difesa svedese, ma alla fine degli anni Settanta l'avevano aperta alle potenze straniere. Ogni utilizzo richiedeva però, ai sensi del paragrafo 10 del Regolamento d'accesso, un'autorizzazione rilasciata dal governo. Negli anni, una lunga serie di paesi aveva sfruttato le opportunità offerte dalla base: Stati Uniti, Germania, Francia, Giappone, Svizzera, Paesi Bassi e Turchia, per nominarne solo alcuni.

L'intera attività ricadeva sotto il livello più alto di segretezza. Nessuna delle operazioni era pubblica, anche se in occasione di test di particolare rilevanza venivano diffusi avvisi e informazioni tra la popolazione. Per ragioni comprensibili, era difficile tenere nascosti i voli di aerei supersonici. Non venivano mai comunicati orari o date precisi, e nemmeno il genere di operazione o chi vi partecipava, perché erano informazioni coperte dal segreto militare. I programmi erano strettamente confidenziali.

Dato che però i tecnici arrivati allo scopo alloggiavano alla Stone Swamp Inn a Stenträsk, non ci voleva una laurea in Fisica nucleare per intuire chi stava testando le bombe. Bastava prendere una birra al pub della pensione: tra un sorso e l'altro, si poteva scoprire che lingua si parlava al tavolo accanto. Inoltre alla base lavoravano centinaia di dipendenti fissi, tutti tenuti alla massima riservatezza, ma a quattr'occhi spesso si lasciavano sfuggire qualcosa.

Tutto sommato, la popolazione locale era soddisfatta della convivenza con la base di sperimentazione, e non aveva da obiettare né sulle dimensioni né sulla segretezza che la avvolgeva. Dava un tocco di diversità, e oltre ai posti di lavoro che offriva rappresentava anche una fonte di reddito per gli abitanti grazie alla permanenza nella cittadina dei tecnici venuti da fuori.

Il turnover del personale era basso. Chi veniva assunto alla base di sperimentazione tendeva a restarci. Così anche Markus Stormberg, il figlio di Wiking.

«Arriva Drajlen!»

Il nipotino di quattro anni corse incontro a Wiking e con l'ultimo balzo si lanciò a capofitto verso di lui, sicuro di essere afferrato al volo prima di finire a terra. Wiking lasciò cadere le chiavi della macchina e lo prese per un pelo.

«Uoooh!» esclamò, lanciandolo verso il soffitto. Cominciava a pesare. Il bambino strillò di felicità.

«Sei forte, oggi?» chiese il nonno capovolgendolo a testa in giù. Nuovo strillo.

«Fortissimo! Sono Drajlen!»

Wiking depose sul linoleum il bambino, che si mise a saltellare come una pallina di gomma.

«Ancora, nonno!»

«Lascia sedere il nonno. È vecchio, lo sai» disse Markus porgendo al padre una birra appena stappata.

Wiking si accomodò sulla panca in cucina con la bottiglia in mano e il bambino gli si arrampicò subito sulle ginocchia.

«Giochiamo a Vallbomsvägen? Ti prego ti prego ti prego...»

«Elliot, hai fatto la pipì?» domandò Josefin, entrando con la figlia in braccio. La bambina, battezzata nella chiesa di Stenträsk, si chiamava Maja Maria Helena.

«Sono Drajlen» ripeté il bambino. «Non ho tempo.»

Drajlen era il supereroe personale di Wiking ed Elliot. Abitava in fondo a Vallbomsvägen, la strada che in passato portava da Holmträsk ad Arnemark e che ormai era talmente malridotta da non essere quasi più percorribile, almeno nella versione di nonno e nipote. Per arrivarci, Elliot doveva stare sulle ginocchia di Wiking e tenersi forte. Grandi sassi e buche profonde facevano sì che il percorso risultasse molto accidentato e spesso si finisse nel fosso, eventualità molto apprezzata.

«Vai a fare pipì con la mamma» disse Wiking rimettendo giù il bambino e chinandosi a raccogliere le chiavi della macchina.

Josefin lo salutò con un abbraccio veloce. Avevano avuto tutti e due il Covid, quindi non correvano rischi. Al momento lei era in maternità, ma normalmente lavorava nel settore risorse umane in comune. A dirla tutta, Wiking non sapeva con esattezza di cosa si occupasse in ufficio.

«Ti sei fatto vedere per quella sensazione di una lisca in gola?» gli chiese. «Potresti avere la tonsillite, e in quel caso serve un antibiotico.»

Lui si schiarì la voce. Doveva dirlo.

«Ho fatto degli esami in ospedale, la settimana scorsa» rispose.

«Ah, senti, per la festa di Karin, lunedì, ho ordinato una torta tramezzino» continuò Josefin. «Non è che potresti andare tu a ritirarla da Holmdahl?»

«Certo, passo io.»

Markus bevve un sorso di birra.

«Prenderete il ladro?»

Wiking mandò giù un lungo sorso e guardò il figlio. Gli somigliava, lo dicevano tutti.

«Parli del furto delle armi? Al momento non abbiamo appigli. Non sappiamo nemmeno quando è successo. Nessuno ha visto niente.»

«Johan è distrutto. Vuole vendere e trasferirsi.»

«È una reazione piuttosto comune, dopo un furto con scasso. Digli di aspettare e vedere.»

Il cellulare squillò e Wiking lo tirò fuori dalla tasca interna gettando un'occhiata al display. Roland Larsson. Si alzò, si scusò con un gesto e puntò verso la porta d'ingresso.

«Tra cinque minuti si mangia» lo avvertì Markus andando ai fornelli.

«Trovato qualcosa?» chiese Wiking al telefono, chiudendosi la porta alle spalle.

«Un'operazione piuttosto semplice. I ladri hanno messo l'armadio su una robusta base con le rotelle e l'hanno portato fuori per caricarlo sul mezzo in attesa.»

«Quanti erano?»

«Almeno tre, penso, per poterlo sollevare. Non è per questo che chiamavo, comunque. Hai presente cos'è successo a Tensta, mercoledì?»

Tensta? Il nome del sobborgo della capitale fece emergere dentro di lui un'ondata di ricordi, ma niente che avesse a che vedere con quel mercoledì.

«No, cosa?»

«La sparatoria tra bande nella pizzeria?»

I particolari sull'ennesima sparatoria in zone di disagio sociale non gli erano troppo chiari. Quattro uomini che avevano sparato in una pizzeria, forse? Tre feriti?

«Potrebbero aver usato le armi di Pålberget» disse Roland Larsson.

«Oh, merda. Cosa lo indicherebbe?»

«Oggi pomeriggio i colleghi di Järva hanno arrestato un ragazzino e sotto il suo letto hanno trovato lo stesso assortimento di armi sparito a casa di Björkman.»

«Esattamente lo stesso?»

«A quanto pare, sì. Björkman aveva fatto dei tiri di prova contro un fienile dietro la stalla e abbiamo asportato dalle assi della parete alcune pallottole per fare una verifica. Vediamo se a Linköping riescono a utilizzarle.»

Wiking annuì tra sé. L'Nfc, il centro forense nazionale, poteva confrontare le pallottole del fienile con quelle della pizzeria. Roland Larsson era un ottimo investigatore, scrupoloso e metodico. Un pizzico noioso, forse, ma lo stesso valeva per lui.

«Qualcuno di noi dovrà andare giù?»

«Non penso proprio. Le pallottole sono appena partite. Dall'Nfc si faranno vivi, se hanno qualche dubbio.»

Un'illuminazione improvvisa: Roland se la cava anche senza di me. Avrebbe potuto passargli il testimone senza problemi. L'attività della stazione di polizia sarebbe filata liscia.

«Hai sentito i bang sonici?» chiese.

«Avevano detto che sarebbero passati aerei supersonici sulla base per tutto il weekend. Ora ti lascio andare. Ci vediamo lunedì.»

Chiusero la chiamata. Wiking rimise il telefono nella tasca interna e spaziò con lo sguardo sull'area intorno alla casa del figlio. Aveva smesso di piovere e a ovest il cielo si stava schiarendo. Dietro i banchi di nuvole si intuiva il sole.

La villetta era ai margini della cittadina, un modello prefabbricato della Älvsbyhus degli anni Ottanta. Carina Burstrand, la segretaria della stazione di polizia, abitava nella via di fianco. Era una bella zona per far crescere i bambini, piena di altalene e tappeti elastici. Perché non aveva mai pensato di trasferirsi anche lui da quelle parti? I soldi per comprarsi una casa non troppo grande li avrebbe avuti. Invece quando Markus era diventato adolescente aveva spostato il proprio letto in soggiorno in modo che i figli avessero una camera ciascuno.

Trent'anni. A che pro? E forse ora stava per morire.

Fece qualche passo sul prato e si sdraiò, lungo disteso con le braccia aperte, lo sguardo rivolto al cielo solcato dalle scie degli aerei supersonici, simili a linee tracciate con il gesso. L'umidità gli penetrò nei vestiti.

«Se esisti» sussurrò, «dammi un segno. Ora ne hai la possibilità. Morirò adesso? È la fine?»

Non successe niente. Niente aerei, nemmeno uno stormire di fronde.

Sospirò e si alzò. Si era bagnato tutto. Si diede una sistemata, togliendo fili d'erba e foglie dai vestiti, e poi rientrò nella casa del figlio.

Markus e Josefin avevano preparato un arrosto di alce con cipolle caramellate, champignon e salsa alla panna. E poi patate bollite, cetrioli sott'aceto, *knäckebröd* Husman, burro spalmabile Bregott con sale marino, gelatina di sorbe, carote glassate e confettura di mirtilli rossi. Wiking non sapeva chi avesse cucinato cosa: il figlio e la sua compagna sembravano unire le forze in qualsiasi incombenza. Per qualche motivo, provò una fitta di invidia tinta di vergogna.

Elliot mangiava di buon appetito. Gli piaceva tutto. Di fianco alla biblioteca, in centro, dei thailandesi avevano aperto un ristorante asiatico in cui servivano wok, sushi e la novità del momento, il poke. Il bambino assaggiava ogni piatto, a differenza di suo nonno che non apprezzava il pesce crudo.

Josefin allattava la bimba a tavola, proprio come faceva un tempo Helena. Non era ora di smettere, tra l'altro? La piccola stava seduta e gattonava, ormai.

«Hai sentito Elin?» chiese Wiking al figlio dopo aver fatto il bis.

«Ha telefonato oggi pomeriggio» rispose Markus. «Fa il turno di notte, poi avrà il resto del fine settimana libero.»

La figlia faceva l'infermiera al Karolinska sjukhus di Solna. Si era occupata dei pazienti oncologici presso Radiumhemmet, il centro radioterapico della clinica universitaria, fino a quando l'unità – funzionante ed efficiente – era stata smantellata, secondo lo spirito del tempo, per essere trasformata in qualcosa di innovativo e avanzato. Al momento lavorava in un reparto di terapia intensiva per i pazienti Covid. Wiking aveva capito che era un vero inferno. Non la vedeva da Natale.

«Come stava?»

«Meglio, credo. L'eczema è leggermente migliorato.»

«Le hanno detto qualcosa sulle ferie?»

«Perché non la chiami tu e non glielo chiedi?»

Josefin si alzò con la bambina in braccio e tese la mano verso il figlioletto.

«Vieni, Elli, andiamo a lavarci i denti e a leggere una storia.»

Il bambino incrociò le braccia sul petto.

«Voglio il nonno!»

«Oggi no, tesoro. Dai, andiamo.»

«Un'altra sera» disse Wiking. «Vai con la mamma, adesso.»

Elliot protestò con forza, ma seguì la madre verso la camera da letto.

Markus sospirò.

«Scusami, non intendevo criticarti...»

«No, no, hai ragione» rispose Wiking. «La chiamerò. È che non voglio disturbare.»

«Non la disturbi. Se è impegnata te lo dice e puoi richiamarla dopo. Semplice.»

Si alzò e cominciò a sparecchiare. Wiking lo seguì con lo sguardo. Quando i figli erano piccoli aveva fatto quello che poteva, e in fondo il risultato non era poi tanto male. Questo doveva concederselo. Erano entrambi cittadini produttivi, rispettabili e ben inseriti nella società. Sapevano provare empatia e assumersi le loro responsabilità.

In bagno Josefin stava bisticciando con Elliot sui denti da lavare mentre Maja gorgheggiava in sottofondo.

Markus riempì la lavastoviglie, la avviò e si asciugò le mani su uno strofinaccio. Si sentì il rumore di una porta che si chiudeva e lui girò la testa. Josefin e i bambini erano andati in camera.

Wiking prese fiato. Doveva dirglielo.

«Okay» lo prevenne Markus a voce bassa. «Ho una cosa da farti vedere.»

Andò nello studio e tornò con quella che sembrava una lettera già aperta.

«È arrivata oggi per posta.»

La tese a Wiking e lui prese la busta, bianca e allungata, con il logo dell'Hotel International nell'angolo in basso a sinistra. Lesse l'indirizzo scritto a mano.

Markus Stormberg
Tornvägen 12
975 90 Stenträsk

Wiking ebbe l'impressione che il pavimento si inclinasse. Quella scrittura...

«È il vecchio codice postale, prima che li cambiassero» gli fece notare Markus. «In passato era uguale per tutta Stenträsk, ti ricordi? Ora il nostro è 975 93.»

Wiking girò la busta. Nessun mittente. Aveva la bocca completamente secca. Soppesò la lettera nella mano e alzò gli occhi sul figlio.

«Leggi» disse lui.

Era solo una pagina, un foglio con l'intestazione dell'Hotel International, scritto a mano con una biro blu. La stessa grafia spigolosa dell'indirizzo. Wiking avvertì un sapore metallico in bocca.

Markus Stormberg,
non devi accettare l'incarico di capoprogetto del sistema Qats. Comporta grossi rischi.
DEVI *dire di no. Inventati una scusa.*
Mostra questa lettera a tuo padre Wiking.

Nell'angolo in basso a destra era disegnata una stellina irregolare a cinque punte.

Wiking lasciò cadere a terra la lettera e si alzò facendo oscillare la sedia. Fu costretto ad appoggiarsi al tavolo per non cadere.

Dammi un segno. Ora ne hai la possibilità.

Markus accorse vicino a lui.

«Che succede, papà?»

Si sedettero insieme sulla panca. Wiking fissava la lettera sul pavimento.

Non era possibile.

«Papà, cosa diavolo hai?»

Wiking chiuse gli occhi e si coprì il viso con tutte e due le mani, stringendo forte i denti. Vedeva fantasmi, cose che non esistevano.

«Papà, ti prego, di' qualcosa! Mi stai spaventando a morte!»

All'inizio stava costantemente sulle spine, in attesa di un segno di vita. Se sentiva dei passi per le scale, vedeva un'auto accostare davanti al portone o una donna bionda venirgli incontro per strada... Sollievo improvviso, la sensazione che fosse stato tutto un incubo infernale. Eccola, stava arrivando! Poi, la realtà, come un pugno al diaframma. Ci era voluto un sacco di tempo perché passasse, perché smettesse di aspettare.

Fece un respiro profondo e abbassò mani e spalle. Guardò il figlio.

«È arrivata oggi?»

«Sì, oppure ieri. Non mi ricordo se avevamo ritirato la posta.»

«Quanti hanno toccato la busta?»

Markus sembrò preso in contropiede.

«Solo io. Be', e il postino, naturalmente. Non lo so. A Josefin non ho detto niente. L'ho trovato un messaggio parecchio inquietante.»

«Cos'è il sistema Qats?»

Markus si alzò e raccolse la lettera.

«Sai che non posso...»

«Non toccarla, mettila sul tavolo.»

Il figlio la lasciò andare come se si fosse scottato e il foglio planò nel punto in cui poco prima c'era il piatto di Wiking.

«Non sono autorizzato a parlare del mio lavoro.»

«Adesso devi farlo.»

Markus si grattò la testa, lo stesso gesto che faceva sempre anche lui.

«Non posso. Informazioni riservate, livello 1. Legge 400 del 2009, sai.»

Sì, la conosceva bene: era quella che disciplinava il segreto di stato.

«A quanto pare c'è già stata una fuga di notizie. Il mittente lo sa. Adesso si tratta di te e della tua sicurezza.»

«Cosa? Pensi che ci sia qualcosa di vero?»

Wiking strinse i pugni. Angeli? Esistevano?

«Qualcuno è a conoscenza di qualcosa che tu ignori.»

Il figlio guardò la lettera per alcuni lunghi secondi.

«Chi cavolo può essere?» chiese a voce bassa. «E perché dovrebbe...?»

«Spiegami. Cos'è il sistema Qats?»

Markus si mordicchiò il labbro inferiore.

«A chi vuoi che vada a riferirlo?» continuò Wiking. «Pensi che farei qualcosa che possa danneggiarti? Puoi dirmelo. Rimarrà tra noi.»

Il figlio deglutì, poi annuì.

«Si tratta delle nuove bombe a grappolo dei paesi Nato europei» rispose a voce molto bassa, guardandosi le mani. «Teleguidate, basate sull'IA. Mi è stata offerta la possibilità di coordinare il progetto. È una promozione: aumento di stipendio, più responsabilità, una settimana di ferie extra...»

«Non devi accettare» disse Wiking.
Markus alzò gli occhi, incredulo.
«Che cazzo dici? Certo che devo accettare! Mi sono dannato per...»
«Josefin lo sa?»
«Del Qats? Assolutamente no. Sa che mi è stato affidato un nuovo progetto, ma non cosa riguarda. Non glielo dirò mai.»
Wiking si sporse a guardare la lettera. La stella mandava lampi e crepitava così forte da rimbombargli in testa.
«Posso tenerla?»
«Cosa? Perché?»
«Anche la busta.»
«Ecco... Sì, certo, ma cosa ne farai? Aspetta, prima la fotografo...»
Markus fece scattare la fotocamera del cellulare. Wiking si alzò, incerto sulle gambe, e prese la busta dal tavolo. Il logo dell'hotel si era sporcato un pochino di salsa. Tirandosi le maniche sulle mani, piegò il foglio senza toccarlo con le dita e lo infilò nella busta.
«Quanto tempo hai per accettare o declinare la promozione?»
«Ho già accettato. Ho anche firmato.»
Wiking fece un passo verso il figlio.
«Devi rinunciare» gli disse. La voce non reggeva del tutto. «Non puoi assumere quell'incarico. Fai marcia indietro. Inventati una scusa.»
«Mai e poi mai» rispose Markus. «Se me ne tiro fuori adesso sono finito. Perché, poi? Per una merdosissima lettera anonima?»
«Non è anonima» chiarì Wiking, prendendo zaino e giacca dalla panca. Si vestì e infilò la busta nella tasca interna.
«Saluta Josefin e ringraziala per la cena.»
«Te ne vai già? Adesso?»

Wiking fece correre lo sguardo fuori dalla finestra, verso il nord-ovest e il tramonto. Dietro Pålberget e il fiume si apriva un altro mondo, decine e decine di chilometri di foreste di conifere e di massicci montuosi, il Sarek e lo Stora Sjöfallet, il confine norvegese e le isole Lofoten, l'Atlantico e la Groenlandia. Non li vedeva, ma sapeva che c'erano. Eppure... poteva davvero esserne sicuro? Chi lo diceva che esisteva una realtà oltre il suo orizzonte?

«Ho cucinato io, comunque» disse Markus.

Sabato 22 agosto 2020

Wiking si svegliò con il vuoto che gli echeggiava nel corpo già dal primo respiro consapevole, nell'istante in cui aprì gli occhi e guardò fuori attraverso le fessure della veneziana. Sollevò il telefono e guardò l'ora. Le cinque e un quarto.

Si svegliava sempre presto. Aveva cominciato durante gli anni di università allo studentato giù a Luleå, nei suoi tredici metri quadrati di stanza adiacente al locale di un qualche genere di centralina. Non aveva mai scoperto se fosse la caldaia, il sistema di ventilazione, l'acqua calda o qualcos'altro a essere azionato a quell'ora. A prescindere dal motivo, lui era rimasto programmato in quel modo, che regnasse il buio polare o il sole di mezzanotte. Tutti i giorni, tutto l'anno.

Si chiese se qualcuno si ricordasse ancora di lei.

Che era scomparsa nel periodo delle more artiche non l'avevano dimenticato: era il motivo per cui era salita alla torbiera. Con il tempo, la memoria di lei come persona si era ridotta a un monito collettivo: vai a raccogliere le bacche? Attento a non finire come *la moglie del capo della polizia*.

Trent'anni. Una vita intera.

Molte cose erano cambiate, altre per nulla. Il numero tre di Kvarndammsvägen, per esempio: i mobili, gli utensili da cucina... quasi tutto era rimasto identico ad allora. Quando Elin aveva avuto bisogno di una camera per sé, mamma Karin aveva vuotato il guardaroba portando via i vestiti di Helena. Era successo nel settembre del 2001, nei giorni dell'attacco terroristico al World Trade Center. Anche la postazione di lavoro di Wiking era rimasta uguale, solo in un altro punto della stanza.

A volte si meravigliava di essere lo stesso uomo di prima. Da giovane era convinto che invecchiare significasse automaticamente diventare qualcun altro, invece non era così. Era uguale al bambino delle foto natalizie di mamma Karin scattate negli anni Sessanta. L'unico cambiamento che sentiva riguardava il grado di profondità e di esperienza, oltre a un certo male di vivere.

Si stirò e allacciò le mani dietro la nuca. La lisca gli pungeva la gola. Avvertì il freddo della testiera contro le nocche. Era la stessa di quella mattina, l'ultima. Aveva cambiato la rete e il materasso nell'autunno del 2006, quando avevano aperto l'Ikea a Haparanda, ma la testiera l'aveva tenuta. Chiuse gli occhi. La ricordò mentre metteva la bambina nel lettino con le sbarre e si infilava sotto le coperte di fianco a lui, lo baciava e si toglieva la maglietta. I seni pesanti – stava allattando – e la pelle calda. Quanto era rimasto sorpreso, contento. Ricordava con chiarezza cristallina la foga delle proprie mani. La bambina che gorgheggiava nel lettino, sazia e appena cambiata, mentre loro facevano l'amore. A quel ricordo Apollo gli si risvegliò in mezzo alle gambe.

Poi, lui sulla porta pronto per andare al lavoro, lei in cucina con la bambina attaccata al seno. Aveva detto che voleva andare a raccogliere le more artiche.

Non a Kallmyren, vero? Lo sai cosa...

I suoi occhi, offuscati dalla stanchezza.

È solo superstizione, Wiking. Non esistono torbiere senza fondo.

Apollo si ritirò in buon ordine.

Avrebbe voluto dirle di cercare di riposarsi, di prendersi cura di sé. A volte di notte si svegliava sentendola piangere. All'inizio aveva cercato di consolarla, ma aveva smesso accorgendosi che lei si vergognava.

Poi lei gli aveva rivolto un sorriso.

Passa una buona giornata, dai.

In quell'istante Wiking aveva pensato che la svolta fosse vicina. Che la malinconia avrebbe mollato la presa su di lei.

Mentre andava alla stazione di polizia aveva ascoltato l'autoradio, un notiziario mattutino. George Bush e i suoi soldati nel Golfo Persico, la Germania occidentale e quella orientale che stavano per riunificarsi.

Incredibile che ricordasse anche questo.

Quel pomeriggio aveva fatto i controlli del tasso alcolemico lungo la provinciale 374 insieme a Lars-Ivar Pekkari, l'ex compagno di pattuglia di suo padre, beccando un conducente in stato di ebbrezza e un altro che guidava senza patente.

Era tornato alla solita ora, poco dopo le cinque. Il foglio sul tavolo in cucina.

Tesoro,
sono andata a raccogliere un po' di more.
Devo uscire di casa.
Markus è da Karin.

E poi la stella nell'angolo in basso a destra, quella irregolare a cinque punte che somigliava alla cicatrice sulla pancia, all'estremità del taglio cesareo che avevano dovuto farle alla nascita del primo figlio. Il suo marchio.

Si districò dalle lenzuola sudate e andò nudo in cucina senza accendere la luce. Anche Anja Berglund, che abitava al lato opposto del giardino, si alzava presto, e un paio di volte l'aveva sorpresa a fissarlo mentre si aggirava per casa svestito. Aprì il frigo, l'anta come uno scudo tra finestra e nudità, e si versò un bicchiere di succo d'arancia. Mentre beveva guardò al di sopra dell'anta. La finestra della cucina di Anja era illuminata. Lavorava con Markus alla base di sperimentazione e ormai era una delle veterane del posto.

Wiking si sedette sulla sedia dov'era seduta lei quella mattina.

Passa una buona giornata, dai.

Mamma Karin gli aveva suggerito di mettersi in contatto con una medium giù a Boden e lui le aveva dato una risposta secca e cattiva.

Non credeva ai fantasmi, né allora né adesso.

Chi era a conoscenza di quel sistema di armi e sapeva che sarebbe stato Markus a coordinare il progetto? Suo figlio non ne aveva parlato con qualche non addetto, di questo era abbastanza sicuro, ma naturalmente alla base dovevano esserci molte persone che ne erano al corrente. D'altra parte chi, tra i dipendenti dotati del nulla osta sicurezza del livello adeguato, poteva conoscere il marchio di Helena? Com'era possibile che qualcuno sapesse come firmava i messaggi che lasciava sul tavolo della cucina trent'anni prima? I conti non tornavano. E Markus era davvero in pericolo? Come faceva a saperlo il mittente della lettera? Chi poteva essere a conoscenza di qualcosa che non era ancora accaduto?

Sembrava un fenomeno soprannaturale, ma non lo era. Qualcuno sapeva, e probabilmente era vicino.

Si alzò e fece il giro dell'appartamento. Sentiva un fischio nella testa, un acufene che si intensificava nei momenti di stress, scatenato la prima volta in reazione a uno sparo durante la formazione in accademia. In quel momento gli si ripercuoteva in tutto il corpo, e Wiking era sul punto di sbroccare. La luce nella cucina di Anja Berglund si spense.

La lisca gli pungeva la gola. Carcinoma squamocellulare. Forse stava per morire. Mancavano nove giorni all'intervento.

Non poteva restare lì.

La stazione di polizia era chiusa e immersa nel buio. Raramente di notte vi si svolgeva qualche genere di attività. Era soprattutto la funzione di emissione passaporti, affidata a Carina Burstrand, a far sì che la tenessero aperta tutti i giorni feriali. Al di fuori dell'orario di ufficio, qualsiasi intervento veniva gestito principalmente dai colleghi di Älvsbyn, cosa che naturalmente andava benone ai delinquenti del posto. Grazie ai quaranta chilometri che separavano Stenträsk dal capoluogo, prima che l'autopattuglia potesse arrivare loro erano già a metà strada per Gällivare.

Entrò nel parcheggio nello stesso istante in cui il sole spuntava dietro Pålberget e piazzò la sua Volvo XC70 accanto all'auto di servizio che, guarda caso, era dello stesso identico modello. A Wiking non piacevano le sorprese. Preferiva mettersi al volante dello stesso tipo di mezzo a prescindere dalle circostanze.

La sensazione di trovarsi in un incubo si allentò mentre attraversava il parcheggio, una routine che si ripeteva da quasi trentadue anni. Quel pensiero lo confortò. Il vento da nord si era intensificato e l'aria era densa di umidità. Aprì la porta sul retro, disinserì l'allarme ma non accese la luce. Si orientava nei corridoi senza illuminazione. Oltrepassò la saletta del personale e si diresse al proprio ufficio. Chiuse la porta, anche se non era necessario. Andò alla finestra, affacciata sui posti auto e sulla chiesa al di là della strada. Immobilità totale, là fuori, come dopo una bomba. Anche se non lo vedeva nessuno, lui era lì, con piena visuale sul parcheggio e sulla via che lo delimitava. Faceva luce lentamente, ma le giornate si stavano accorciando.

Due mesi prima il sole splendeva perenne, mentre ora era sotto l'orizzonte già alle nove e un quarto di sera.

Abbassò le veneziane e orientò le lamelle in modo da chiuderle. Poi accese la lampada da tavolo, un'isola di luce sulla scrivania disordinata.

Chi poteva sapere?

Negli anni passati a Stenträsk, Helena aveva lavorato in un solo posto, la pensione con il nome più ridicolo della storia dell'umanità: Stone Swamp Inn. All'inizio stava al bancone del pub, poi era diventata maître del ristorante, ma lavorare spesso la sera con un figlio piccolo non funzionava. Così, era passata alla reception delle camere, nonostante lo stipendio fosse più basso. A volte faceva anche le pulizie o si occupava dei piatti freddi in cucina. Si faceva sempre apprezzare, e aveva avuto modo di conoscere tutte le persone che lavoravano sul posto.

Quante potevano esserne rimaste? Wiking doveva accertarsene. Possibile che qualcuna di loro avesse un legame con la base sperimentale? Un partner, un figlio, un vicino, un parente? Sicuramente sì. Chi frequentava Helena a Stenträsk, a parte i colleghi? Gli sembrava di ricordare alcune donne della loro età, ma lui non partecipava a quegli incontri.

Andò allo schedario nell'angolo, un modello antiquato in metallo con i cassetti che non scorrevano bene. Trovò la chiave giusta e aprì il penultimo. Conteneva solo un fascicolo, anzi, la copia: l'originale era conservato a Stoccolma, nel registro degli svedesi scomparsi presso il Noa, il reparto operativo nazionale.

Il compendio era sottile, leggero come una piuma.

Helena Kristina Stormberg, n. Isaksson,
codice fiscale 621130-1261.
Scomparsa il 14/08/90.

Si lasciò cadere sulla poltroncina da ufficio, che scricchiolò sotto il suo peso. Appoggiò il fascicolo sulla scrivania, lo aprì e sfogliò i documenti finché non trovò quello che cercava.

Il foglio che Helena aveva lasciato sul tavolo in cucina, o meglio la fotocopia. La scrittura spigolosa, la stella nell'angolo. Aprì il primo cassetto della scrivania e prese un paio di guanti. Poi pescò dalla tasca interna la busta e tirò fuori il foglio, appoggiandolo accanto al primo. Respirò profondo.

C'erano chiare somiglianze, sia nella calligrafia che nel marchio. Ma chiare fino a che punto?

Avvicinò la lampada, socchiuse gli occhi.

La stella sulla lettera inviata a Markus era più grande e tozza di quella sul foglio lasciato in cucina. La scrittura regolare, leggermente più piccola. Erano della stessa persona? Possibile, ma non necessariamente. Per stabilirlo serviva una competenza che lui non aveva.

Passò il dito sul logo della lettera.

HOTEL INTERNATIONAL
STOCKHOLM

Accese il computer e fece una ricerca su Google.

Elegante e di classe, l'Hotel International è un albergo di lusso situato in Strandvägen, nel cuore di Stoccolma...

Strandvägen ce l'aveva presente, ma non l'hotel.

Esaminò la busta. Il francobollo raffigurava la coppia di scrittori Sjöwall e Wahlöö e portava il timbro di Stoccolma, con la data 18 agosto 2020. Martedì. Possibile che una lettera impiegasse tre giorni per arrivare a Stenträsk? Oppure era da un po' che si trovava nella cassetta della posta di Markus?

Guardò la stellina sul foglio.

Chi ne era a conoscenza, a parte loro due?

Tutti quelli che avevano visto il fascicolo, presumibilmente. Quindi, una lunga serie di poliziotti, sia nel Norrbotten che a Stoccolma. Forse i colleghi di Helena, i suoi amici. E poi Sven e mamma Karin, possibilmente anche qualche amica di lei.

Wiking guardò l'orologio. Ormai la gente doveva essere in piedi.

Tornò alla macchina.

Sua madre Karin abitava ancora nella casa in cui era cresciuto, l'ennesimo modello Älvsbyhus in una traversa di Kvarndammsvägen. Quando Wiking entrò, passando per la terrazza, la trovò sul dondolo con una tazza di caffè in mano e il cocker spaniel Hugo steso ai suoi piedi con la lingua penzoloni. La salutò a distanza e fece qualche carezza al cane, controvoglia: non aveva una passione per gli animali. La madre lo aveva preso qualche anno prima come pretesto per fare un po' di moto, dopo l'intervento in cui le avevano messo un bypass. Grazie alle passeggiate per portarlo fuori, si era rimessa in forma.

«C'è del succo d'arancia» gli disse quando Wiking ebbe finito con le carezze.

Lui andò in cucina e se ne versò un bicchiere, per poi sedersi su una delle sedie da giardino. Il cuscino era un po' umido. Doveva dirle che era malato, senza rimandare. Bevve un sorso.

«Ho una domanda. Su Helena.»

Karin fece guizzare le sopracciglia, ma non aprì bocca. Era raro che parlassero di lei. Era un argomento scomodo, archiviato.

«Sai come firmava i suoi messaggi?»

Karin sbatté le palpebre.

«Quali messaggi?»

«Quando lasciava un foglietto sul tavolo della cucina. Hai presente il suo marchio, quello che metteva al posto del nome?»

«Ah, vuoi dire la stella?»

Wiking deglutì.

«Hai idea di chi frequentasse nel tempo libero, quando non era al lavoro? Qualcuno di Stenträsk?»

«Perché me lo chiedi? Lo sai anche tu, no?»

«Non sono bravo a ricordare queste cose.»

La madre lo scrutò per alcuni lunghi secondi.

«Stava parecchio qui, con me e Sven» disse poi.

«Sì, certo, ma nel resto del tempo?»

Karin spalancò le braccia.

«Andava in palestra con Sussi, quando lei e Krister erano quassù. Quella giù vicino al palazzetto...»

A Susanne Schiltz non poteva chiedere niente di Helena, era improponibile. Considerando che la vedova di Krister si presentava alla gente come giornalista freelance, una domanda del genere l'avrebbe fatta esplodere dalla curiosità.

«Sì, ho presente la palestra. Qualcun altro? Ogni tanto usciva anche con Carina Burstrand, no?»

Karin ci pensò su qualche attimo.

«Sì, hai ragione. Andavano a prendere un caffè e parlavano di libri. Carina organizzava diverse attività in biblioteca e Helena partecipava, quando poteva. Poi frequentava la donna che gestiva la pensione all'epoca...»

«Kerstin. Kerstin Lindgren. È morta nell'autunno del 1990.»

«Sì, lo so. Anche sua figlia Eva-Lena lavorava lì, ma dopo la morte di sua madre non ha voluto prendere in mano la pensione e ha ceduto la licenza a quella...»

«Vive ancora giù al Pantano?»

«Non chiamarlo Pantano» lo rimproverò Karin. «Comunque sì, Eva-Lena ci abita ancora.»

Wiking finì il bicchiere di succo.
«Lunedì ci sarai?» chiese Karin.
«Josefin mi ha detto di passare a prendere la torta tramezzino» disse lui, e andò verso la macchina.

Per essere un sabato mattina, le vie erano piuttosto affollate. Si vedevano persone che facevano jogging o nordic walking e ai semafori c'erano code di auto. Sia l'Ica che il negozio del fai da te nella zona industriale aprivano alle sette e all'altezza del circolo polare la gente era abituata a sfruttare al massimo la luce del sole.

In generale, gli sembrava di percepire nell'aria l'ottimismo e la fiducia nel futuro portati dai recenti investimenti nella parte settentrionale del Norrland: il progetto del parco eolico terrestre più esteso d'Europa vicino a Piteå, l'impianto per la produzione di acciaio senza combustibili fossili a Boden, la gigantesca fabbrica di batterie per auto elettriche a Skellefteå. Miliardi di corone che si riversavano sul Nord, o almeno così era stato promesso. Personalmente, Wiking non condivideva lo spirito del tempo.

Chi definiva l'Hotel International «elegante e di classe» avrebbe probabilmente descritto la Stone Swamp Inn come un «pittoresco boutique hotel». I bassi tassi d'interesse avevano permesso a Britt-Marie, l'attuale proprietaria, di ristrutturarlo secondo i canoni estetici che andavano per la maggiore, con materiali naturali in tinte terra e copie ecologicamente sostenibili di mobili di design. Wiking trovava il tutto piuttosto cupo.

La ragazza al leggio delle prenotazioni aveva la coda di cavallo, smokey eyes e quattro anellini a ciascun orecchio. Con il grembiule grigio sopra una camicia bianchissima aveva un'aria molto professionale. L'intero gruppo dei tecnici norvegesi esperti di bombe era già in piedi e si stava servendo al buffet della colazione.

«C'è Urban Landén, oggi?» le chiese Wiking.

Il custode della pensione aveva qualche anno più di lui, ma dopo un paio di settimane in prima elementare l'insegnante aveva detto che il piccolo Urban non era ancora pronto per la scuola. Aveva dovuto aspettare di maturare, un anno e poi un altro, senza grandi risultati. Alla fine, per farlo uscire dalla Kvarndammsskola lo avevano iscritto a una cosiddetta classe differenziale.

«Sta facendo le pulizie nel cortile sul retro» rispose la ragazza.

Wiking uscì dal ristorante, passò davanti alla reception incustodita e infilò la porta che conduceva all'area della raccolta differenziata. Un uomo robusto stava piegando degli scatoloni di fianco a un container di metallo per lo smaltimento della carta.

«Urban?» lo chiamò Wiking. «Ciao.»

L'uomo lasciò cadere lo scatolone.

«Ciao, Wiking. Come va?»

Lui tese il pugno chiuso, uno dei pochi gesti imposti dal coronavirus che riuscisse a sopportare. Urban ricambiò subito il saluto.

«Che giornata» disse Wiking sbirciando verso il cielo azzurrissimo. «Mica male poter lavorare all'aperto.»

«Già, è la parte migliore del lavoro.»

Il vento veniva dalle montagne e nell'aria c'era un primo accenno d'autunno.

«Avrei una domanda. Magari tu sai rispondermi. Ti ricordi Helena, mia moglie? Lavorava qui, prima nel ristorante e poi alla reception...»

Urban abbassò gli occhi, le guance rosse.

«Certo che mi ricordo Helena. Che donna.»

Con una mano accennò un gesto a indicare che aveva un seno prosperoso, ma subito dopo sembrò rendersi conto dell'inopportunità di condividere quel ricordo con il marito e riprese in mano lo scatolone.

«È passato tanto tempo» disse Wiking, accomodante.

«Mi chiedevo se sapevi che ogni tanto scriveva dei messaggi su qualche foglietto...»

Urban premette lo scatolone nel container, si strofinò le mani e annuì entusiasta.

«Sì» rispose. «Faceva gli elenchi delle cose che dovevo ricordarmi di fare, e in che ordine. Era buona, Helena. E bella. A volte mi aiutava, se non finivo tutto in tempo...»

Arrossì di nuovo.

«Ti ricordi come firmava quei foglietti?»

Urban lo guardò senza capire.

«Con il suo nome o in qualche altro modo?» chiese Wiking.

«Scriveva "Per Urban". Li ho conservati.»

Conservati?

«Cosa vuoi dire? Che ce li hai ancora?»

Urban diede un calcio a uno scatolone.

«Potrei vederli?»

«Erano per me» borbottò Urban. «Sono miei.»

«Certo. Devo solo esaminarli.»

Urban strinse le mascelle e scosse la testa. Poi prese un altro scatolone.

«Li consideri un segreto?» domandò Wiking. «Cose che scriveva solo per te? Lo erano di sicuro. Voglio solo vedere come li firmava e magari esaminarne qualcuno alla stazione di polizia.»

«Perché?»

Gli occhi si erano assottigliati, assumendo un'espressione tagliente. Wiking sostenne serio il suo sguardo.

«Si tratta di un'indagine di polizia. Non vorrei essere costretto ad andare dal procuratore a chiedere l'autorizzazione per sequestrarli.»

Il pover'uomo cominciò a sudare.

«Cercherò di farteli riavere, dopo» disse Wiking. «Però non posso prometterlo.»

Urban Landén spostò indeciso il peso da un piede

all'altro, ma alla fine lasciò andare lo scatolone e si diresse alla porta sul retro. Invece di proseguire verso la reception girò a sinistra e scese nel seminterrato. Wiking dovette piegare la testa per non sbattere contro il soffitto basso. La vecchia scrivania in pino impiallacciato di fianco alla caldaia era chiaramente territorio di Urban Landén, che aprì il secondo cassetto e appoggiò sul ripiano un grosso fascio di fogli scritti a mano con il logo della pensione.

Wiking si avvicinò e lesse il primo.

Per Urban
Buongiorno! Spero che tu abbia dormito bene!

Compiti di oggi:
1. *consegnare il vetro a rendere*
2. *spazzare il cortile sul retro*
3. *cambiare la lampadina rotta nel corridoio al primo piano*
4. *mettere delle pile nuove nella cassaforte della camera 15 codice 1468*
5. *accogliere il tecnico che arriva alle tre per la pulizia della canna fumaria e fargliela vedere*

Buona giornata!
Helena

E poi la stellina. Eccola. Wiking strinse i denti, ferito, in qualche modo. Non sapeva che fosse di dominio pubblico. Era convinto che appartenesse solo a loro due.

«Grazie» disse. «Vorrei portare via questo foglio per farlo analizzare.»

«Perché?»

Dalla voce del custode trapelava la paura.

«Devo controllare una cosa, ma prendo solo un foglio. Gli altri puoi tenerli.»

Tirò fuori dalla tasca interna una busta sigillabile e ci infilò il messaggio. Urban lo fissò per alcuni secondi, poi rimise delicatamente gli altri nel cassetto. Tornarono su insieme.

«Sei andato a trovare tuo zio Evert, ultimamente?» chiese Wiking quando furono nel cortile assolato spazzato dal vento.

Evert Landén era stato direttore della base di sperimentazione per vent'anni.

Urban scosse la testa.

«Non si può entrare in casa di riposo, con il coronavirus.»

Già, non ci aveva pensato.

«Che disastro. Conosci qualcun altro su alla base?»

Il custode prese lo scatolone a cui aveva dato un calcio e cominciò a piegarlo.

«Solo Oskar, della sorveglianza» rispose. «Giochiamo a Fifa.»

Wiking gli sorrise.

«Stammi bene» disse. Poi infilò il cancello.

La zona che tutti chiamavano Pantano, il cui nome ufficiale era Stenträsk Älvstrand, si trovava ai margini della cittadina, vicino alla strada che portava verso Älvsbyn e la costa. Il frastuono dei tir per il trasporto del legname si mescolava al brusio costante del fiume e al fischio del vento che scendendo dalle montagne s'infilava tra le palazzine a tre piani con le facciate rivestite di lamiera e le scale piene di spifferi, costruite negli anni Sessanta nell'ambito del cosiddetto programma Milione. Secondo il pregiudizio comune, nel quartiere si contendevano lo spazio casi sociali, immigrati e divorziati, cioè in pratica un assortimento rappresentativo dello strato più basso della società. Non era vero, o almeno non del tutto. Effettivamente c'erano cittadini con mezzi economici limitati, ma anche operai e impiegati che nel tempo libero preferivano dedicarsi ad attività diverse dal giardinaggio e dai lavori di falegnameria nella villetta. Inoltre, una parte delle costruzioni era stata venduta a una nuova cooperativa abitativa e sui davanzali di quell'area, sotto le finestre ritinteggiate, ultimamente fiorivano i floghi e l'echinacea purpurea.

Eva-Lena Lindgren viveva in uno dei condomini di appartamenti in affitto. Aprì la porta in leggings e canottiera rosa shocking. Era una donna dal fisico asciutto, con occhi vispi e un taglio di capelli sbarazzino.

«La polizia?» esclamò. «Cos'ho combinato?»

Wiking le sorrise affabile.

«Dimmi se arrivo in un brutto momento. Stavi per uscire a correre?»

«A fare ashtanga yoga giù allo Studio» rispose lei. Poi lanciò un'occhiata a un orologio a parete e arretrò di un passo. «Però vieni dentro, dai. Vuoi un caffè?»

«No, grazie» disse. Non aveva voglia di spiegare che non lo beveva.

«E non sono qui per servizio, ma per motivi personali.»

Eva-Lena Lindgren sbatté le ciglia, abilmente allungate dall'estetista del già nominato Studio.

«Dimmi, come posso aiutarti?» gli chiese con un sorriso.

Wiking entrò in cucina. L'appartamento era uguale a quello in cui un tempo abitava Agneta Mäkitalo. Le altre stanze erano vuote e silenziose. Eva-Lena viveva da sola. Wiking decise di giocare la carta dei ricordi sentimentali.

«Si tratta di Helena, mia moglie» disse. «Sono passati trent'anni da quando è morta.»

Il sorriso della donna si fece triste.

«Così tanto? Come passa il tempo. Che tragedia immensa.»

«Tu cosa ricordi di lei?» domandò Wiking, sedendosi su una panca con il cuscino in pelle di pecora sistemata nello stesso punto in cui Agneta ne aveva una con lo schienale a listelli verticali.

«Maaaah...»

La risposta si fece aspettare. Lo sguardo della donna corse fuori dalla finestra. Probabilmente ricordava molto poco.

«Lavorava alla pensione, soprattutto con mia madre.»

Sì, questo lui lo sapeva già.

«Qualche volta anche insieme a te?»

«Be', sai, era un po' dappertutto. La mamma la paragonava sempre a un coltellino svizzero: la si poteva utilizzare per qualsiasi cosa.»

Wiking accennò una risata.

«Aveva studiato in Svizzera, nel ramo turistico.»

«Giusto, ecco com'era» disse Eva-Lena. «Decisamente sovraqualificata per le nostre latitudini. Dovevi proprio averle fatto girare la testa per farla venire quassù.»

Lo guardò con occhi ammiccanti. Lui le sorrise.

«So che spesso lasciava alle persone dei messaggi scritti su foglietti, con le cose da fare. A Urban, per esempio...»

Eva-Lena rise.

«Povero Urban! È vero, gli scriveva delle liste. Lui stravedeva per lei e secondo me non gli è mai passata.»

Dunque li aveva visti, e forse sapeva anche come li firmava.

«Tu poi non hai continuato a gestire la pensione, vero? Intendo dopo la morte di tua madre.»

Il sorriso sulle labbra della donna si spense.

«Ci ho provato, ma eravamo in piena crisi, con i tassi d'interesse cresciuti del cinquecento per cento. Un'impresa impossibile.»

«E hai trovato un altro lavoro?»

«Sì, al ristorante Myrheden.»

Lui annuì. Ricordava bene, quindi: dirigeva il ristorante alla base di sperimentazione.

Lei guardò di nuovo l'orologio sulla parete.

«Mi ha fatto piacere chiacchierare» disse, «ma la lezione comincia alle dieci, quindi devo...»

Lui si alzò.

«Meglio che non comincino senza di te.»

«Non cominciano, in effetti. L'istruttrice sono io.»

Uscirono insieme.

Lei gli disse che se voleva venire a prendere un caffè un'altra volta andava benissimo, per parlare di Helena o altro.

Nonostante fosse sabato, l'attività al Missile Test Range Stenträsk, il nome ufficiale della base di sperimentazione, era in pieno svolgimento. Wiking superò i missili che fiancheggiavano il viale di accesso: un Bristol Bloodhound Mk1 sulla rampa di lancio e un CT20 su pilastri. Quando abbassò il finestrino all'ingresso principale del controllo di sicurezza sentì vibrare nel corpo il rombo prodotto dai motori dei jet supersonici.

«Visite di riguardo» constatò la guardia in uniforme che si era avvicinata alla macchina.

Wiking non ricordava il suo nome.

«Come possiamo aiutare la polizia, oggi?»

«Cerco Hermansson» rispose.

Artur Hermansson era il direttore della base. Veniva dal Sud del paese e lui non lo conosceva troppo bene.

«Avevate un appuntamento?» chiese la guardia.

«No, è una questione urgente.»

«Aspetti qui» disse l'uomo, per poi sparire oltre cancelli di ferro e gabbiotti metallici.

Wiking fece spaziare lo sguardo sui dintorni. Al di là della recinzione si vedeva la centrale di comando ospitata dall'edificio principale a sinistra, protetto da una gabbia di Faraday per evitare eventuali forme di spionaggio elettronico. La costruzione era stata rinforzata contro «effetti esterni», cioè le bombe. Il ristorante Myrheden a destra e, accanto, il museo che alcuni entusiasti avevano messo in piedi e presidiavano per tramandare la storia della base. Wiking ci era stato, trovandolo interessante e commovente. L'impressione più forte era quella lasciata dal ricordo del personale rimasto ferito o ucciso nel corso degli esperimenti fatti nei primi anni. Più in là, oltre le conifere, la pista di atterraggio e gli hangar da cui arrivava il rumore dei jet. I vapori del carburante penetravano nei polmoni.

«Vada avanti e parcheggi all'ingresso E. Verrà a prenderla un capoprogetto» lo informò la guardia.

Puntò con il dito verso una porta sul lato più lungo dell'edificio, alzò la sbarra d'acciaio e aprì il cancello. Wiking tirò su il finestrino e lo ringraziò sollevando la mano.

Parcheggiò nel posto che gli era stato indicato. Era dotato di attacco per il riscaldatore, quindi doveva essere di qualcuno dei dipendenti. Magari di Markus.

Scese e andò alla porta. Chiusa a chiave. Dovette aspettare qualche minuto e quando gli venne aperta si ritrovò davanti Anja Berglund, la sua vicina di casa. Trasalì. Gli sembrò strano incontrarla lì, considerando che in genere si vedevano seminudi appena alzati dal letto. Lei lo salutò con il gomito.

«Artur è impegnato in un colloquio su Zoom» disse. «Ti va una tazza di caffè, intanto che aspetti?»

«Un bicchiere d'acqua, grazie» rispose Wiking.

La seguì lungo i corridoi, adeguando il passo alla sua familiare andatura lenta.

Non era mai stato nel cuore vero e proprio della base.

Gli arredi rispondevano agli standard degli uffici pubblici svedesi. Pavimento di linoleum arancione, pareti bianche in gesso, soffitto a pannelli di sughero. Fruscio del sistema di aerazione, tubi al neon sfarfallanti, cestini della carta in plastica.

Anja lo accompagnò in una sala riunioni. I mobili erano in faggio impiallacciato e i quadri semplici riproduzioni a olio di aerei da combattimento della storia militare svedese, ma le poltroncine intorno al tavolo erano eleganti.

«Vado ad avvertire per l'acqua. Va bene così? Io devo andare a occuparmi dei nostri ospiti.»

Wiking annuì, si tolse la giacca e la appoggiò sullo schienale.

Attraverso la porta aperta la sentì parlare con un uomo di telemetria, teodoliti, geodesia e droni bersaglio, Uav e obiettivi aerei. Non aveva idea del significato di nessuno dei termini. Chiuse gli occhi. La poltroncina era comoda. I discorsi che stava ascoltando riguardavano con ogni probabilità del materiale classificato ai massimi livelli, ma in quel momento lui era concentrato sulla poltroncina e sull'aria fresca e leggera che gli accarezzava la fronte e gli pungeva la gola. Com'era banale l'essere umano: incredibile che inezie e cose importanti si mescolassero nella coscienza formando un miscuglio in cui era impossibile stabilire un ordine di priorità.

«Wiking Stormberg» disse una voce decisa. «Come posso aiutarla?»

Wiking si alzò e lo salutò. Artur Hermansson chiuse la porta e gli si sedette di fronte.

«La settimana scorsa a Pålberget uno dei vostri dipendenti ha subito un furto con scasso» esordì Wiking. «Si tratta di Johan Björkman. La scoperta è stata fatta soltanto ieri perché Johan era in ferie. È stato rubato l'armadio portafucili, con le munizioni.»

«Ahia» commentò il direttore della base.

Un furto in casa di chiunque rivestisse incarichi per cui era richiesto il nulla osta sicurezza comportava dei rischi. In un armadio blindato di quel genere poteva esserci qualcosa, a parte le armi, di cui era meglio non parlare alla polizia: denaro sporco, droghe, video porno o altro che apriva la porta a ricatti o altre minacce. Wiking non aveva intenzione di investigare su quest'eventualità, ma era d'importanza vitale che Hermansson ne fosse a conoscenza.

«So bene che il ruolo di Björkman è soggetto a obbligo di segretezza e che lei non può darmi i particolari che riguardano la vostra attività e gli aspetti operativi, ma per poter proseguire nelle indagini ho bisogno delle risposte ad alcune domande.»

«Naturale» rispose Hermansson. «Cosa vuole sapere?»

«Chi è a conoscenza delle ferie del personale?»

«Non sono dati pubblici, ma nemmeno un gran segreto. I collaboratori e gli addetti all'amministrazione vengono informati per poter impostare l'attività e le buste paga.»

Wiking tirò fuori dalla tasca della giacca un blocco e una penna e annotò la risposta del direttore.

«Può darsi che la prossima informazione che le chiedo sia classificata, ma lo faccio lo stesso» disse. «Negli ultimi sei mesi avete avuto qui qualcuno proveniente dal K4 di Arvidsjaur?»

Hermansson fece un respiro profondo.

«Il K4 è un reggimento di incursori, una forza speciale impegnata in operazioni flessibili e in attività di intelligence dietro le linee nemiche. Non dispone di mezzi pesanti. Forse questo risponde alla sua domanda...»

Wiking annuì.

«Se posso farne una a mia volta» continuò Hermansson. «Avete qualche spunto utile? Prenderete i responsabili?»

Wiking si grattò la testa.

«I presupposti di partenza non sono ideali. Non sappiamo in che giorno abbiano agito. I vicini non si sono accorti di niente. Però abbiamo altri elementi...»

Rifletté per qualche secondo.

«Potrebbe esserci una minaccia legata alla segretezza delle attività che si svolgono qui alla base, che coinvolga Johan Björkman o altri, magari da parte di qualcuno che ha interesse a sfruttare conoscenze sui singoli dipendenti per trarne vantaggio?»

Hermansson alzò le sopracciglia.

«Dove vuole arrivare?»

Wiking scrutò attentamente il direttore.

«La presenza della base nel nostro distretto rappresenta sempre un fattore di complicazione nel lavoro di indagine» spiegò. «Dobbiamo tenerne costantemente conto. So che la domanda è astratta, ma esiste il rischio che qualche dipendente sia soggetto a minacce?»

Hermansson si schiarì la gola.

«Non lo definirei un rischio incombente, ma non si può escludere. Maneggiamo solo materiale classificato...»

Wiking si alzò.

«Non la trattengo oltre. A quanto vedo siete in piena attività.»

Il direttore lo imitò e spinse piano la poltroncina verso il tavolo.

«Sì, abbiamo parecchie operazioni in corso.»

«Markus mi ha riferito della promozione» disse Wiking, e si mise la giacca.

«Ne siamo tutti molto felici. È un giovane in gamba.»

«E questo genere di informazioni è di pubblico dominio, qui?»

«Chi viene promosso? Direi di sì, certo.»

La porta fu aperta da una donna con un bicchiere d'acqua in mano.

«Terrò in considerazione le sue domande» concluse Hermansson. «Trova l'uscita da solo?»

La stazione di polizia era deserta e immersa nel silenzio. Wiking andò dritto all'ufficio di Roland Larsson, più grande del suo dato che vi veniva conservata tutta l'attrezzatura che serviva per i sopralluoghi. Oltre ad alcuni teli impermeabili, riflettori e fotocamere, c'era anche altro materiale, come il nastro per la rilevazione delle impronte digitali, vari tipi di polveri con relativi pennelli, applicatori magnetici, tamponi, gessi, tagliavetro, adesivi in gel per le impronte di scarpe, silicone a presa rapida, reagenti per la rilevazione di amminoacidi e un sacco di altri barattoli e astucci di cui Wiking non capiva granché. All'epoca in cui svolgeva servizio sul campo aveva una discreta padronanza dell'armamentario, ma da quando era diventato capo della polizia locale non aveva più toccato un barattolo di polvere.

C'erano confezioni di pasta brunastra usata per fare il calco dei danni prodotti da un'effrazione, torce potenti, buste sigillate per il test del dna e altre polveri ancora. Wiking provò un moto di sconforto.

Cosa utilizzava Roland per la carta, di solito? Sui vecchi scontrini non applicava la polvere con un pennello... Li immergeva in qualche genere di liquido. Come si chiamava?

C'erano alcune bacinelle e, di fianco, un flacone. EVIDENT 32OZ NINHYDRIN LATENT FINGERPRINT REAGENT HFE-7100 PREMIXED SOLUTION, c'era scritto. Giusto, rilevava gli amminoacidi. Erano stati degli svedesi a scoprire che si poteva usare per le impronte digitali. Se non ricordava male esisteva anche sotto forma di spray.

Per fortuna Roland era un tipo preciso: Wiking trovò la bomboletta nel ripiano di sotto. La prese, tornò nel proprio ufficio, accese la luce e tirò fuori dalla tasca interna la busta sigillata con il foglio di Urban. Lo appoggiò per terra di fianco alla lettera e scattò qualche foto con il cellulare. La busta la lasciò perdere: era troppo contaminata.

Poi spruzzò una dose abbondante della sostanza chimica su entrambi i fogli. Un odore penetrante di alcol riempì la stanza. Se fosse entrato qualcuno avrebbe pensato che aveva bevuto in orario d'ufficio, ma pazienza. Quando li sollevò, sul pavimento rimasero due rettangoli asciutti.

Scrutò la lettera. Non si vedeva granché, solo umidità e quello che c'era scritto. Aveva esagerato?

No, doveva solo farla asciugare. Era il caso di metterla in forno? Meglio evitare: minimo minimo l'avrebbe bruciata.

Si sedette sulla poltroncina e aspettò.

Quella notte di trent'anni prima lui era nella squadra di ricerca che aveva passato al setaccio la parte meridionale di Kallmyren. Ci si era concentrati su quella perché era la più ricca di more artiche. Verso mezzanotte era stato informato del ritrovamento dell'auto e poco dopo della figlioletta. Aveva guidato come in trance fino all'ospedale della cittadina, con i veli di nebbia che aleggiavano intorno alla macchina. Quando era entrato aveva visto Gunilla Landén, la primaria del pronto soccorso, con la piccola tra le braccia. Le avevano appena dato un biberon di latte artificiale ed era avvolta in una pesante coperta di lana. La dottoressa aveva consegnato la bimba a un'infermiera e lo aveva portato con sé nel proprio ufficio. Gli aveva spiegato che la figlia era fuori pericolo e si sarebbe completamente ripresa. La notizia non gli aveva dato nessuna gioia. L'unica cosa che ricordava era il sollievo quando la dottoressa Landén gli aveva detto che quella notte l'avrebbero trattenuta in reparto per tenerla sotto osservazione. Aveva evitato di assumersene lui la responsabilità.

Il senso di colpa bruciava ancora. Non c'era modo di rimediare. Elin gli sfuggiva tra le dita come l'angelo che era sua madre.

Si chinò sulla scrivania. I fogli si erano asciugati e sulla carta si erano materializzate diverse chiazze tra il rosa e il lilla. Accese la lampada da tavolo e avvicinò gli occhi alla lettera.

Quasi tutte le macchie, allungate e frammentarie, erano tracce di qualcosa – salsa alla panna della cena, forse – che non aveva a che vedere con le impronte digitali. Wiking sapeva troppo poco, a livello tecnico, per valutare i dettagli. In basso, però, nell'angolo a sinistra, c'era una chiarissima impronta di pollice. Non poteva essere nient'altro. La base era più larga della parte superiore. Per sicurezza guardò le proprie dita. Solo il pollice aveva quella forma.

Con le mani leggermente appiccicose di ninidrina sfogliò il sottile fascicolo di Helena, che comprendeva anche una serie di impronte digitali rilevate dai colleghi, dopo la scomparsa, su una tazza da caffè, sul bicchiere in bagno, sulla spazzola per capelli, sui pacchetti di pannolini e sui biberon. Quelle che aveva in mano erano fotocopie di fotografie, quindi copie di copie, sgranate e indistinte.

Cercò le due tracce dei pollici e le mise accanto alla lettera per confrontarle. Le impronte digitali non cambiano con l'aumentare dell'età.

Non era una valutazione facile, con la scarsa qualità delle copie di cui disponeva. Tra l'altro ricordava che nemmeno l'originale era granché.

Una, però, sembrava somigliante. Esaminò le papille dermiche, le linee orizzontali, la forma del dito. Era la stessa? Impossibile a dirsi.

Prese il foglio della pensione, che Helena aveva indiscutibilmente tenuto in mano. In generale, le impronte digitali avevano una permanenza abbastanza limitata nel tempo, ma i materiali porosi come la carta erano in grado di trattenerle, nella migliore delle ipotesi, anche fino a trent'anni. Con un po' di fortuna, poteva trovare un riscontro.

Il foglio che gli aveva dato Urban, però, si dimostrò inutilizzabile: in pratica era completamente rosa e tutte le impronte che si riuscivano a distinguere erano identiche. Nessuna corrispondeva a quella del pollice sulla lettera. Il pover'uomo doveva aver letto e sfogliato quelle note un anno dopo l'altro.

Wiking lo buttò nel cestino e prese la busta.

Hotel International Stockholm.

Perché scegliere un foglio intestato per una lettera anonima?

Perché non era anonima.

Nello stesso istante, il portoncino dell'ingresso principale si aprì e si richiuse sbattendo forte. Wiking alzò gli occhi. Che cavolo stava succedendo?

Si guardò intorno nell'ufficio, dalla scrivania al pavimento. Dio santo, non poteva permettere che qualcuno vedesse quel casino. Si alzò, si risedette, raccolse al volo i fogli sul ripiano e li fece scivolare nel primo cassetto. Sentì dei passi attutiti in corridoio: erano gli zoccoli di gomma di Carina Burstrand. Andò alla porta, la aprì di scatto e uscì, richiudendosela risoluto alle spalle. La segretaria, che stava andando nella saletta del personale, lo guardò sorpresa.

«Mi fa piacere che tu sia passata» le disse Wiking. «Ho una cosa da chiederti.»

«Devo solo rifornire di bibite il distributore automatico» rispose lei senza fermarsi.

Lui la seguì e si appoggiò al piano dell'angolo cucina.

«Riguarda mia moglie.»

Carina lo fissò, raddrizzò le spalle e abbassò il sacchetto pieno di lattine.

«Cos'è successo?»

«Voi vi frequentavate abbastanza, vero? Parlavate di libri.»

«Perché?»

Sul viso le era comparsa un'espressione scettica. Si conoscevano dalla prima elementare, avevano fatto tutta la scuola dell'obbligo nella stessa classe e lavoravano insieme da trentadue anni. Wiking capì che non poteva girarci intorno.

«Ho trovato uno strano foglio, forse scritto da lei» disse.

La segretaria depositò piano il sacchetto dell'Ica sul pavimento.

«Wiking, so bene che la settimana scorsa cadevano i trent'anni dalla sua morte. C'entra con quello che mi stai dicendo?»

Lui trattenne il respiro. Non pensava che se lo ricordasse.

«Non saprei» rispose. «Può darsi.»

«Che foglio hai trovato?»

Wiking si passò i palmi sulla fronte.

«Un foglio che forse ha scritto lei, una volta.»

«Ti sei messo a frugare tra i vecchi ricordi?»

Lui abbassò gli occhi sulle proprie mani. Tanto valeva lasciarle credere che volesse intraprendere un viaggio da fachiro nell'autocommiserazione.

«Adorava Ulf Lundell» disse Carina con voce insolitamente dolce. «E Jack Kerouac. I classici non le andavano a genio, li considerava morti e sepolti. Nabokov invece le piaceva. Helena è l'unica che conosca ad aver apprezzato *Lolita* quanto me.»

«Sai come si firmava? Parlo dei messaggi che scriveva sui foglietti, a livello informale.»

Lei lo guardò, le sopracciglia contratte.

«Dove vuoi arrivare?»

Non lo sapeva o faceva finta?

«A proposito, Håkan lavora ancora alla base sperimentale?»

Carina Burstrand incrociò le braccia sul petto.

«Perché, secondo te mio marito potrebbe aver trovato un altro lavoro come tecnico aeronautico a Stenträsk? Mi spieghi cos'è questa faccenda?»

Wiking si avviò verso la porta.

«Non ti disturbo oltre» disse. «Ti lascio sistemare le bibite in pace. Mi sto occupando del furto di armi a Pålberget e può darsi che debba fare un salto a Stoccolma.»

«Alla stazione di polizia di Älvsbyn è arrivato il Covid» lo informò Carina. «Forse è meglio se rimani qui in standby.»

«A Älvsbyn se la cavano» rispose lui.

Andò nel suo ufficio, chiuse la porta, spalancò la finestra e nascose la ninidrina spray e i documenti nel cassetto della scrivania. Sentì Carina armeggiare nella saletta con lattine e capsule per il caffè. Tirò a sé la tastiera e si collegò al sistema operativo di pianificazione centrale, il Cops. Ormai il giochetto di parole sottinteso nella sigla non lo infastidiva più. Lesse le informazioni complementari riguardo al furto. Nel pomeriggio di venerdì i colleghi di Järva avevano arrestato l'ipotetico responsabile nella sua abitazione a Tensta, in Risingeplan 40.

In realtà, a quanto poté capire Wiking, si trattava della casa dei genitori, che il sospettato divideva con cinque fratelli e sorelle. Sotto un letto in una delle camere erano stati trovati un AK-4, una scatola di munizioni da 7,62 mm decimata ma che inizialmente conteneva ottocento proiettili, una Glock 17, un fucile da caccia Sako 85, un Sako Vixen 222 e un Husqvarna a canna liscia calibro 20.

Dunque le armi erano tutte lì, a eccezione di diverse centinaia di proiettili dell'AK-4 che al momento erano conficcati nelle pareti di una pizzeria nel centro di Tensta, oltre che nel corpo di tre ragazzi di una banda rivale, miracolosamente sopravvissuti. Era del tutto inverosimile che le cose stessero in un altro modo.

Non c'era bisogno che andasse a Tensta: i colleghi avrebbero gestito autonomamente la situazione.

La porta si aprì senza che si sentisse bussare. La segretaria fece capolino nell'ufficio.

«Stai arieggiando?»

Lui alzò rapidamente gli occhi per poi riabbassarli subito sul computer.

«Avevo l'impressione che si sentisse odore di chimico, qua dentro, per qualche motivo» rispose.

Lei lo guardò diffidente e spostò il peso da un piede all'altro.

«Inserisco io l'allarme quando esco» disse Wiking.

Carina chiuse la porta. Lui la sentì oltrepassare il bancone delle informazioni e uscire in strada. Aspettò che nell'edificio calasse il silenzio, poi prese la lettera e la ninidrina spray, rimise il barattolo al suo posto sul ripiano di Roland Larsson e infilò il foglio in una busta sigillata.

Mentre attraversava il parcheggio gli squillò il cellulare. Era la viceresponsabile della polizia regionale giù a Umeå.

«Abbiamo un'epidemia di Covid a Älvsbyn. Potresti accollarti tu la reperibilità per il weekend?»

Wiking fece un respiro profondo. La lisca gli punse la gola. Nove giorni all'intervento.

«No» rispose. «Mi sto occupando di un furto di armi, un intero arsenale che...»

«Quello puoi rimandarlo a lunedì. Ci servi per il fine settimana.»

Lui strinse gli occhi per un paio di secondi, fortissimo.

«Mi spiace, non posso» disse.

Prenotò il biglietto aereo dalla macchina.

Stenträsk è un comune della regione Norrbotten, nella Lapponia svedese. Il capoluogo è Stenträsk, in passato chiamato a volte «il portale delle rapide di ghiaccio», espressione documentata dall'epoca del viaggio in Lapponia di Carl von Linné nel 1732.

Stenträsk si trova sul fiume Pite älv e confina con Älvsbyn e Arvidsjaur a sud, Boden a est e Jokkmokk a nord.

A livello ecclesiastico, dal 1809 appartiene alla congregazione di Stenträsk, e prima di allora apparteneva a quella di Nederluleå.

Fino al 1893 rientrava nel circondario di Jokkmokk, dopodiché, fino al 1928, in quello di Stenträsk. Dal 1971 al 2002 ha fatto parte della circoscrizione giudiziaria di Boden e dal 2002 è passata sotto Luleå.

Il comune conta 9031 abitanti.

Negli ultimi quattro decenni l'andamento anagrafico è andato leggermente calando.

(da *Informazioni sui comuni svedesi*)

Quando Wiking era piccolo, gli piaceva molto la musica. Mamma Karin suonava al pianoforte le melodie tratte dalla raccolta *Adesso si canta*, un libriccino arancione, e lui cantava in piedi su uno sgabello. Imparare le cose a memoria gli riusciva facile, soprattutto le parole delle canzoni ma anche i versetti della Bibbia e i dialoghi dei programmi in televisione. Non aveva una voce bianca particolarmente bella, ma era intonato, anche se aveva un'estensione limitata.

Papà Gustav trovava fastidiosa, per non dire da sciocchi, la sua abitudine di mettersi a cantare dappertutto. Capitava che ordinasse bruscamente al figlio di chiudere la bocca, anche in pubblico. Wiking non ubbidiva e, sebbene il padre non lo picchiasse mai in presenza di altri, una volta a casa gli mollava spesso schiaffi o sferzate con le frasche usate per la sauna.

La hit senza precedenti *Lyckliga gatan*, di Anna-Lena Löfgren, era stata uno dei primi pezzi che aveva imparato dall'inizio alla fine direttamente dalla radio, forse in concorrenza con *I natt jag drömde* degli Hep Stars. Era l'estate del 1967 e stava per compiere cinque anni. Ricordava ancora i testi di entrambe le canzoni, e oggi sapeva che il secondo era stato trasposto dall'inglese da Cornelis Vreeswijk mentre il primo era la versione svedese del *Ragazzo della via Gluck*.

Non metteva più piede a Tensta da trent'anni. Solo case su case, catrame e cemento, ma era così da molto prima che ci arrivasse lui. Di sicuro non era mai stato un idillio stile Bullerby. Forse le facciate dei palazzi erano un po' più chiare, in seguito a qualche intervento politico per rendere meno stigmatizzate le zone realizzate all'epoca del programma Milione. I risultati però non erano esaltanti.

Risingeplan, il posto dove viveva l'adolescente arrestato, era formato da casermoni di sette piani in cemento costruiti sopra i garage interrati, con i tetti piatti e i balconi a filo facciata. I lunghi edifici creavano tunnel spazzati da un vento impietoso che spuntava dal nulla e lasciava le persone con gli occhi rossi e il respiro mozzo. Sotingeplan, dove stava Wiking ai tempi dell'accademia, era a qualche centinaio di metri da lì, al lato opposto del centro commerciale.

Pagò il tragitto e il taxi ripartì sgommando. Si mise lo zaino su una spalla e scrutò il display del cellulare.

L'indirizzo che cercava era dietro di lui.

Il numero 40 era uno dei tanti portoncini identici di quei palazzi tutti uguali. Il sospetto ladro abitava al terzo piano. Wiking alzò lo sguardo sui vetri che riflettevano il sole. Un adolescente con la cameretta piena di armi automatiche. Restava da capire come ci fossero finite. Il ragazzo fermato non aveva nessun legame evidente con Stenträsk. Quanti dei suoi fratelli e sorelle minori sapevano cosa teneva sotto il letto? E cosa aveva scatenato in loro quella scoperta? Paura o ammirazione?

Chi non trovava un posto nella collettività spesso se ne creava uno suo, al di fuori. Un'antica verità.

Si guardò intorno. C'era odore di gas di scarico ed erba appena tagliata, una combinazione per cui aveva un debole. Più in là si scorgeva un boschetto con conifere alte e latifoglie frondose che ricordava un po' la vegetazione intorno al Pantano. Aveva letto di una troupe televisiva italiana, arrivata in una zona di periferia degradata svedese per fare un reportage sulle deplorevoli condizioni in cui versava, che aveva pensato di essere finita nel posto sbagliato. Non era difficile capire come mai. Pur non essendo Bullerby, né le case né le vie avevano grossi difetti. Non era colpa delle costruzioni se la società non funzionava, e nemmeno degli alberi o della terra.

Un gruppetto di ragazzini sugli undici o dodici anni gli si avvicinò da dietro. Portavano felpe con cappuccio e scarpe da ginnastica slacciate. Lui non se ne curò. Si fermarono davanti a una sbarra di metallo usata per battere i tappeti e gli gridarono dietro qualcosa, chiedendogli se era della pula. Quella era l'unica cosa che aveva colto. Avevano una cadenza e un vocabolario che gli erano del tutto sconosciuti.

«Non capisco il vostro modo di parlare» disse.

Uno dei ragazzini accennò con la testa al palazzone che stava fissando e gli chiese perché stava lì impalato a guardarlo.

«Ci avete visto giusto» rispose Wiking. «Sono un poliziotto. E sono qui per indagare su un furto. Ne sapete qualcosa?»

Il ragazzino sputò e fece un commento chiaramente sarcastico che fece ridere gli altri. Wiking si girò del tutto verso di loro.

«Voglio che sappiate che sono autorizzato dalla legge a prendere in custodia immediata i minori. Ad Arboga c'è già pronta una struttura di affido temporaneo.»

I ragazzini scoppiarono in una risata, ma si vedeva che era forzata. Anche se le sue parole non erano state recepite fino in fondo, avevano creato un senso di disagio. Un paio di loro fecero un passo indietro.

«I poliziotti possono portare le armi» continuò lui. «Legalmente. E il loro lavoro è tenere sotto controllo i delinquenti. Non fatevi arrestare, però, perché se no non vi prendono all'accademia.»

Tornò verso la via seguendo con la coda dell'occhio i ragazzini per essere sicuro che non gli arrivasse una sassata in testa. Non gli scollarono lo sguardo di dosso, ma non accennarono a reagire. Cosa ne sarebbe stato di loro? Che possibilità avrebbero avuto dalla vita?

A volte gli capitava di rimuginare sulla convinzione comune che gli esseri umani potessero agire sulla base del libero arbitrio, quando invece le opportunità erano fortemente limitate da aspettative e presupposti di partenza. Lui era diventato poliziotto come suo padre, nella stessa località e, alla fine, con lo stesso ruolo. Naturalmente anche quei ragazzini avrebbero potuto entrare in polizia e lavorare a Stenträsk, ma era alquanto inverosimile. C'erano più probabilità che morissero in una sparatoria tra bande o si perdessero nella tossicodipendenza, se non avessero trovato un modo per loro accettabile di vivere come cittadini svedesi.

Si avviò verso la stazione di Rinkeby.

L'investigatore di turno il sabato mattina si chiamava Abdul Muhammad e salutò cordialmente, ma a distanza, il collega del Norrbotten.

«Non sei di Stoccolma» constatò Wiking quando si sedettero nel suo ufficio.

«No, vengo da Malmö» rispose il poliziotto con un forte accento della Scania. «Come posso aiutarti?»

«Sono qui per la sparatoria avvenuta a Tensta nei giorni scorsi» spiegò Wiking. «Conduco le indagini sul furto di armi a Stenträsk. Ci sono novità?»

«Hanno agito su incarico dei capi di Tensta X, questo lo sappiamo per certo» spiegò Muhammad prendendo un fascio di fogli dalla scrivania.

Lesse in silenzio per un minuto o due.

«Certo che aveva un bell'arsenale, là dentro» disse poi. «Ci sono due aspetti che mi hanno colpito. Per prima cosa, come facevano i ladri a sapere che quelle armi erano lì, in una casa nel bel mezzo del nulla? E la seconda: cosa ne hanno fatto dell'armadio blindato?»

Gli squillò il cellulare, ma lui rifiutò la chiamata.

«La prima domanda è facile: a Stenträsk sono in molti a sapere che Johan Björkman è un cacciatore e che fa parte della guardia nazionale. È noto anche che vive nella casa appartenuta ai suoi genitori, su a Pålberget. Oltretutto, anche chi lo ignorasse lo scoprirebbe in un attimo googlando il suo nome. Probabilmente i ladri non avevano un'idea precisa di quali armi avrebbero trovato, ma immagino che il bottino fosse quello che si aspettavano: la dotazione standard di armi militari per i membri della guardia nazionale e i normali fucili di chi va a caccia. L'armadio blindato non è stato rintracciato. Abbiamo interrogato i vicini e controllato tutti i mezzi fotografati dalle telecamere degli autovelox nel territorio comunale durante la settimana, ma per il momento non abbiamo avuto risultati.»

L'investigatore appoggiò il fascicolo e guardò l'orologio sul cellulare, mostrando che non aveva troppo tempo da dedicare al caso.

«Dev'essere stato un lavoro su commissione, o almeno ci sarà stato qualche genere di contatto preliminare, altrimenti non avrebbero potuto far arrivare qui le armi così rapidamente» continuò Wiking. «Ho una teoria su come potrebbero essere andate le cose.»

Abdul Muhammad alzò lo sguardo, un guizzo di interesse dietro gli occhiali.

«Stenträsk si trova a un'ora di macchina dall'I19 di Boden. Un grosso reggimento. A un'ora di distanza in direzione opposta, ad Arvidsjaur, abbiamo quello degli incursori, più lo stormo F21 a Luleå... Non so quanti facciano il servizio di leva dalle nostre parti, ma devono essere più di mille reclute ogni anno. La rete di contatti è ampia.»

L'investigatore annotò qualcosa su un blocco.

«Quindi pensi che ci sia un collegamento a livello militare?»

«Sì, in qualche modo. E per tradizione Stenträsk ha scambi soprattutto con Arvidsjaur, cioè il K4.»

Si sporse sulla scrivania.

«Nessuno che sia stato condannato a una pena detentiva per un reato penale può svolgere il servizio militare» disse, «ma forse ci sono altri che gravitano intorno a loro e che sfuggono al controllo della Säpo e del Must. Parenti, fratelli, amici.»

Abdul Muhammad annuì.

«Se ti faccio avere un elenco di tutte le reclute che hanno prestato servizio ad Arvidsjaur nell'ultimo anno, puoi verificare se ci sono dei collegamenti in questo senso?» chiese Wiking.

«Non si possono ottenere dati del genere dalla Difesa» obiettò l'investigatore. «Le informazioni sulle singole persone sì, e anche gli elenchi di chi ha fatto la formazione di base in Svezia, ma non in quali reggimenti si trovano...»

«Lo so, lo so» rispose Wiking, «ma *se* io riuscissi a procurarmi un elenco del genere, di tutti gli incursori al K4 nell'ultimo anno? In questo caso riusciresti a fare una verifica?»

Il collega accennò un sorriso.

«Ci puoi scommettere.»

Wiking si alzò e uscì dall'ufficio nello stesso istante in cui il cellulare dell'investigatore squillava di nuovo.

Sulla piazza davanti alla stazione di polizia inviò un sms a Mats Vikander.

Sono in città, per lavoro ma non solo. Hai tempo per una chiacchierata?

Poi scese in metropolitana.

L'Hotel International era all'inizio di Strandvägen, a un centinaio di metri dal Kungliga Dramatiska Teater dove Wiking era stato soltanto due volte in vita sua, entrambe nella primavera del 1986, quando Helena era incinta di Markus. «Bisogna cogliere l'attimo» gli aveva detto lei. «Dopo che sarà nato non potremo andare a teatro per un'eternità.»

Avevano visto il *Macbeth* di Shakespeare nella Sala grande e *Il sogno* di Strindberg nella Sala piccola, qualche settimana dopo. Il primo parlava di omicidi e lotta per il potere a livelli tali da far sembrare zuffe tra bambini delle elementari le attuali sparatorie tra bande. Del secondo, con la regia di Ingmar Bergman, non aveva capito niente. Uomini in parrucca andavano e venivano. Alla fine si era addormentato. L'hotel doveva trovarsi lì già all'epoca, ma non lo aveva mai notato.

Sulla porta d'ingresso, una vetrofania avvertiva che l'albergo non accettava contanti. Quando entrò, la reception era incustodita. Erano le quattro e l'ora di punta del check-in era finita. Il ristorante a lato, invece, era strapieno di gente. Il brusio e le risate oltrepassavano porte e pareti di vetro. Come annunciava il sito, era elegante e di classe, o almeno ambiva a esserlo. Wiking suonò l'antiquato campanello sul bancone e aspettò. Dopo circa un minuto, dal retro arrivò a passo di marcia una ragazza molto giovane che portava un tailleur austero. Lo squadrò da capo a piedi, soffermandosi sullo zaino e sulla giacca Helly Hansen stropicciata. Il sorriso che gli rivolse era piuttosto tirato.

«Benvenuto. Ha prenotato una camera?»

Wiking le mostrò il distintivo.

«Sto indagando su un furto che presenta collegamenti con la sparatoria tra bande avvenuta mercoledì a Tensta» disse.

Il sorriso della giovane donna si spense di colpo. Lui mise via il distintivo.

«Devo esaminare il vostro registro degli ospiti dell'ultima settimana.»

La ragazza fece un passo indietro e si gettò un'occhiata alle spalle.

«Non credo che sia...»

Si bloccò per qualche secondo frugando con lo sguardo il locale da cui era uscita, ma evidentemente non trovò nessuno che potesse aiutarla. Wiking aspettò. Poi lei raddrizzò le spalle e prese coraggio.

«Posso vedere il mandato di perquisizione?»

Wiking la scrutò. Aveva la bellezza artificiosa che spesso caratterizzava le donne sole, impegnate o meno in una relazione. Fronte troppo liscia, unghie troppo lunghe, labbro superiore troppo pronunciato e capelli troppo lucenti. Quelle che avevano troppo tempo libero, che seguivano troppi influencer su Instagram e guardavano troppo Netflix.

«Ai sensi del settimo paragrafo della legge quadro sull'ordinamento della polizia, lei è tenuta a mostrarmi subito il registro degli ospiti dell'hotel» disse a voce bassa e dura.

La ragazza impallidì leggermente.

«Il direttore non è qui» rispose, e stavolta si percepì un chiaro accento della Dalecarlia. «Non so se sono autorizzata...»

«Non può opporsi» chiarì Wiking, lasciando che la minaccia echeggiasse nel silenzio che seguì.

Mentre lei esitava, tirò fuori la foto di Helena che in genere teneva nel portafogli – era una fototessera rimasta inutilizzata quando aveva rinnovato il passaporto – e che ora aveva messo in una busta sigillata.

«Questa è una foto di trent'anni fa della donna che cerchiamo.»

Un folto gruppo di persone che se ne infischiavano alla grande del distanziamento sociale uscì dal ristorante e proseguì verso la strada. La ragazza prese la bustina e scrutò la foto attraverso la plastica.

«Cos'ha fatto?» chiese sollevando su Wiking gli occhioni sbarrati.

«Niente. Potrebbe essere una testimone.»

«Ah» rispose lei come se capisse.

Gliela restituì.

«L'ha vista? O ha visto qualcuno che potrebbe essere lei e che ha alloggiato qui all'inizio della settimana?»

«Sono rientrata oggi dalle ferie.»

Merda.

«Quindi personalmente non sa nulla di chi ha firmato il registro degli ospiti?»

«No, mi dispiace. E comunque non tutti devono compilarlo, solo gli stranieri.»

Wiking annuì.

«La vostra carta da lettere con il logo e la busta è disponibile in tutte le camere?»

Lei lo guardò stupita.

«Sì, tutte. Perché?»

«Si può trovare da qualche altra parte?»

«La nostra carta da lettere? Non penso proprio. Dove, per esempio?»

«Nel ristorante qui accanto c'è?»

Lei girò la testa verso la porta di vetro.

«No» disse. «Assolutamente no.»

«E qui alla reception?»

La giovane donna si chinò a frugare in un cassetto.

«Credo che ce ne siano alcuni fogli qui...»

«Ma in generale, comunque, la tenete nelle camere e basta?»

Lei annuì.

«Allora, posso vedere questo registro?»

La donna si schiarì la gola.

«L'hotel è al completo dall'inizio del mese. Abbiamo centotrenta camere.»

«Devo restare qui alla reception o c'è un ufficio che posso usare?»

Lei chinò la testa e tornò dietro le quinte. Wiking la seguì.

I dieci giorni a cui limitò la ricerca, dal 9 al 18 agosto, comprendevano dunque milletrecento potenziali pernottamenti. In realtà l'hotel non era stato al completo in tutte le date, e diversi ospiti si erano fermati per più notti. Inoltre, a causa del Covid, i clienti erano in maggioranza svedesi, ma restavano comunque centotrentaquattro registrazioni individuali di cittadini stranieri. La scheda da compilare non era uguale a quella utilizzata dalla pensione di Stenträsk, dato che ogni albergo poteva impostarla come voleva. Comunque i dati che gli servivano c'erano, almeno in parte: nome, nazionalità, indirizzo, data di nascita, indirizzo email. Molte schede erano però compilate in maniera frettolosa o incompleta.

Per esempio, Bente e Jesper Jensen, residenti a Oslo, lei nata nel 1963 e lui nel 1985. Madre e figlio o una coppia poco convenzionale? Vivevano insieme? Non era indicato nessun indirizzo.

Annotò Bente sul suo blocco, dato che aveva l'età giusta. L'indirizzo di posta elettronica era presente.

Thomas e Antoine Peeters, di Groninga... era in Olanda, no? E Antoine era un nome maschile o femminile? Non lo sapeva. Comunque, erano nati negli anni Settanta. Mise da parte la scheda.

James Brown, nato nel 1962, lo lasciò perdere, e anche Pedro Fernandes, portoghese di Olhão, e la famiglia Wilson di Nottingham, con quattro figli. Sfogliò quelle di Vincent Honcharenko e della moglie Angelina, di Kiev, e quelle di Pekka Aro di Kemi e dei signori Halkias di Atene, nati nel 1947.

Alla fine si ritrovò sul blocco quattordici nomi femminili, probabilmente senza nessuna utilità.

Anette Andersen, Copenaghen, n. 1962
Sandra Boyle, Salt Lake City, n. 1964
Bridget Ceders, Londra, n. 1958
Inese Eglītis, Riga, n. 1963
Maria Sophia Fernandes, Fuengirola, n. 1965
Emmanuelle Fontaine, Lione, n. 1962
Corinne Gruber, Graz, n. 1961
Bente Jensen, Oslo, n. 1963
Vladlena Ivanova, Mosca, n. 1959
Daniella Marak, Praga, n. 1960
Anastasia Stepanova, San Pietroburgo, n. 1962
Maryanne Taylor, Melbourne, n. 1964
Elizabeth Twersky, Tel Aviv, n. 1962
Christine Williams, Sydney, n. 1961

«Papà?»

Il filtro del cellulare non era sufficiente a coprire l'incredulità nella voce della figlia.

Un autobus di linea suonò insistentemente il clacson a una Range Rover parcheggiata nel bel mezzo della fermata di fianco a lui. Wiking si premette forte il telefono sull'orecchio e si tappò l'altro con l'indice.

«Ciao, Elin, come va?»

Un tram passò sferragliando. Quando ci abitava lui, a Stoccolma non ce n'erano. Perché erano stati rimessi in circolazione? Per creare un senso di passato ormai lontano? A che pro?

«Papà, è successo qualcosa? Dove sei? Sento dei rumori strani.»

«Davanti al Dramaten. Come stai? Markus ha detto che oggi non sei di turno.»

Un semaforo alle sue spalle passò al verde e diversi motori salirono di giri rombando all'unisono.

«Mi hanno chiamata in servizio perché avevano bisogno di rinforzi. Cosa volevi?»

Lui si girò verso il muro cercando di sottrarsi almeno in parte al rumore. Mandò giù l'irritazione e il senso di inadeguatezza.

«Mi chiedevo se facciamo in tempo a vederci. Sono qui per lavoro.»

«Arrivo» disse Elin a qualcun altro.

Scese il silenzio. Si sentiva solo un basso fruscio. Aveva appoggiato il cellulare da qualche parte?

«Pronto?»

«Sarò a casa verso mezzanotte. Puoi dormire da me, se vuoi.»

Poi chiuse la chiamata.

Mats Vikander stava a Mälarhöjden, un sobborgo a cinque chilometri a sud di Söder. Wiking decise di andarci a piedi. In effetti avrebbe potuto prendere la metropolitana senza grossi rischi di essere contagiato, visto che probabilmente aveva già avuto quello stramaledetto Covid. Quando si era ammalato, all'ospedale di Stenträsk non c'erano i test, quindi non poteva esserne sicuro. In ogni caso, preferiva evitare la ressa nel sottosuolo. Non si sapeva ancora se ci si immunizzava e lui non voleva ribeccarselo. Era stato come essere investito da un treno. L'aveva descritto proprio così, a chi aveva avuto voglia di ascoltarlo.

Pensava anche di sapere come l'aveva preso. Era successo a causa di un furto con scasso al Belvedere, nella vecchia villona che prima apparteneva a Evert Landén. La famiglia che ne era rimasta vittima, trasferitasi da poco a Stenträsk da Luleå, nel periodo di vacanze scolastiche di febbraio era andata in settimana bianca sulle Alpi e al rientro aveva trovato la portafinestra della terrazza forzata. I ladri avevano ignorato i quadri di arte moderna alle pareti, le borse Chanel nel guardaroba, il prezioso servizio di piatti della Rörstrand nella credenza, i tappeti persiani nelle stanze, limitandosi a rubare il lettore dvd e un barattolo di monete da utilizzare per il parcheggio che stava sulla mensola nell'ingresso. A causa delle vacanze scolastiche la stazione era a corto di personale e per questo avevano dovuto andarci lui e Roland Larsson, che aveva rilevato impronte digitali e di scarpe e non aveva quasi avuto bisogno di inscrirle nel computer per avere il riscontro, tanto gli erano familiari. La notte stessa i malviventi di piccolo cabotaggio che spesso si rendevano responsabili di quel tipo di furti in zona erano stati prelevati e chiusi nella cella degli ubriaconi in attesa che si muovesse la procura.

Quando Wiking aveva raccolto la denuncia, sia la madre che il figlio della famiglia derubata avevano la tosse e non stavano bene. Cinque giorni dopo si era ammalato.

Incatenato al letto, con una tosse infernale, aveva rimuginato su due cose.

Stava per morire?

E perché la gente doveva andare a sciare sulle Alpi quando aveva a disposizione sia Kåbdalis che Dundret a poco più di un'ora di distanza?

Wiking era uno che correva, aveva fatto tre maratone. Dopo la malattia non aveva più potuto permettersi di farsi venire il fiatone. I polmoni si ribellavano urlando. Una volta aveva dovuto chiedere a Markus di andare a prenderlo. Era stato nel pomeriggio del giorno di Mezza estate: aveva provato a fare una corsetta e si era accasciato lungo la salita dal Pantano verso il ponte di Gransel. Da allora, per lo più si era limitato a camminare. Funzionava anche quello: serviva a sgombrare la mente. L'unico effetto secondario della malattia che l'aveva davvero disturbato era la sensazione della lisca conficcata in gola. Invece era un'altra cosa.

Attraversò Kungsträdgården e passò davanti alla Kungliga Opera. Un manifesto sbiadito dell'epoca pre-Covid annunciava la messa in scena di *Così fan tutte* di Mozart. C'era da chiedersi che aspetto avrebbe avuto il mondo quando l'Opera avesse riaperto i battenti. Chissà poi se lui ne avrebbe ancora fatto parte.

L'acqua scura di Riddarfjärden sciabordava ritmicamente contro i pontili. L'aria era umida e tiepida, come non era mai a Stenträsk, e Wiking la inspirò nei polmoni fino alla massima profondità possibile. Nel Norrbotten il sole era sempre basso, la luce ariosa. Lì invece era più piena, satura di mare e gas di scarico. Gli piaceva. In realtà lui si sarebbe fermato volentieri a Stoccolma. Era stata Helena a volersi trasferire a nord. Quando alla fine suo padre era andato in pensione, era rimasto a corto di motivazioni per non tornare a casa.

Se fossero rimasti, lei sarebbe stata ancora viva. Era un pensiero che non gli dava tregua.

Percorse Bastugatan verso sud, poi i due parchi vicini, Ivar Los park e Olle Adolphsons park. Si fermò per qualche attimo, sospeso tra il cielo e lo specchio d'acqua in basso. Gli sembrava di ricordare che Olle Adolphson avesse avuto in sogno l'ispirazione per la sua canzone più nota, *Trubbel*, che parlava di infedeltà, vendetta e fallimenti. La sapeva a memoria.

Jag levde lycklig här med dig och mina katter
ett liv i synd och utan omsorg att bli frälst.[1]

All'altezza di Liljeholmen si allontanò dalla riva inoltrandosi lungo vie e piste pedonali. La distanza era maggiore di quanto ricordasse, oppure era colpa dei polmoni. O della lisca. Le case si fecero più basse, le strade tortuose. Mälarhöjden era il nome piuttosto recente di un insediamento antico: quelle che nell'Ottocento erano originariamente grandi cascine si erano trasformate in case di villeggiatura per le classi agiate della capitale. Ci si arrivava con il vaporetto, che si fermava al pontile di Fridhem. Sia

[1] Ero felice qui con te e con i miei gatti / una vita nel peccato senza mire di salvezza. [N.d.T.]

l'attracco che il traghetto esistevano ancora, e anche diversi edifici rimasti dai tempi delle cascine. Le case costruite in seguito non erano né imponenti né particolarmente belle, ma ugualmente costosissime. Era una zona per gente facoltosa, come avrebbe detto Helena. Prati ben rasati, colori sobri, pergole sotto cui si bevevano limonata biologica e ottimi vini. La mecca della classe media. Ci avrebbe abitato volentieri.

Alla fine oltrepassò la fontana decantata da Bellman, scese una settantina di metri verso il Mälaren e bussò alla porta.

Mats e sua moglie Marina, primaria all'ospedale Sankt Göran, avevano una casa in muratura degli anni Cinquanta con una grande terrazza affacciata sullo specchio d'acqua.

«Wiking» disse Mats dopo avergli aperto, «hai un aspetto orribile.»

Si salutarono senza darsi la mano. Mats gli offrì un gin tonic e Wiking accettò ringraziando. Salirono mezza rampa per uscire sulla terrazza e Mats gli preparò il drink. Poi si sedettero sulle poltroncine di vimini.

«Hai visto Frank ultimamente?» chiese Wiking assaggiando il drink, che come al solito sapeva più che altro di acqua tonica. Mats era goloso di roba dolce, caratteristica che condividevano. A tutti e due piacevano le bibite e le caramelle.

«Ci sono andato con una scusa la settimana scorsa. Aveva un aspetto orrendo pure lui.»

Il terzo membro della troika, loro amico dai tempi dell'accademia, qualche anno prima si era ritrovato nel bel mezzo di una rapina in banca, ad Abrahamsberg. Quel giorno non era in servizio e indossava abiti civili. Aveva appena disarmato uno dei due rapinatori quando l'altro gli aveva spezzato la colonna vertebrale con un calcio. Da allora era in sedia a rotelle. I malviventi non erano mai stati presi.

«Marina dov'è?»

«È da marzo che praticamente non la vedo mai.»

Wiking annuì: la stessa situazione di sua figlia. Abbassò gli occhi sul Mälaren. Un traghetto da carico arrivava sbuffando dalla città, diretto alle isole.

«I polmoni sono tornati a posto?» chiese Mats.

«Così così» rispose Wiking, e provò a inspirare a fondo. Non sentì male. Pensò che doveva dirgli della lisca di pesce.

«E adesso ti hanno spedito quaggiù per un caso urgente?»

«Diciamo che mi ci sono spedito io, più che altro.»

Gli riferì del furto di armi a casa di Johan Björkman, delle difficoltà che presentava il caso e del collegamento con la sparatoria avvenuta a Tensta quel mercoledì. Sottolineò la conclusione scontata: chi aveva prelevato l'armadio portafucili a Pålberget sapeva quello che gli serviva sapere, non tanto sull'interno della casa quanto sul proprietario. Per sollevare l'armadio dovevano essere almeno in tre, forse di più. Quindi, si trattava di un'attività organizzata. Inoltre le armi erano state spedite a sud immediatamente, forse addirittura prima che l'armadio blindato venisse aperto. Un lavoro su commissione, insomma. I contatti dovevano essere stati presi da tempo. C'erano diversi scenari possibili sulle modalità, ma considerando il tipo di reato era probabile che ci fosse un coinvolgimento a livello militare.

Mats era uno dei dirigenti dell'Ufficio attività di intelligence umana del Must, la divisione più segreta dei servizi della Difesa svedese. Collaborava quotidianamente con la polizia e gli ambienti militari, a livello nazionale e internazionale.

«Mi serve l'elenco di tutti quelli che hanno svolto il servizio di leva al K4 nell'ultimo anno» disse Wiking.

«È un segreto militare.»

«Lo so.»

«Solo nell'ultimo anno? Prima no?»

«Ho la sensazione che sia una faccenda recente. Perché aspettare, altrimenti? Se qualcuno ne fosse stato a conoscenza prima, il furto sarebbe stato messo a punto da tempo.»

«Ti farò avere l'elenco. Cosa stai cercando?»

«Vuoi sapere qual è la mia ipotesi migliore? Legami consolidati tra persone vicine a Tensta X, incursori che hanno finito la naja da poco e persone che hanno conoscenze locali a Stenträsk.»

Mats annuì. Non prendeva mai appunti.

Wiking vuotò il bicchiere.

«Sono passato davanti all'Opera» disse. «Prima che arrivasse la pandemia hanno dato *Così fan tutte*.»

«Siamo andati a vederla» rispose Mats. «Un'ottima messa in scena. Il direttore d'orchestra era Lawrence Renes.»

Rimasero in silenzio per un po', mentre il vento strattonava la tenda da sole alle loro spalle. Non ne parlavano più così spesso, di quella notte in cui avevano scoperto cos'era *Così fan tutte*.

Il gelido venerdì sera che era diventato sabato mattina, durante il tirocinio. Il 28 febbraio 1986, la notte in cui era stato assassinato Olof Palme. Facevano parte di due squadre diverse, Wiking di quella di Norrmalm e Mats di quella di Södermalm. Entrambi avevano notato gli uomini con i walkie-talkie distribuiti in punti diversi del centro, e a Wiking era stato detto che era «la Säpo impegnata nell'operazione Così fan tutte». L'informazione ricevuta da Mats era che «la divisione Russia doveva arrestare un pezzo grosso». Quando era arrivata la chiamata, Wiking stava facendo il pieno alla camionetta in Norra Bantorget. Si era scatenato il caos. L'uomo insanguinato, l'ambulanza, la donna che piangeva istericamente. Il nastro bianco e rosso intorno alla scena dell'omicidio. Lui e Mats che si erano ritrovati a due angoli della zona delimitata, con il compito di sorvegliare l'area perché restasse intatta. Il sangue congelato sul marciapiede.

Quella notte avevano parlato, sul serio, e avevano capito fino in fondo la vita sentimentale l'uno dell'altro e i rispettivi segreti. La notte dell'omicidio. La notte di *Così fan tutte*.

Mats gli portò un altro drink, stavolta un po' più alcolico. Wiking fece ruotare i cubetti di ghiaccio nel bicchiere e inspirò a fondo.

«C'è anche un'altra cosa.»

L'amico aspettò in silenzio.

Avrebbe dovuto dirgli del cancro.

Invece infilò la mano nella tasca interna. Pescò la busta arrivata nella cassetta della posta di Markus e la soppesò. Leggera come una piuma. Si sentiva un idiota. Mats inforcò gli occhiali da lettura e la prese. Scrutò entrambi i lati della busta e poi il foglio di carta da lettere. Lo guardò con aria interrogativa da sopra la montatura.

«Le chiazze rosa sono...?»

«Ninidrina» confermò Wiking.

«Hai ottenuto qualche riscontro?»

Lui mandò giù la saliva.

«Non proprio, no. Anzi... no. Forse.»

Mats lesse in silenzio. Più volte.

«Immagino che tu conosca il sistema Qats» disse Wiking.

Nessuna risposta.

«Markus ha già accettato l'incarico. Ha firmato. Si tratta di una vera e propria promozione.»

Mats piegò la lettera e la rimise nella busta per poi ripassargli il tutto. Si tolse gli occhiali e se li infilò nel taschino.

«Secondo me non devi preoccupartene.»

Stavolta toccò a Wiking restare in silenzio.

«I test relativi al sistema Qats sono noti solo all'interno di una cerchia ristretta di persone, la maggior parte delle quali si trova nella base lassù» continuò Mats. «Sarà uno di loro, uno che ambisce al suo posto.»

«Ci ho pensato e ho chiesto in giro» rispose Wiking, «ma non regge.»

«Quella stella non significa niente» insistette Mats. «È una stella. Come XXX o uno smiley. La gente si firma spesso così.»

Wiking annuì.

«Possono esserci dei punti di contatto tra il modo di firmare i messaggi di Helena e il personale della base di sperimentazione, ma non è questo il punto. Al momento non sono in grado di stabilire se esiste una persona specifica informata sia della stella che dei Qats, anche se non è inverosimile. La cosa incomprensibile è la combinazione. Perché complicare le cose in questo modo? Perché fingere che la madre di Markus gli spedisca una lettera anonima che in realtà non è affatto anonima, trent'anni dopo la propria morte? È assurdo.»

«Quindi la tua conclusione logica è che la madre di Markus abbia inviato quella lettera dal cielo?»

Non era sarcasmo, solo concretezza.

«La carta da lettera. Il logo, Hotel International. L'impronta digitale. Non è anonima. Vuole che io sappia.»

Mats si appoggiò allo schienale del divanetto di vimini e finì il suo gin tonic.

«Immagino che tu ci sia andato. All'hotel, intendo.»

«Non accettano contanti. È vero, in Svezia si riesce a vivere eludendo il radar per decenni, ma non se possiedi una carta di credito» rispose Wiking. «Quindi deve avere un passaporto estero.»

Gli passò il blocco con i nomi delle quattordici donne straniere dell'età giusta. Lui gettò una rapida occhiata e glielo restituì.

«Ci sono molti modi di vivere eludendo il radar» disse a voce bassa. «Ma non se si è morti.»

Wiking deglutì a fatica. Nessuno nella loro cerchia di conoscenze, a parte lui, Frank e Marina, sapeva di cosa si occupava in realtà Mats. Spaziò con lo sguardo sulle ville ben tenute sparse lungo il pendio. Il sole basso infiammava le vetrate. Tutti i vicini, e persino i suoi figli, pensavano che Mats facesse l'attuario per conto di una società di assicurazioni. Anche i genitori, finché erano vissuti. Sua sorella e i nipoti.

«Attuario? Non so nemmeno cosa significhi» gli aveva detto Wiking la prima volta che aveva saputo di quella copertura.

Mats aveva accennato un'ombra di sorriso.

«Lo vedi? È perfetto.»

L'attuario era un analista matematico che valutava i prodotti assicurativi sotto l'aspetto del rischio. In realtà era esattamente quello che faceva, solo che alla base di tutto c'era la sicurezza dello stato e non una polizza sulla casa.

«Se devi mentire, tieniti il più vicino possibile alla verità» aveva detto Mats.

«Può darsi che effettivamente abbia vissuto eludendo il radar» disse Wiking. «Te la ricordi la débâcle della Motorizzazione, anni fa? Avevano appaltato la gestione del registro delle patenti di guida a un server in Serbia o nella Repubblica Ceca, finendo per svelare dati sensibili di agenti segreti sia in Svezia che all'estero...»

«Wiking, per favore...»

«Sia voi che la Säpo avete identità pronte che aspettano solo di essere usate, no? Nuovi nomi, codici fiscali e conti bancari a cui accedere in qualsiasi momento. Mi sbaglio?»

Mats lo guardò con un misto di sgomento e preoccupazione.

«Sei stato di nuovo su alla torbiera? È così?»

Wiking mandò giù la saliva e abbassò gli occhi sul blocco degli appunti.

«I nomi non dicono niente» continuò. «Forse se potessi vedere delle foto, qualcuno che le somiglia...»
«Devi lasciarti alle spalle questa cosa, Wiking.»
«C'è il rischio evidente che in qualche modo abbia modificato il proprio aspetto con qualche genere di operazione correttiva...»
«È pura follia.»
«Quindi, chi ha scritto la lettera?»
«Hai perso completamente la ragione?»

Inverno 1985

Trentacinque anni prima

«Ti sei perso?»

Wiking si girò e vide due ragazzi della sua età che arrivavano a piedi, uno dei due con un gran sorriso stampato sulle labbra e l'altro più sulle sue. In piedi di fianco alla bici di mamma Karin, stava studiando la cartina informativa al cancello d'ingresso della vecchia caserma di Sörentorp e, se non proprio perso, si sentiva piuttosto confuso. Un autobus articolato rosso ripartì in una nuvola di gasolio. I due dovevano essere appena scesi. Accennò con la testa alla mappa.

«L'aula magna non è segnata. La chiamano in qualche altro modo?»

I due ragazzi gli si avvicinarono: quello sorridente con la testa rasata, che probabilmente aveva comprato sia i pantaloni che gli anfibi allo spaccio dei fondi di magazzino, gli si piazzò di fianco, con le gambe larghe; quello serioso, capelli corti ma non a spazzola e jeans con la piega (che Wiking non aveva mai visto) rimase un po' indietro. Entrambi portavano una giacca a vento nera.

«È un test del QI» disse Gambelarghe. «Quelli che non la trovano sono espulsi prima di cominciare.»

Poi scoppiò in una risata. Wiking sentì calare un pochino la tensione e allentò la stretta sul manubrio.

Il serioso indicò un punto sulla cartina.

«Il numero 16. L'edificio più grande dopo la palestra.»

Poi si avviò senza aspettarli. Wiking lo seguì.

Primo giorno all'accademia, nella tornata di ammissioni di inizio 1985. Sebbene fosse solo la seconda settimana di gennaio, nell'aria c'era un presagio di primavera. Faceva fatica a definire in cosa consistesse quella sensazione: forse erano soprattutto l'odore di neve sciolta, lo sfrigolio prodotto dalle ruote della bici nelle pozze di ghiaccio misto ad acqua, il fischio del vento in mezzo ai rami spogli degli alberi... Tutti fenomeni che a Stenträsk non si verificavano fino ad aprile, più o meno.

«Hai le ruote chiodate sulla bici?» chiese Gambelarghe.

Dopo aver ricevuto la conferma dell'ammissione, in novembre Wiking aveva preso un volo last minute, con prezzo agevolato per i giovani, per cercarsi una stanza e orientarsi un pochino. Era la prima volta che andava a Stoccolma. Si era portato dietro due o tre inserzioni su camere in affitto e aveva scelto la più grande, nel sobborgo di Tensta. La proprietaria era un'anziana signora che viveva in un ampio quadrilocale. Wiking aveva un bagno privato e un frigorifero in camera, e divideva cucina e ingresso con la padrona di casa. Se si fosse informato un po' in giro forse avrebbe scelto quella a Råsunda oppure la più centrale, vicino a Odenplan, ma non avendolo fatto si era ritrovato tra i casermoni del programma Milione.

Una delle cose che lo avevano sorpreso durante la prima visita nella capitale erano le vie sgombre dal ghiaccio e le ciclabili che attraversavano Järvafältet in lungo e in largo. Nel Norrbotten non si spargeva il sale per far sciogliere la neve, ma a quanto pareva lì funzionava bene. Quando si era reso conto che sarebbe stato più rapido pedalare da Tensta a Sörentorp che prendere i mezzi, sua madre gli aveva prestato la bicicletta da portare giù.

«Ho anche le catene, in caso di necessità» rispose, e

Gambelarghe rise di nuovo. Si chiamava Frank Nilsson. Il serioso era Mats Vikander.

Si ritrovarono nella stessa classe, la B6.

Dopo la sessione informativa nell'aula magna, che in effetti era proprio nell'edificio 16, gli allievi andarono nelle rispettive aule, dove venne distribuito l'elenco dei libri di testo. Wiking cercò di osservare i compagni, soprattutto le ragazze, senza dar troppo nell'occhio. Frank non aveva inibizioni di quel genere.

«Guarda quella» disse a voce così alta che probabilmente la tipa in questione sentì benissimo. «Come ha detto che si chiama?»

«Anna Månsson» rispose Mats in un bisbiglio.

«Le do dieci punti!»

Anna Månsson lanciò un'occhiata dalla loro parte e alzò gli occhi al cielo. Frank le fece un sorrisone.

La classe non era omogenea come se l'era immaginata Wiking. Era convinto di essere una mosca bianca, con il suo accento del Nord e una laurea alle spalle. Si aspettava che gli altri fossero tutti ventenni sbarbati dell'area di Stoccolma, invece non era così. Mats aveva ventisei anni, veniva da Linköping ed era luogotenente nell'esercito. Aveva fatto domanda all'accademia di polizia per poter essere messo in aspettativa e convivere con la sua ragazza, che studiava medicina al Karolinska. Frank era uno stoccolmese doc e ufficialmente abitava presso la nonna materna a Kungsholmen.

«Se risulto residente lì per un numero sufficiente di anni, dopo potrò chiedere che il suo contratto di affitto venga intestato a me» diceva, con un tale entusiasmo da farla apparire una vincita alla lotteria. All'epoca Wiking non aveva ancora capito quanto fosse incomprensibilmente complicato e ingiusto il mercato immobiliare di Stoccolma.

Frank era un giornalista professionista dotato di un'inguaribile volontà di cambiare il mondo. Dopo tre anni in un tabloid a tiratura nazionale aveva deciso di cambiare prospettiva e fare «qualcosa di significativo», come si era espresso lui. Diversi altri compagni di corso avevano un passato simile. Anna Månsson, per esempio, aveva una laurea in Scienze del servizio sociale, la sua amica Linda insegnava. Il fatto che Wiking si fosse laureato in Ingegneria meccanica al politecnico di Luleå rientrava quindi nella normalità, più che rappresentare un'eccezione.

«Cosa c'era di male nel fare l'ingegnere meccanico?» gli chiese Frank una sera, dopo un lungo discorso sulle intriganti dinamiche che regolavano il lavoro in un tabloid.

Lui, Wiking e Mats stavano bevendo una birra nell'immenso appartamento di inizio secolo di sua nonna, in Scheelegatan. Per fortuna l'anziana signora possedeva anche una villetta a schiera a Marbella, dove passava i mesi invernali.

Wiking non aveva mai visto un posto come quello. I soffitti erano ornati di stucchi a motivi floreali e in ogni stanza campeggiava una scintillante stufa di maiolica. Al di sopra dei pannelli in legno che rivestivano le pareti c'erano file di quadri con spesse cornici. Il tutto era completato da altissime finestre a crociera. Art Nouveau, la chiamavano.

Wiking si mise a cincischiare un angolino dell'etichetta sulla bottiglia di birra.

«Mi ero iscritto soprattutto perché lo voleva il mio amico Krister» rispose. «Solo che dopo un semestre lui ha mollato l'università e si è trasferito a Täby con la sua ragazza. E io... Niente, sono rimasto lì.»

«Ma perché l'accademia?» insistette Frank.

«Mio padre fa il poliziotto. E mio nonno era ispettore distrettuale.»

«Wow» commentò Frank. «Certo che sei proprio un pioniere.»

Mats e la sua ragazza vivevano in un appartamentino da studenti a Solna. Raramente la troika si trovava lì: Marina era sempre sui libri e aveva bisogno di silenzio. Era una donna seria con i capelli scuri e lo sguardo penetrante. Wiking aveva la sensazione che non le sfuggisse nulla. Gli andava a genio. Lei e Mats si erano messi insieme a sedici anni, al liceo.

«Quando avrà finito il tirocinio faremo un figlio» dichiarò lui.

«Vi segnate sull'agenda anche le scopate?» chiese Frank.

Sulle labbra di Mats passò l'ombra di un sorriso, nel suo caso la cosa che più si avvicinava a una grassa risata.

«Scopo sempre più di te» disse.

«È solo questione di tempo» rispose Frank. «Con Anna Månsson ormai ce l'ho mezzo dentro.»

Wiking finse un accesso di tosse.

Ogni pomeriggio si allenavano insieme. Pesi, pallavolo, corsa. Mats era un fondista, Frank uno sprinter. Wiking preferiva avere un disco o una palla da rincorrere, ma imparò a macinare chilometri e basta. Inoltre, ogni giorno pedalava da Tensta all'accademia, e anche questo contribuiva a migliorare il fiato. La sera spesso prendeva la linea blu della metro fino a Rådhuset per andare da Frank in Scheelegatan.

Una sera, mentre rientrava a Tensta dopo un lungo allenamento nella piscina della polizia, appena uscito dalla stazione si era imbattuto in una banda di adolescenti. Erano in cinque e le loro famiglie dovevano essere originarie di qualche paese del Medio Oriente o del Nord Africa. Lo avevano circondato e il capo aveva piazzato la faccia a pochi centimetri dalla sua.

«Ehi, tu» gli aveva detto a voce bassa e intensa, «che ore sono?»

Wiking aveva guardato l'orologio.

«Il mio fa le undici meno cinque ma in realtà sono solo meno dieci» aveva risposto mostrandogli il polso. «L'ho messo avanti cinque minuti per avere un po' di margine. Se volete prendere il treno delle 22.57 dovreste farcela.»

Tutti e cinque lo avevano fissato con quella che si potrebbe descrivere come incredulità colma di diffidenza.

«Tra l'altro potrebbe essere un po' in ritardo» aveva continuato Wiking. «A quanto pare l'SL non è attrezzata per quando nevica, il che è abbastanza strano, visto che la neve arriva puntuale tutti gli anni anche quaggiù.»

I ragazzini si erano scambiati occhiate perplesse e lui aveva accennato con la testa al chiosco alle loro spalle.

«Pensavo di comprarmi un Kexchoklad prima di andare a casa, e tra poco chiudono. Se volete scusarmi...»

Il capobanda si era girato e aveva guardato sorpreso il chiosco con l'insegna Pressbyrån, come se non si fosse mai accorto della sua esistenza. Poi aveva riportato gli occhi su Wiking e si era scostato di lato. Dopo qualche secondo di esitazione, gli altri lo avevano imitato.

«Buona serata» aveva detto Wiking, si era comprato il wafer ricoperto di cioccolato ed era tornato alla sua stanza in affitto.

Solo parecchio tempo dopo si era reso conto che la banda di ragazzini in realtà era intenzionata a rapinarlo.

Frank, che si era assicurato di fargli tagliare i capelli – «E che cazzo, non puoi mica girare con quella capigliatura da giocatore di hockey» – lo aveva dotato anche di un bomber nero e anfibi Dr. Martens. A quel punto, comunque, i ragazzini della banda si erano abituati a vederlo in giro e quando lui li salutava rispondevano con un cenno esitante, nonostante il suo aspetto da skinhead.

Dopo sette settimane aveva letto tutti i libri di testo previsti per il corso e aveva chiesto l'elenco del semestre successivo. Il responsabile lo aveva guardato con aria interrogativa.

«È tutto lì. Cosa credevi?»

In altre parole, l'accademia non era troppo impegnativa dal punto di vista dello studio teorico. Essendo cresciuto con un poliziotto, Wiking non trovava particolarmente stimolanti le discussioni etiche intorno alla professione a cui alcuni dei compagni si dedicavano con trasporto. Monopolio della violenza, diritto penale, gestione dei conflitti, tecnica forense, approccio nei confronti delle vittime di reati, processi in tribunale e armi: era di queste cose che suo padre, Lars-Ivar e gli altri parlavano il venerdì sera in taverna, anche se non con la stessa ostinata serietà della classe di Sörentorp. Dopo aver mandato giù qualche bicchierino, i poliziotti di Stenträsk si lasciavano regolarmente andare agli aneddoti su rocamboleschi incidenti stradali, suicidi sanguinosi, armi che si erano inceppate in momenti cruciali, ahahah, delinquenti assolti e delinquenti condannati su basi poco chiare. Orme di scarpe nel cemento fresco e impronte digitali all'interno delle copertine dei libri. Donne isteriche che in realtà avevano avuto quello che si meritavano e bambini terrorizzati che erano stati trovati sotto il letto in scene di omicidi cruenti. Procuratori fancazzisti, dirigenti cretini, giudici corrotti e segretarie fighe.

Con il tempo, Wiking aveva imparato a riconoscere quei racconti, che negli anni non perdevano lustro. Ed eccoli tornare, anche se in uniforme accademica da cerimonia.

In generale, si trovava bene sia a Tensta che al corso. Oltretutto c'erano diverse ragazze in gamba e di aspetto piacevole: fisico snello e muscoloso, coda di cavallo, orologi da sub e borraccia. Frank puntava con insistenza Anna Månsson, mentre lui non era affascinato da nessuna in particolare.

Fino a quella serata pub di fine marzo alla vecchia mensa ufficiali. A Sörentorp le classi erano tante, si arrivava fino alla B11, ma lei non era una degli allievi. Lavorava per la ditta di catering ingaggiata per l'occasione e spillava le birre al bar. C'era un che di riservato, in lei, una sorta di distanza che la schermava dagli schiamazzi della sala.

«Come ti chiami?» le aveva chiesto Wiking.

«Guardare ma non toccare» aveva risposto lei, per poi girargli le spalle in un gesto inequivocabile.

Domenica 23 agosto 2020

Nel cortile di Elin c'era una panchina davanti a una sabbiera. Nella notte estiva, le rose dei cespugli lì accanto emanavano un profumo greve. Wiking si godeva a occhi chiusi il senso di freschezza umida sul viso. I drink ad alto tasso di zucchero che aveva bevuto da Mats gli avevano provocato un vago mal di testa e fatto accelerare leggermente i battiti. Si sentiva le giunture rigide e, pur non sapendo se i gin tonic c'entrassero in qualche modo, si rendeva conto che muoversi gli costava sempre più fatica.

«Vivi alla grande, muori giovane e sarai un bel cadavere» aveva detto Krister l'autunno precedente, subito prima di spegnersi a causa del cancro. In verità non erano più né giovani né particolarmente belli, e da parecchio tempo.

Suo padre Gustav era andato in pensione a sessantadue anni. Se lui avesse seguito le sue orme, significava che di lì a quattro anni esatti avrebbe lasciato il lavoro. Non sapeva se quel pensiero lo allettasse o lo inorridisse.

«Stai dormendo?»

Elin era davanti a lui, con il mazzo di chiavi in mano e una mascherina sul viso. Wiking sorrise e si alzò. Istintivamente, la figlia fece un passo indietro. Certo, il distanziamento sociale. La norma della nuova epoca.

«Sei stato da Matte e hai bevuto» constatò lei, andando verso il portoncino.

La sua somiglianza con la madre lo metteva quasi a disagio. Non erano tanto la postura della testa o i capelli biondi finissimi, per quanto anche quelli fossero quasi uguali, ma qualcosa nel tono di voce, nel modo di guardare al mondo. Quell'ombra scura di cui a volte dava la colpa a Kallmyren: in realtà, l'aveva avuta anche Helena.

Presero l'ascensore fino al terzo piano.

Solo una volta che fu entrata Elin si tolse la mascherina e la gettò nel cestino.

Abitava in un bel bilocale con balcone e vista su un piccolo parco. Era stata nonna Karin ad aiutare i nipoti con una quota di contanti per l'acquisto della casa, sia l'appartamentino di Elin in Fatburs Kvarngata che la Älvsbyhus di Markus in Tornvägen. Lui di soldi in banca non ne aveva granché. Lo stipendio gli arrivava sul conto e quello che non spendeva restava lì. Quando si avvicinavano le ferie, prendeva il denaro rimasto e lo faceva fuori con un paio di settimane in un paese caldo insieme ai figli. A volte veniva anche mamma Karin.

«Vuoi qualcosa da bere? Un tè?»

«Un tè va benissimo.»

Si sedette pesantemente sul divano di velluto blu senza accendere luci e la ascoltò armeggiare con il bollitore. La portafinestra sul balcone era accostata. Doveva averla lasciata aperta quando era uscita per andare al lavoro. Dalla via sottostante gli arrivavano grida e risate: la metropoli del sabato notte. Decise di non dire niente sul rischio di furti in casa. Dopotutto l'appartamento era al terzo piano.

«Mi ha telefonato Markus» disse Elin mettendo due grandi tazze sul tavolino. «Che razza di strana lettera ha ricevuto?»

Vacillò e si lasciò cadere accanto a lui sul divano. Nonostante la penombra, Wiking le lesse sul viso la spossatezza. Era più magra che mai, con profonde occhiaie. Intorno alla bocca e sulle guance le era comparso un eczema che non voleva saperne di passare.

«Come stai?» le chiese.

Lei storse le labbra, prese la tazza con tutte e due le mani e soffiò sul tè bollente.

«Vedo persone sole morire soffocate dalla mattina alla sera» rispose. «Per il resto, bene. E tu? Cos'è saltato fuori dalla biopsia?»

Bevve un sorso, cauta.

«Devi prenderti cura di te» disse lui. «Non voglio farti una predica sul rischio di burnout, visto che ne sai molto più di me, ma sono preoccupato.»

«La lettera?»

Con un sospiro, Wiking la tirò fuori dalla tasca interna. Lei la prese, accese una lampada a stelo di fianco alla libreria e la aprì.

«Ho controllato le impronte» la informò lui. «Non è venuto fuori niente.»

Lei lesse le poche righe in silenzio.

«Questa cos'è?» domandò indicando la stella.

«Tu che dici? Secondo te cosa rappresenta?»

«Perché sei diventato così strano quando l'hai letta?»

«Sono diventato strano?»

«L'ha detto Markus.»

Lui riprese la lettera e la infilò di nuovo nella busta.

«Ha un sottotono sgradevole» spiegò. «Non è una minaccia, ma è minacciosa.»

«Perché c'è scritto che Markus doveva fartela vedere?»

«Forse perché sono un poliziotto? Perché so riconoscere una minaccia?»

«Hai appena detto che non è una minaccia.»

Lui non rispose.

«Non è lei» disse Elin. «I morti non parlano. Credimi.»

Wiking si mise la lettera nella tasca interna della giacca. Da un'auto con la portiera aperta giù in strada saliva della musica che, arrampicandosi lungo la facciata della palazzina, entrò nel soggiorno al terzo piano. Una sirena echeggiò tra gli edifici e scomparve in direzione di Hornstull. Wiking bevve un sorso di tè. Elin ci aveva aggiunto un po' di latte, ricordandosi che gli piaceva così.

«Domani sei libera?»

«Lavoro la sera.» Elin si alzò e andò in camera. Lui la sentì aprire e chiudere le ante dell'armadio e la porta del bagno. Acqua che scorreva nel lavandino. Dopo un paio di minuti la vide tornare con il viso lavato, i capelli raccolti in una coda e le braccia cariche di lenzuola, coperte e cuscini.

La ringraziò, mise giù la tazza e prese tutto. Lei si risedette nell'angolo del divano raccogliendo sotto di sé le gambe nude e finì il tè, per poi guardarlo da sopra il bordo della tazza. Mandò giù rumorosamente un sorso.

«Non hai mai pensato a... Insomma, a qualcun altro? A un'altra donna?»

Ne aveva avute alcune, senza mai presentarle ai figli. Fece per riprendere la tazza, ma i cuscini erano troppo ingombranti.

«Prima eravate piccoli e poi... Diciamo che a Stenträsk l'assortimento era limitato.»

«Cosa vuoi che conti» disse lei. «Potresti convincere chiunque a trasferirsi lassù. Come la mamma. Figlia di diplomatici.»

Wiking chiuse gli occhi.

«Sì» rispose. «Però lei era unica.»

Primavera 1985

«Guardare ma non toccare.»

Che cosa strana da dire quando qualcuno ti chiede come ti chiami. Wiking provò un moto di irritazione. Non è che fosse poi così strafiga.

Bevve un sorso dell'acqua tonica con ghiaccio e limone che lei gli aveva messo davanti. Si girò, appoggiò la schiena al bancone del bar e fece scorrere lo sguardo sul locale. Frank era chino su Anna Månsson, che gli stava mostrando il suo nuovo orologio da sub. Mats non c'era. Lui e Marina erano andati a Linköping per qualche impegno familiare, Wiking non ricordava quale. La gente parlava e rideva e il brusio nella sala si contendeva lo spazio con la musica. Alcune ragazze coraggiose ballavano vicino agli amplificatori. Bevve un altro lungo sorso.

«Andrai a casa, per Pasqua?»

Linda Degerman, l'amica di Anna Månsson, gli sorrise. Lui si sforzò di sorriderle a sua volta.

«Cosa? No, non torno a Stenträsk, resto qui. Tu?»

Il sorriso si fece più largo.

«Mi fermo anch'io. Ci inventiamo qualcosa? Festeggiamo un po'?»

«Cosa, la morte e la resurrezione di Cristo? Era questo che intendevi?»

Il sorriso si fece incerto. Merda, non era necessario fare l'antipatico.

«Quello, o qualcos'altro» rispose lei.

Wiking ricordava le parole di mamma Karin quando era risultato chiaro che a Luleå era solo come un cane, a studiare qualcosa di cui in realtà non gli importava niente, solo perché il suo migliore amico lo aveva convinto a iscriversi con lui per poi dargli buca: «Devi smetterla di farti trascinare nelle situazioni senza chiederti cosa vuoi.» Sapeva che sua madre aveva ragione. Aveva sempre avuto la tendenza a prendere la strada più facile. Perché complicarsi la vita e dire no a qualcosa se non c'era un motivo valido? Era un atteggiamento che riguardava le ragazze, gli sport e gli studi. Come adesso: era il caso di uscire con quella futura collega che non gli piaceva poi granché? Qual era l'alternativa? Restarsene da solo nella sua camera in affitto per tutte le vacanze di Pasqua?

«Telefonami, magari» sentì dire dalla propria voce, senza nemmeno sapere se considerarsi soddisfatto di quella risposta.

Linda Degerman gli lanciò un'occhiata maliziosa e tornò da Anna Månsson. Lui vuotò il bicchiere e si girò verso il bancone.

«Senti, Guardaremanontoccare, me ne dai un'altra?»

Rimase con Frank, Anna, Linda e un paio degli altri finché l'ex mensa ufficiali non chiuse. La giornata era stata soleggiata, l'aria tiepida, ma la sera era fredda e frizzante, con il cielo stellato e la luna che splendeva piena, bianca e gelida. Wiking si era attenuto all'acqua tonica con ghiaccio e limone, come faceva sempre Matte, per poter tornare a casa in bicicletta. Non che fosse veramente illegale pedalare ubriachi, almeno finché non si trasgredivano le regole e si evitava di cadere, ma bastava mancare uno stop per essere colti in fallo. Il terzo capitolo del codice della strada recitava, al primissimo paragrafo: «È fatto divieto di guidare un veicolo (quindi anche una bicicletta) a chiunque non sia in grado di condurlo in modo sicuro a causa di malattia, stanchezza, effetto di alcolici o di altre sostanze eccitanti o calmanti o per qualsiasi altra ragione.»

I conducenti che avessero mostrato di mancare «in maniera sostanziale» dell'attenzione e della prudenza necessarie per evitare incidenti potevano essere condannati per guida pericolosa e vedersi ritirare la patente, oltre a dover pagare una pena pecuniaria. Non era nemmeno necessario che l'incidente si verificasse: bastava pedalare in senso vietato. Per un iscritto all'accademia di polizia, poteva comportare la fine della carriera prima ancora che cominciasse. Chi invece girava in autobus non doveva farsi scrupoli, e di conseguenza il gruppo che uscì alla rinfusa dall'ex mensa ufficiali subito prima di mezzanotte era allegro e chiassoso. A causa del freddo, però, non si fermò a lungo sul piazzale. L'autobus 178 partiva dalla fermata di Sörentorp alle dodici e tre minuti e si fermava alla stazione della metro di Kista. Quasi tutti si affrettarono per prenderlo. Wiking seguì con lo sguardo Linda, che si era girata a salutarlo con la mano.

Non aveva niente che non andasse. Somigliava un po' a Birgitta, con cui era stato a Stenträsk negli anni del liceo. Non altrettanto intelligente, ma con un seno più grande. C'era da chiedersi se, alla lunga, potesse essere considerata una compensazione sufficiente.

Andò verso la bicicletta. I due barman sbucarono dall'ex mensa ufficiali, salirono su una vecchia Amazon e partirono. La barista bionda, Guardaremanontoccare, uscì per ultima con una grossa borsa sulla spalla. Spense le luci, chiuse a chiave e inserì l'allarme. Evidentemente era lei la responsabile della ditta di catering. Wiking proseguì fino alla bicicletta senza staccare gli occhi da Guardaremanontoccare che scendeva verso la fermata dell'autobus.

Aveva le gambe sottili e i capelli finissimi, niente berretto per ripararsi dal freddo. La giacca a vento sembrava un po' grande, come se non fosse sua. La borsa le batteva contro il fianco a ogni passo.

Quanto se la tira, pensò, e pedalò verso casa sotto la luce della luna. La raggiunse subito prima dello svincolo per Sollentunavägen. Stava fumando e al suo passaggio non alzò la testa. Pur sapendo che era sbagliato, Wiking non si fermò allo stop e proseguì. Nel cono di luce del lampione vide alla fermata dell'autobus un uomo in giacca a vento scura con il cappuccio sulla testa. Stava aspettando con le spalle alla strada e sembrava tenere in mano qualcosa. Forse fumava anche lui.

Wiking aveva percorso altri cinquanta metri quando sentì l'urlo: terrorizzato e acuto, femminile. Inchiodò, le ruote slittarono su una lastra di ghiaccio su cui non era stato sparso il sale e la bici finì sotto di lui. Wiking si liberò del telaio e si girò. Guardaremanontoccare era arrivata alla fermata e l'uomo con la giacca a vento scura stava cercando di strapparle la borsa. Le grida della ragazza furono coperte dal rombo di un tir che passava in quel momento sulla tangenziale. Wiking mollò la bici e tornò di corsa verso la pensilina. L'uomo sollevò un braccio in alto: in mano stringeva qualcosa con cui sferrò un colpo alla testa della ragazza, che barcollò, mollò la borsa e si accasciò a terra. Evidentemente il rapinatore aveva sentito i passi di corsa sull'asfalto perché si lanciò un'occhiata alle spalle e si precipitò in direzione opposta, verso la tangenziale.

«Fermo, polizia!» urlò Wiking, ovviamente senza nessun effetto. L'uomo sparì nel sottopasso e lui guardò la donna svenuta a terra ma continuò a rincorrere il rapinatore. Doveva proseguire l'inseguimento o prestarle soccorso? Era quasi arrivato all'imbocco del sottopasso quando vide un paio di luci di posizione rosse accendersi in fondo al tunnel, sentì un motore che veniva avviato e vide un'auto partire sgommando.

Si fermò, ansimando, esitò un attimo e poi tornò di corsa alla fermata. La ragazza stava cercando di mettersi seduta.

«Come ti senti?» le chiese accovacciandosi accanto a lei.

Lei lo guardò con gli occhi sbarrati e le labbra socchiuse, come se cercasse di gridare senza che dalla bocca le uscisse suono. Provò ad alzarsi dall'asfalto freddo, ma scivolò e finì per cadere battendo l'osso sacro, cosa che la fece scoppiare a piangere.

«Gli incassi...» singhiozzò. «Ha preso gli incassi. Oh, Dio...»

Sulla fronte le si stava formando un grosso bernoccolo.

«Devi andare all'ospedale. Hai una commozione cerebrale.»

Lei tentò di nuovo di mettersi in piedi. Wiking la sostenne e si guardò intorno, per poi controllare l'orologio. Mezzanotte e venti, quindi in realtà mezzanotte e un quarto. Mancavano diciotto minuti all'autobus successivo. La ragazza si liberò dalla sua presa e si appoggiò alla pensilina. Si asciugò gli occhi e il naso con la manica della giacca.

«Dio santo» mormorò. «Il mio capo mi ucciderà.»

Riprese a piangere a dirotto e Wiking sentì aumentare il senso di impotenza.

«Devi denunciare la rapina» le disse, mettendole una mano sul braccio. «Posso testimoniare io.»

Lei alzò gli occhi, le palpebre rosse e gonfie, e lo guardò come se solo in quel momento si fosse accorta della sua presenza.

«Sono un poliziotto» continuò lui. «O meglio, un allievo agente. Ti aiuto io con la denuncia. E devi andare all'ospedale a farti controllare la testa. Ho visto che hai perso i sensi. Hai la nausea, ti viene da vomitare?»

«Acqua tonica con ghiaccio e limone» fece lei.

«Guardare ma non toccare» rispose Wiking. «Hai freddo?»

Lei chiuse gli occhi e scosse il capo.

«Tirati almeno su il cappuccio.» Glielo sollevò lui stesso e il viso della ragazza sparì completamente nell'ombra. Spuntava solo la punta del naso.

«In inverno il capo di vestiario più importante è il berretto» continuò Wiking. «Gli esseri umani perdono la maggior parte del calore corporeo dalla testa, perché la fronte e il cuoio capelluto non riescono a contrarsi come le braccia, le gambe e il torso.»

Lei sollevò il mento e lo guardò confusa.

«Cosa...?»

«Ho fatto il servizio militare a Kiruna, negli incursori. Durante un'esercitazione su al confine, in febbraio, ho perso sia il berretto che la sciarpa. C'era una tormenta di neve, meno trentadue gradi. Una bella cazzata, ma mi sono volati via. Pensavo davvero che sarei morto assiderato. Sul serio. Il mio amico Krister mi ha prestato la sua sciarpa e io me la sono avvolta intorno alla testa, altrimenti ci avrei lasciato la pelle...»

Lei lo guardò come se non avesse capito una sola parola. Lui controllò di nuovo l'orologio.

«Avevi già visto quell'uomo?»

«Chi?»

«Il rapinatore.»

Lei fece un passo indietro.

«Mai» rispose. «Perché me lo chiedi?»

«Dove dovevi portare gli incassi della giornata?»

La ragazza si girò in direzione di Kista.

«Alla cassa continua dell'Handelsbanken» rispose. «Li deposito sempre lì.»

Lui alzò gli occhi verso il tunnel sotto la tangenziale. L'autobus 178 stava arrivando in quel momento, con diversi minuti di anticipo.

«Il mio portafogli era nella borsa» disse lei. «Non ho l'abbonamento.»

Wiking tirò fuori la sua striscia di tagliandi prepagati. Quando l'autobus si fermò e salirono, chiese all'autista di timbrarli per due persone.

Mentre la ragazza veniva visitata dal medico di turno della guardia medica a Rinkeby, Wiking rimase in sala d'aspetto. Le fecero un prelievo del sangue ma non ci fu bisogno delle lastre. Alla fine le dissero che non era da escludere una leggera commozione cerebrale e che di conseguenza poteva avere gonfiore e dolore alla testa.

«Non bere alcolici e non fare sport finché non ti senti del tutto a posto» le raccomandò il medico, tendendole il referto e due polaroid. Wiking le vide di sfuggita subito prima che lei se le infilasse nella tasca della giacca: due primi piani del viso tumefatto, uno di fronte e uno di profilo.

La stazione di polizia era a un centinaio di metri. Per fortuna non incrociarono bande di adolescenti. Wiking si era fatto crescere i capelli e non somigliava più a uno skinhead, ma si era reso conto che in vista dell'inverno successivo avrebbe dovuto comprarsi una giacca diversa. Il bomber non era il capo giusto da indossare nelle periferie.

L'atrio della stazione di polizia di Rinkeby era deserto, le luci troppo intense.

«Siamo qui per denunciare un'aggressione con rapina» disse Wiking al piantone. Accanto a lui, la ragazza teneva gli occhi bassi. Il bernoccolo riluceva rosso sulla fronte.

Vennero fatti entrare in una saletta.

«Non c'è bisogno che mi aspetti» mormorò lei lanciandogli un'occhiata. «Ora me la cavo da sola.»

«Ma sono un testimone» rispose Wiking. «Devo dichiarare quello che ho visto, adesso o nei prossimi giorni. Tanto vale farlo subito.»

Un uomo anziano in camicia dell'uniforme e pantaloni macchiati entrò e si sedette alla scrivania, senza presentarsi.

«Allora, cosa succede?» chiese in un tono ben poco interessato inserendo un foglio nella macchina da scrivere.

«Sono stata... rapinata» disse la ragazza.

«Nome?»

«Helena. Helena Kristina Isaksson, codice fiscale 621130-1261.»

«Indirizzo?»

«Näckrosvägen 33.»

«A Solna?»

Lei annuì e abbassò gli occhi sulle mani. L'agente batté lentamente sui tasti. Wiking cercava di tenere sotto controllo un senso di lieve ebbrezza che non poteva essere dovuto ai drink, dato che erano analcolici. La stazione di polizia era un luogo familiare e nello stesso tempo estraneo. La disposizione e le funzioni corrispondevano, ma rispetto a quella di Stenträsk i rumori erano diversi, gli odori più penetranti. Il poliziotto al lato opposto della scrivania era vicino alla pensione e aveva il respiro affaticato. Somigliava molto a Lars-Ivar. Fuori andavano e venivano le pattuglie, agenti in uniforme con scarponi pesanti e robusti sfollagente. Attraversavano l'atrio con il passo strascicato tipico dei poliziotti: avevano un modo tutto loro di mettere giù i piedi e di far oscillare fianchi e spalle. Scambiavano qualche parola con il piantone e poi infilavano la porta di sicurezza.

L'uomo davanti a loro sospirò.

«Quindi cos'è successo?»

Helena Isaksson mandò giù a fatica.

«Stavo tornando a casa con gli incassi della giornata» disse. «Un uomo mi ha strappato la borsa e...»

«Uno scippo, quindi» concluse l'agente riprendendo a scrivere.

«Credo che debba ascoltare la vittima del reato prima di classificarlo» intervenne Wiking.

Il poliziotto si bloccò e lo guardò da sopra gli occhiali.

«Prego?» La voce era affilata.

«Dico soltanto che forse dovrebbe sentire quello che è successo prima di scrivere, altrimenti dopo le tocca rifare tutto da capo.»

«Ma guarda un po'» borbottò quello, continuando a battere sui tasti.

Wiking inspirò ed espirò.

«Io descriverei l'accaduto come rapina e lesioni aggravate» disse. «Forse addirittura rapina aggravata, considerando le condizioni della vittima. Capitolo otto, paragrafo cinque del codice penale.»

La settimana prima avevano avuto una lezione molto lunga e piuttosto noiosa su quella parte della normativa.

Il poliziotto sollevò le sopracciglia.

«E tu chi saresti?»

«Un allievo agente a Sörentorp» rispose Wiking. «Mio padre è il capo della polizia di Stenträsk.»

L'uomo sbuffò piano, abbassò le spalle e socchiuse gli occhi.

«Senti, pivello» disse a voce bassa, «per quanto mi riguarda tuo padre può anche essere il capo della polizia di Vattelapesca, ma se non tieni il becco chiuso mentre raccolgo la denuncia ti sbatto fuori.»

«Se lei non raccoglie la denuncia correttamente, farò rapporto a chi di dovere.»

Helena Isaksson chiuse gli occhi, con l'aria di voler sprofondare sottoterra. Wiking fissò il poliziotto per alcuni lunghi secondi, dopodiché lui strappò via il foglio dal rullo, lo accartocciò, lo gettò nel cestino e ne prese uno nuovo. Lo sistemò nella posizione giusta e poi incrociò le braccia.

«Allora, cos'è successo?»

La ragazza lanciò a Wiking una veloce occhiata assassina.

«Lavoro al Råsunda Catering e stasera ero responsabile di una serata pub all'ex mensa ufficiali di Sörentorp» disse. «Ho chiuso il bar alle 23.30, ho messo via tutto e ho contato gli incassi. Il totale era di 9660 corone...»

Il poliziotto aspettò in silenzio la continuazione. Lei si schiarì la gola.

«Intorno a mezzanotte sono uscita e mi sono diretta verso la fermata in Sollentunavägen. Quando sono arrivata, c'era un uomo che aspettava l'autobus.»

«Dovevi portarti gli incassi a casa?»

«No, pensavo di depositarli alla cassa continua dell'Handelsbanken a Kista.»

«E quell'uomo ti ha strappato la borsa?»

«Ci ha provato, ma io l'ho tenuta. Allora mi ha dato una botta in testa con qualcosa, mi sa che sono svenuta...»

Si portò inconsapevolmente una mano al bernoccolo sulla fronte.

«Poi mi sono ritrovata stesa per terra e l'uomo e la borsa non c'erano più.»

Mandò giù la saliva mentre gli occhi le si riempivano di lacrime.

«Sapresti descrivere il rapinatore?»

«Aveva una giacca a vento scura, forse nera. O blu, non so. In realtà non ho fatto caso a lui finché non mi ha afferrato la borsa.»

«Un uomo con una giacca scura» ripeté il poliziotto. «Aveva anche dei blue jeans?»

«Portava una giacca a vento marrone che gli arrivava fin sotto i fianchi» disse Wiking. «Il cappuccio con il bordo di pelo era tirato su. I jeans non erano blu ma grigi. Grosse scarpe da ginnastica, bianche con strisce rosse. Capelli scuri, occhi azzurri, pelle chiara. Mancino. È corso verso un'auto parcheggiata in fondo al sottopasso della tangenziale in Sollentunavägen, una Volvo 164 bordeaux di un modello successivo al 1972. Cambio automatico, credo...»

L'agente lo guardò attento.

«La targa non l'hai presa?» domandò con un leggerissimo accenno di ironia.

«L'ultima cifra era un due. Il corpo contundente credo fosse una bottiglia da vino. L'ha gettata sul bordo della strada dietro la pensilina. Dovrebbe essere ancora lì, con le sue impronte digitali. Non portava guanti.»

Nella saletta scese il silenzio. Da qualche parte ronzava una ventola.

«La vittima della rapina è rimasta priva di sensi un minuto circa» continuò Wiking. «È stata visitata da un medico che ha diagnosticato una commozione cerebrale.»

Rivolse un cenno a Helena, che tirò fuori dalla tasca il referto e le polaroid e li tese all'uomo. Lui li prese senza guardarli.

«Sapresti riconoscere il rapinatore?» gli chiese.

Wiking esitò.

«L'ho visto solo di sfuggita.»

Il poliziotto lo osservò per alcuni lunghi secondi.

«Una Volvo 164 di un modello successivo al 1972» gli fece eco alla fine. «Perché non del 1971?»

«Dal 1972 in poi hanno cambiato le luci posteriori.»

«E non era una 144?»

«Nella 164 il muso è più lungo.»

«Devi avere uno spiccato interesse per le automobili.»

Wiking abbassò gli occhi a terra. Lui no, ma Krister sì. Era ossessionato da ogni genere di veicolo, e lui leggeva le stesse riviste solo perché erano amici.

Il poliziotto riportò lo sguardo sulla ragazza.

«Cosa c'era nella borsa?»

Lei inspirò a fondo e contò sulle dita.

«Gli incassi, il portafogli, l'agenda Filofax, sigarette e accendino, il passaporto, le chiavi di casa...»

Si irrigidì.

«Ha le mie chiavi! E l'indirizzo è sull'agenda! E se quando torno a casa è lì che mi aspetta?»

Si agitò sulla poltroncina.

«Com'era la borsa?»

«In vinile azzurro, con i manici blu...»

Il poliziotto fece un gran sospiro, si chinò sulla macchina da scrivere e cominciò.

Quando poterono uscire dalla stazione di polizia di Rinkeby e si ritrovarono nella piazza immersa nel buio, l'orologio di Wiking segnava le quattro meno un quarto. La luna era scomparsa dietro le nuvole e si era alzato il vento. Helena Isaksson rabbrividì nella giacca troppo ampia, ombre scure sotto gli occhi e labbra pallide.

«Santo cielo, come ci arrivo a casa? E come entro, poi? A che ora comincia a girare la metropolitana?»

«Alle cinque» rispose Wiking indicando una fermata dei taxi dove due auto erano ferme con il motore avviato e il cambio in folle per tenere acceso il riscaldamento. «Non vale la pena di cercare il numero di un fabbro qui: non c'è un solo elenco telefonico in tutte le cabine di Tensta Rinkeby.»

Lei gli rivolse uno sguardo interrogativo.

«Io abito da queste parti» spiegò. «Li ho cercati altre volte. Andiamo a casa tua e controlliamo che il tipo non sia lì ad aspettarti. C'è una cabina dalle parti di Näckrosvägen? O un albergo aperto di notte?»

«Ma scusa, non devi...»

«Non ho intenzione di mollarti qui da sola alle quattro del mattino» disse lui avviandosi verso i taxi.

Lungo il tragitto fino a Näckrosvägen rimasero in silenzio. Wiking pagò.

«Di solito si dà anche la mancia» gli fece notare il tassista controllando le monete. «Versiamo le tasse pure su quella.»

«Ne parli con il ministro delle Finanze» tagliò corto Wiking, e scese.

Näckrosvägen era una strada tortuosa ai margini di Solna e al civico 33 c'era un alto palazzo di sette piani degli anni Quaranta, circondato da edifici quasi identici. L'appartamento era al piano terra e sull'aletta della cassetta per la posta si leggeva il nome ISAKSSON a lettere in plastica.

Giù in Råsundavägen c'era una cabina in cui gli elenchi telefonici non erano stati portati via. Wiking aprì le Pagine gialle e trovò un fabbro aperto la notte. L'uomo arrivò un quarto d'ora dopo.

«Avete un documento?» domandò.

«Sono io che abito qui» rispose Helena. «E no, non ce l'ho perché...»

«Se non puoi dimostrare che è casa tua non sono autorizzato ad aprire, spero che tu lo capisca.»

La ragazza, che stava cercando di mantenere il controllo da ore, scoppiò di nuovo in lacrime.

Wiking tirò fuori il suo distintivo di allievo agente e lo mostrò al fabbro.

«È stata rapinata e aggredita» disse. «È tutta la notte che siamo in giro, tra guardia medica e polizia.»

L'uomo lanciò un'occhiata al distintivo e tirò fuori gli attrezzi.

Tre minuti dopo la porta era aperta e munita di una nuova serratura. Il tutto costò a Wiking milleduecento corone.

«Vuoi che controlli che non ci sia nessuno?» chiese a Helena.

Lei annuì.

Era un bilocale abbastanza piccolo. Wiking accese tutte le luci, guardò nel bagno e nel ripostiglio, poi nella cucina che dava su un parcheggio e aveva un balcone in cemento praticamente al livello del terreno. Divano e televisore. Niente videoregistratori. Letto singolo con copriletto marrone.

«Non c'è nessuno» concluse, uscendo.

Lei fece un sospiro profondo e chiuse gli occhi.

«Ti restituirò tutto, fino all'ultimo centesimo» disse. «Sia per il fabbro che per il taxi.»

«Tranquilla» rispose lui abbassando gli occhi.

«Dico sul serio. Appena possibile. Non oggi perché non faccio in tempo. Sabato, magari? Hai impegni per la serata?»

Il pensiero di Linda Degerman gli attraversò la mente e sparì.

«No, nessuno.»

«Allora posso invitarti a cena per ringraziarti? Vieni alle otto.»

Chiuse la porta senza alzare lo sguardo.

Fuori aveva cominciato a nevicare, fiocchi cauti e leggeri che non sapevano se volare o atterrare. Wiking si frugò le tasche. Aveva finito sia i tagliandi prepagati che i soldi. La bici era ancora nel fosso vicino alla fermata in Sollentunavägen, sempre che non gliel'avessero fregata. Si ficcò le mani in fondo alle tasche e si avviò verso nord.

Lunedì 24 agosto 2020

Wiking passò da Holmdahl a prendere la torta tramezzino per la festa dei settantacinque anni di Karin, che conteneva tutte le bombe caloriche obbligatorie: maionese, salmone, fette di cheddar arrotolate, uova di lompo, paté di fegato, gamberetti e ripieno a base di tuorli sbriciolati. Gliela consegnarono in una scatola di cartone un po' troppo grande e Wiking sentì che scivolava da un lato all'altro come una noce di burro in una padella rovente. Le rondelle di cetriolo artisticamente disposte lungo i bordi finirono inevitabilmente dappertutto tranne dove avrebbero dovuto stare.

Fuori l'aria era umida, grigia e densa. La nebbia scesa dalle montagne quella mattina non si era alzata. Wiking attraversò Föreningsgatan sentendosi avvolto da una pellicola bagnaticcia e si diresse verso il parcheggio con la scatola saldamente stretta fra le mani. Una volta raggiunta l'auto, sistemò la giacca dell'uniforme sul sedile del passeggero in modo che la torta restasse in posizione orizzontale e per sicurezza, partendo, ci mise sopra una mano. Quando era in Kvarndammsvägen iniziò a piovigginare, ma i tergicristalli cominciarono subito a cigolare perché il vetro non era abbastanza bagnato.

L'estate era quasi finita. Sua madre compiva settantacinque anni. Tutti quei giorni consumati.

Karin gli prese dalle mani la scatola senza eccessivo entusiasmo.

«Non so perché Josefin sia convinta che io adori la torta tramezzino» disse. «Entra, non c'è bisogno che ti tolga le scarpe.»

Lui appese la giacca a una stampella nell'ingresso, accorgendosi che un po' di maionese era uscita da un angolo e gli aveva macchiato una manica. Si fermò sulla soglia della cucina. Non ci metteva piede dall'inizio della pandemia.

«Di cosa volevi parlare?» domandò lei senza guardarlo, mentre tirava fuori due candeline a forma di sette e di cinque che a quanto pareva erano dentro la scatola. Lui strinse i denti.

«Non è meglio se stiamo all'aperto?»

«Ho apparecchiato in terrazza. Chiudi la porta.»

Karin infilò le candeline nella torta dandogli le spalle. In cucina c'era odore di sapone all'olio di lino e di spezzatino, come sempre. Il pavimento appena lavato, con qualche traccia di bagnato negli angoli. La pentola sul fornello, uno dei suoi soliti stufati a lunga cottura.

Guardò la donna che conosceva così bene. Era lei il suo primo ricordo, nel giorno del suo secondo compleanno. Lei aveva appena compiuto diciannove anni. Il vestito a pois, bianco e azzurro. Avevano gli stessi capelli e gli stessi occhi, lo stesso fisico dinoccolato, anche se lei era bassina e lui alto. Quel giorno portava i jeans e una camicia di flanella a scacchi, come sempre. Chissà perché, sembrava più minuta di prima, o forse era la cucina a essere diventata più grande. La luce grigia di pioggia che entrava dalla finestra la avvolgeva in una sorta di foschia. I capelli, radi e fragili, lasciavano intravedere chiazze calve. Cominciava a invecchiare. E lui poteva essere gravemente malato. Doveva parlarle.

«Hai sentito Sven?» le chiese.

Il fratello di Wiking viveva in una residenza protetta giù

a Vidsel, insieme ad altri adulti con disabilità intellettiva. Le feste di compleanno e le altre occasioni che comportavano tanta gente insieme non gli piacevano: lo rendevano inquieto e ansioso.

«Ci siamo parlati oggi pomeriggio. Stava bene.»

Wiking guardò la pioggia. Sven teneva alle ricorrenze, anche se le feste non gli andavano a genio. Le segnava sull'agenda e telefonava per fare gli auguri, sempre alle tre in punto.

Un tonfo e uno strillo in terrazza annunciarono l'arrivo dei bambini. Subito dopo, una sgridata da parte di Josefin: «Elliot, cosa ti ho detto? Non si sale in piedi sulle sedie!»

«Vai a salvarli prima che si ammazzino» gli disse sua madre.

Karin aveva avvertito che non voleva regali, nonostante la ricorrenza a cifra semitonda. Aveva tutto quello che desiderava per la sua vita terrena e non voleva accumulare altra roba. Elliot però aveva un disegno per lei, che secondo lui raffigurava un dinosauro, e la migliore amica Siv Johansson si presentò insieme alla figlia Susanne con una torta morbida al caramello. Wiking andò a prendere altri piattini e ricaricò la macchina per il caffè.

Quando Markus arrivò un po' più tardi, direttamente dal lavoro, gli sembrò pallido e tirato. Non partecipava alla conversazione intorno al tavolo e in generale aveva un'aria distratta, quasi scocciata. Pur essendo sensibile alla caffeina e nonostante fossero le cinque passate, bevve diverse tazze di caffè. Quella notte avrebbe dormito male.

Mentre erano sotto la tettoia della terrazza, la pioggia aumentò d'intensità, sferzando impietosa la lamiera con il suo tamburellio irregolare. Wiking accese il radiatore a infrarossi.

Elliot, che aveva appena ricominciato a frequentare la scuola dell'infanzia dopo la pausa estiva, intonò entusiasta una canzoncina appena imparata: era una storpiatura della classica versione svedese di *Baa Baa Black Sheep*:

Bä bä svarta get
Var det du som sket?
Nä nä kära kung,
Det var Martin Ljung.[2]

Il bambino si piegò in due dalle risate.

«Chi sarebbe Martin Ljung?» chiese Josefin.

Ma Elliot era già partito con la seconda strofa.

Bä bä vita lamm,
Gick på restaurang
Vet du vad han gjorde?
Bajsa under bordet...[3]

«Un comico che faceva parte del gruppo Knäppupp di Povel Ramel» spiegò Karin. «Era originario di Luleå, tra l'altro. Forse te lo ricordi dal film *Pippi Calzelunghe e i pirati di Taka-Tuka*... Era quello che aveva la parte di Jocke.»

Josefin aggrottò la fronte.

«Ho sentito che uno dei feriti della sparatoria di Tensta della settimana scorsa è morto» sussurrò Susanne a Wiking. Lui si scusò e cominciò a raccogliere i piattini.

La giornalista freelance Susanne Schiltz, la vedova di Krister, dalla morte del marito passava sempre più tempo a Stenträsk con la scusa che mamma Siv aveva bisogno di aiuto durante la pandemia. Probabilmente era vero, ma lui non aveva voglia di parlare con lei. Le sue chiacchie-

[2] Bee, bee, capra nera / Hai fatto tu la cacca? / Noo, noo, caro re, / È stato Martin Ljung. [N.d.T.]

[3] Bee, bee, l'agnellino bianco / È andato al ristorante / E sai che cos'ha fatto? / La cacca sotto il tavolo... [N.d.T.]

re apparentemente innocue avevano sempre un secondo fine, un podcast da produrre o un post da scrivere per il suo blog, e la cosa gli dava invariabilmente la sensazione di essere solo materiale da rielaborare e adattare alle sue ambizioni creative. A dirla tutta non aveva mai capito cosa Krister vedesse in lei. Restava il fatto che aveva sempre baciato la terra su cui camminava, e poter amare qualcuno per tutta la vita era una cosa bellissima.

Stava sciacquando via le tracce di torta sotto il rubinetto quando Markus aprì la lavastoviglie e cominciò a caricarla.

«Come stai?» gli chiese Wiking. «Non sarai malato, vero?»

«Ho rinunciato all'incarico» rispose il figlio.

Lui abbassò il piatto nell'acquaio.

«Perché?»

«Ho cambiato idea.»

Aveva gli occhi cerchiati di rosso e la bocca tirata. Non osava guardarlo in faccia. Wiking sentì diffondersi il gelo nel petto.

«È successo qualcosa» disse. «Cosa?»

«Niente di...»

«Parla.»

Markus espirò con forza e chiuse gli occhi.

«Mi è arrivata un'altra lettera.»

Un capogiro improvviso costrinse Wiking ad aggrapparsi al bordo del bancone.

«Cosa c'era scritto?»

«Non volevo parlartene, dopo che l'altra volta hai reagito in modo così strano.»

Wiking lo fissò.

«Ce l'hai ancora?»

Il figlio annuì e andò verso la giacca, infilando la mano nella tasca interna. Wiking chiuse la porta della cucina. Le voci provenienti dalla terrazza si ridussero a un brusio distante. L'acqua continuò a scorrere dal rubinetto.

«Fa' vedere.»

Markus tirò fuori la busta e la diede a Wiking. Il logo era dell'Hotel International come la volta prima, ma non c'erano né indirizzi né francobollo. Solo la scritta *Per Markus*.

«Quando è arrivata?»

«Ieri sera.»

«Ieri sera?»

Markus strinse i denti. Wiking la soppesò in mano. Non era leggerissima e la busta non era incollata. Tirò fuori il contenuto: un foglio piegato e tre polaroid. La prima ritraeva Elliot che giocava davanti alla scuola dell'infanzia, la seconda Maja nella carrozzina, la terza Josefin ed entrambi i figli davanti a casa, in Tornvägen. Wiking inspirò di scatto.

«Leggi» disse Markus.

Ti vedono.
Devi rinunciare all'incarico, altrimenti morirai.

E poi la stella.

«L'ho trovata sul pavimento dell'ingresso quando io ed Elliot siamo rientrati, ieri. Qualcuno è entrato in casa nostra. *In casa nostra!*»

Wiking cercò qualcosa da dire, senza riuscire a farsi venire in mente nemmeno una parola. Il mondo si era bloccato e solo loro due potevano muoversi.

«Stamattina ho mandato la comunicazione alla direzione. Ho scritto che non potevo assumere l'incarico per motivi personali. Bambini piccoli a casa eccetera.»

Wiking chiuse il rubinetto. Markus lo fissò.

«Non è solo una minaccia di morte» disse. «Quello stramaledetto mittente ci perseguita. Fa foto ai bambini. *Entra in casa nostra*. Ti rendi conto?»

Wiking aveva la bocca riarsa. La lisca di pesce gli pungeva la gola. Era troppo tardi per invitare il figlio a chiudere la porta a chiave e stare in guardia.

«Josefin cosa dice?»

«Non lo sa.»

Wiking annuì. Forse era meglio così.

«E al lavoro sono fuori gioco» continuò Markus. «Non mi daranno mai una seconda opportunità.»

Si riprese il foglio e le foto, li rimise nella tasca interna, chiuse la lavastoviglie spingendo forte e tornò in terrazza.

Nella testa di Wiking si scatenò un fischio acuto, un misto di paura e di collera dettata dal senso di profonda ingiustizia. Poteva attribuirsi la colpa di molte cose, ma non di quelle stramaledette lettere. Erano una minaccia o un avvertimento? O una supplica?

«Con la morte di uno dei feriti, da tentato omicidio il caso di Tensta è diventato omicidio» disse Susanne, vicinissima, facendogli fare un salto tale che il panno spugna gli cadde nell'acquaio. Quella donna aveva davvero la capacità di muoversi senza far rumore.

«Con il cambio del capo d'imputazione, gli investigatori si sentiranno ancora più sotto pressione. Devono trovare i responsabili.»

Lui si schiarì la gola e fece un passo di lato.

«In realtà questo non cambia la strategia delle indagini» le rispose. «Penso che i colleghi di Järva continueranno a lavorare come prima.»

Lei inclinò la testa.

«E le altre vittime? Sono in condizioni stabili o in pericolo di vita? Il caso potrebbe assumere i contorni di una strage?»

Era la voce che usava nei suoi podcast, insistente e modulata. Karin gli aveva chiesto di ascoltarli, a volte, e in effetti sembrava che Susanne sapesse il fatto suo.

Wiking riprese il panno spugna, lo strizzò e lo appese al rubinetto.

«Come dicevo, per il lavoro d'indagine...»

«E Johan Björkman cosa pensa del fatto che i suoi fucili sono stati usati in una sparatoria? Non dev'essere facile fare i conti con questa consapevolezza.»

Wiking non rispose. Le armi venivano prodotte per uccidere: lo sapevano sia i soldati che i cacciatori. E Johan Björkman era entrambe le cose.

«Dopotutto è anche lui una vittima di questa complessa vicenda» continuò Susanne, portando avanti il suo ragionamento retorico. «Quando gli saranno restituiti, tra l'altro?»

«Vuoi un bicchiere di vino?» le domandò Wiking. «Sono quasi sicuro che mia madre abbia in dispensa un paio di bottiglie.»

Susanne si illuminò.

«Molto volentieri. Un pinot nero, se c'è...»

Lui andò in terrazza e chiese se qualcuno aveva voglia di un po' di vino. Josefin e Markus colsero l'occasione per congedarsi. Raccolti bambini, biberon e giocattoli, corsero sotto la pioggia fino alla macchina.

Nonostante fosse solo agosto, era già autunno.

Nella dispensa in garage trovò in effetti alcune bottiglie di rosso. Ne aprì una, tirò fuori tre bicchieri e li mise sul tavolo in terrazza.

«Ma scusa, non ci fai compagnia?» disse Susanne un po' offesa.

«Se volete scusarmi» rispose lui, «devo tornare al lavoro per un po'. Buona serata...»

Fuggì prima che gli altri potessero protestare. Mentre andava alla macchina la giacca dell'uniforme si bagnò e la macchia di maionese si confuse con il resto del tessuto intriso d'acqua.

In realtà non andò alla stazione: si limitò a percorrere la via fino in fondo e a parcheggiare davanti a casa.

Non aveva senso che Markus sporgesse denuncia per

la lettera. Non sarebbe stato possibile svolgere nessuna indagine, dato che non c'era nulla su cui basarsi. Il caso sarebbe stato archiviato.

Salì lentamente le scale fino al secondo piano, appese la giacca e si sedette davanti al computer. Fissò lo schermo scuro.

Doveva fare una ricerca su Google? No, meglio dar retta ai medici. Navigare in rete non serviva.

Accese il portatile.

Uno svedese su tre veniva colpito da un cancro nel corso della vita, quindi non si poteva dire che il suo fosse un caso unico. I più comuni erano quelli alla prostata e al seno, il più mortale quello ai polmoni. Sul sito internetmedicin.se, alla voce PROGNOSI, lesse che il gruppo testa-collo consisteva di vari sottogruppi con incidenze e percentuali diverse, e per questo le statistiche andavano interpretate con cautela. La sopravvivenza relativa a cinque anni si aggirava attualmente tra il sessantacinque e il settanta per cento.

Poi trovò un sito americano con dati più pessimistici. Tra i pazienti con cancro difficilmente curabile, a quella distanza di tempo era ancora vivo solo il venti per cento del totale. Il suo era difficilmente curabile? Cos'aveva detto in realtà il dottor Chang? Che era curabile o no? Avrebbe dovuto registrare il colloquio.

E non avrebbe dovuto googlare.

Spense il computer e andò in cucina senza accendere la luce. L'appartamento di Anja Berglund al lato opposto del giardino era buio, senza nemmeno una luce accesa. Quella sera, niente vino davanti a Netflix. Era il caso che aprisse lui qualcosa di alcolico? Faceva male o bene al cancro? La torta tramezzino non gli era ancora andata del tutto giù. Aprì il frigo e ne osservò il misero contenuto: ketchup, cetriolini in salamoia, un barattolo di confettura di mirtilli rossi praticamente vuoto, tre birre. Il succo d'arancia era finito.

Qualcuno sorvegliava Markus, Josefin e i bambini. Qualcuno che evidentemente si trovava a Stenträsk o nei pressi, il che faceva pensare alla base. Qualcuno che si era procurato la carta intestata dell'Hotel International e firmava le sue lettere con una stella. Aveva a disposizione abbastanza personale per mettere sotto protezione la famiglia? Senza una denuncia formale non sarebbe stato possibile, e neanche se l'avessero fatta. Mancavano le risorse.

In soggiorno, il cellulare emise un *pling*.

Era un sms di Mats Vikander.

Uno: l'elenco dei soldati di leva ad Arvidsjaur nel 2019-2020 ti è arrivato per mail. Due: che numero di codice fiscale aveva Helena?

Lesse velocemente il messaggio, poi lo rilesse piano. Digitò con i pollici, come gli aveva insegnato Josefin.

Uno: ottimo, grazie. Due: 621130-1261. Perché?

Aspettò con il telefono in mano. La risposta impiegò ben cinque minuti ad arrivare. Molto più del solito.

Ci sentiamo domani.

Fissò lo schermo.

Mats era il suo più vecchio amico, almeno tra quelli in vita, ma anche un analista fino alla punta dei capelli. Se ci aveva messo del tempo a riscrivergli voleva dire che stava rimuginando, e questo non lasciava presagire nulla di buono.

O forse era lui a esagerare, a vedere fantasmi dappertutto? Magari Mats era semplicemente seduto sul cesso, o impegnato in qualcosa. Ma perché aspettare domani per risentirsi? Il furto di armi si poteva sbrigare in un quarto d'ora, quindi si trattava di Helena.

E se Mats l'aveva trovata?

Che pensiero idiota. Ovviamente non era così, altrimenti glielo avrebbe detto. E poi era morta.

L'avrebbe rivista, nell'aldilà?

Dio santo, stava proprio perdendo la ragione.

Si alzò e fece un giro per la casa con i pensieri che si rincorrevano e si urtavano rimbalzando.

Le lettere anonime avevano un obiettivo chiaro: indurre Markus a rinunciare all'incarico di capoprogetto per i test sul sistema Qats. Dato che la prima non aveva sortito effetti, il mittente aveva fatto ricorso all'artiglieria pesante. Toglierlo di mezzo, dunque, era di grande importanza. Perché?

Se davvero dietro le minacce, o gli avvertimenti, o la supplica, c'era qualcosa di vero, Markus avrebbe dovuto essere al sicuro, ormai. Però qual era il motivo per cui volevano allontanarlo? Rappresentava un ostacolo? E in che modo, se così era? Chi aveva qualcosa da guadagnare, all'interno della base, da un suo passo indietro? Chi avrebbe preso il suo posto?

Wiking tornò in cucina. Da Anja era ancora tutto buio. Forse quel lunedì sera aveva deciso di farsi una bevuta e stava scolando birra alla Stone Swamp Inn. A lui e Roland era capitato di doverla portare a casa con l'auto della polizia, ubriaca fradicia. Oppure era ancora al lavoro, visto che era lei a seguire i test dei norvegesi.

Riaprì il frigo e tirò fuori una birra.

Tornò al computer, scaricò l'elenco delle reclute al K4 e lo inoltrò ad Abdul Muhammad.

Poi ripescò i nomi delle donne che si erano registrate all'Hotel International la settimana precedente. All'inizio era convinto che sarebbe stato facile googlarle, rintracciarle su Facebook o Instagram o LinkedIn o altri social, ma aveva scoperto con sorpresa che non era così. Anette Andersen di Copenaghen, Bridget Ceders di Londra, Corinne Gruber di Graz e Anastasia Stepanova di San Pietroburgo le aveva trovate subito. Nomi, foto e data di nascita coincidevano con i dati che aveva reperito in albergo, ma nessuna somigliava neanche lontanamente a Helena.

Con il nome Sandra Boyle aveva ottenuto oltre ventiduemila risultati, ma nessuna che potesse localizzare a Salt Lake City. In tutta la rete non c'era traccia di una Inese Eglītis mentre abbondavano le Vladlena Ivanova. Maria Sophia Fernandes di Fuengirola, in Spagna, era quella che ricordava di più Helena, ma aveva una pagina Facebook aperta da cui si vedeva che aveva figli sia più grandi che più piccoli di Markus. Emmanuelle Fontaine di Lione e Bente Jensen di Oslo le aveva individuate, gli sembrava, però non erano lei. Daniella Marak, il cui nome si scriveva con due l, dava una sola occorrenza: la ricetta di una crema di arance. L'autrice non era Helena. Trovò una sola Elizabeth Twersky, viceamministratrice delegata di un'azienda americana, residente a New York City, non a Tel Aviv. Dal nome Christine Williams ottenne più di mezzo milione di risultati, che aggiungendo Sydney scesero a cinquantamila. La combinazione Maryanne Taylor e Melbourne ne diede tremila e rotti, ma era comunque un'impresa impossibile.

Inutile e insonne.

Sarebbe stata una lunga notte.

Primavera 1985

ISAKSSON a lettere di plastica sull'aletta della buca per la posta.

Inspirò a fondo e premette il campanello. Visualizzò le stanze oltre la porta, la cucina, il balcone con il parapetto in lamiera affacciato sul parcheggio. Il letto singolo con il copriletto liso.

Si era chiesto se fosse il caso di portare dei fiori o del vino, o magari una scatola di cioccolatini. Non lo sapeva e non voleva consultarsi con nessuno. Alla fine aveva scelto una bottiglia di vinho verde portoghese: non troppo forte e non troppo caro. Neutro, insomma.

«Ciao» lo salutò lei quando aprì. Sembrava un po' agitata, come lui. Arretrò di qualche passo nell'ingresso.

Wiking si rese conto di aver trattenuto il fiato ed espirò.

«Ciao» disse, accorgendosi di sorridere.

Lei portava un golf lavorato ai ferri con una maglietta sotto, calzettoni pesanti ai piedi. I capelli raccolti in una specie di crocchia che si stava disfacendo.

«Entra. Togliti pure le scarpe.»

Accennò con la mano alla scarpiera. Il golf le stava grande e le maniche le nascondevano le mani. Se le arrotolò con un gesto inconsapevole, uno di quelli che nel tempo diventano automatici. Dalla cucina arrivava un odore penetrante di cipolla e, forse, di carne macinata.

Lui le tese il sacchetto con la bottiglia, lei sbirciò dentro e sorrise.

«Grazie» disse mettendoci sopra una mano. Era ancora fredda di frigo. «L'apriamo subito?»

«Va bene» rispose lui asciugandosi la fronte sudata.

Aveva preso la metropolitana e poi, una volta salito in superficie, era andato nella direzione sbagliata, due circostanze che gli avevano fatto perdere un sacco di tempo. Oltretutto subito prima che uscisse di casa lo aveva chiamato la sua compagna Linda Degerman, cinguettante e piena di aspettative. Lui si era completamente dimenticato di averle quasi promesso una serata insieme. Aveva deciso di non mentirle e le aveva spiegato senza giri di parole che purtroppo aveva altri programmi. Basta con la solita arrendevolezza.

Gli avevano sudato anche i piedi e le calze lasciarono delle impronte umide sul linoleum. Sperava con tutto se stesso che non puzzassero.

Helena Isaksson aveva apparecchiato per due in cucina e stava armeggiando con bottiglia e cavaturaccioli.

«Mi sa che è un tappo a vite» le fece notare Wiking.

Lei guardò sorpresa la bottiglia e arrossì.

«Ma certo. Che cretina.»

Poi rise e lo aprì. Riempì due grandi bicchieri da vino quasi fino all'orlo.

«Salute» disse.

«Salute.»

Fecero cincin, occhi negli occhi. Lei bevve a lunghi sorsi e lui annuì compiaciuto.

«Trinchi come una del Norrland. Dove hai imparato?»

«Lunga esperienza sul campo» rispose lei, andando verso i fornelli. «Invece quanto a cucinare non sono granché. Ti piacciono i medaglioni con la cipolla?»

«Sono il mio piatto preferito» dichiarò, sentendo che in quel momento era la verità. Avrebbe potuto mangiare sassi ed esserne felicissimo.

«Non proprio un menu pasquale, ma io non amo troppo le uova.»

A Wiking invece piacevano, però non fece commenti. I medaglioni erano un po' duri ma speziati. Somigliavano vagamente a quelli di sua madre. Neanche Karin era una gran cuoca.

Le chiese se la polizia si fosse fatta viva. Lei disse di no e vuotò il bicchiere.

«Secondo te cercheranno il rapinatore?» gli domandò.

«Sono obbligati a farlo» rispose lui, «ma l'impegno che ci metteranno dipende molto da quanto hanno da fare in generale. Il tuo capo cos'ha detto?»

Lei storse la bocca.

«A proposito, devo restituirti i soldi.»

«Non c'è fretta» la bloccò lui, ma Helena era già andata nell'ingresso e stava frugando in una borsa. Tornò con un biglietto da mille corone e cinque da cento.

«Ecco qui. Grazie del prestito.»

«Non erano così tanti.»

«Sì invece, tra fabbro, taxi e tutto.»

Lui prese i soldi con un gesto un po' goffo, tirò fuori il portafogli dalla tasca posteriore e ci infilò le banconote.

«Grazie» disse.

«Sono io che devo ringraziarti» rispose lei fissandolo dritto in faccia. «Cos'avrei fatto se non ci fossi stato tu?»

Wiking si sentì avvampare e abbassò lo sguardo sul piatto. Con la coda dell'occhio la vide portarsi alle labbra un grosso boccone.

«È vero quello che hai detto a quell'agente?» gli chiese lei dopo aver mandato giù. «Che tuo padre è capo della polizia?»

«Sì» disse lui, e vuotò il bicchiere. «A Stenträsk, nel Norrbotten.»

Helena versò quel che restava della bottiglia.

«È un bel posto?»

Wiking fu colto alla sprovvista. In genere la gente voleva sapere dov'era, se faceva freddo, come si resisteva.

«Sì, secondo me sì» rispose. «Si trova in una valle in mezzo a rilievi non troppo alti, proprio di fianco al fiume Pite. Storforsen dista meno di cinque chilometri...»

Lei si alzò, andò al frigo, tirò fuori un'altra bottiglia e la sollevò verso di lui con uno sguardo interrogativo.

«Vai.»

Lei la aprì con il cavaturaccioli e gliela porse. Wiking lesse l'etichetta. Liebfraumilch. Latte della cara signora, più o meno.

«E diventerai anche tu un poliziotto?»

«Formula vincente non si cambia.»

Lei rise.

«E tu?» chiese lui. «Da dove vieni?»

Helena sorrise e assaggiò il vino.

«Sono nata a Doha, in Qatar.»

Lui si rese conto di aver sbarrato gli occhi. Non sapeva dov'era il paese e non aveva mai sentito nominare la città.

«Una penisola tra gli Emirati Arabi Uniti e il Bahrain» aggiunse lei, come se avesse intuito il suo imbarazzo. «Mio padre era un diplomatico ed era dislocato lì.»

«Wow» fece lui, sentendosi di colpo una specie di uomo delle caverne. «E come... Com'è stato crescere in un posto del genere?»

«Non sono cresciuta lì. Quando avevo sei mesi l'hanno trasferito a Bangkok. E lì è morta mia madre.»

Wiking mise giù le posate.

«Che brutta cosa, mi dispiace.»

Lei fece un sorrisino malinconico e abbassò gli occhi sul piatto, spostando un pezzo di patata nella salsa alla panna.

«La mia nonna materna ci ha raggiunti per prendersi cura di me e mio fratello. Si può dire che mi abbia tirato su lei.»

«A Bangkok?»

«Non solo. Anche ad Ankara e Nairobi.»

«Wow» ripeté lui.

Scese il silenzio. Non sapeva cosa dire.

Lei deglutì così forte che si sentì.

«Non è stata una vita di sfarzi, se è questo che credi» disse a voce bassa. «Mio padre non è mai diventato ambasciatore o altro del genere. Lavorava in rappresentanze diplomatiche diverse con ruoli di scarsa importanza, probabilmente perché beveva troppo. Per qualche periodo ha avuto degli incarichi al Sida o in altre organizzazioni commerciali. Io e mio fratello abbiamo dovuto frequentare pessime scuole internazionali in cui non abbiamo imparato granché. Le cose che so io sono inutili...»

«Sai spillare la birra» osservò lui, e per poco non si morse la lingua, ma lei non se la prese. Anzi, rise di cuore.

«Hai ragione. Cincin!»

Fecero di nuovo tintinnare i bicchieri.

«Ma racconta» disse poi. «A Stenträsk ci sono cattivi e banditi?»

«Sì, per fortuna» rispose Wiking. «Altrimenti mio padre sarebbe disoccupato.»

Lei rise ancora di più, al punto che le salirono le lacrime agli occhi, e lui rise con lei sentendo che il vino gli stava dando alla testa. Quando si calmarono, Helena si asciugò gli occhi con i polpastrelli.

«Quindi, qual è il ladro peggiore che hai acciuffato?»

«Sono solo al primo semestre di accademia. Non ho ancora cominciato a dare la caccia ai delinquenti.»

«E tuo padre, invece?»

«Il caso più grave su cui ha investigato?»

Helena gli riempì il bicchiere e lui si appoggiò allo schienale di legno della sedia per riflettere qualche istante.

«Il furto della cassaforte a Kaltis, credo. Ne hai sentito parlare?» chiese.

Lei scosse la testa.

«No, mi sa che in Qatar non ha fatto dei gran titoloni, e probabilmente sì e no eri nata...» disse lui.

Ricordava il numero di codice fiscale che aveva dato al poliziotto facendo la denuncia, ma glielo domandò lo stesso: «Quanti anni hai?»

Lei abbassò gli occhi un attimo, come se si vergognasse.

«Ne compio ventitré il 30 novembre.»

«Sei del '62 come me. Io però sono più vecchio, di due mesi abbondanti.»

I discorsi sull'età sembravano metterla a disagio.

«Cos'era successo a Kallis?»

Altro vino nei bicchieri, soprattutto in quello di Wiking.

«Kaltis» la corresse. «Era il 1962 e la Vattenfall stava costruendo la diga a Messaure, sopra Stenträsk. Il quartier generale era all'ufficio turistico giù a Kaltis e c'era anche la cassaforte con tutti gli stipendi. L'hanno fatta saltare la notte prima che venisse distribuito l'ultimo salario agli operai. I ladri erano entrati da sotto.»

Bevve un sorso di vino. Helena lo ascoltava con gli occhi sgranati e le labbra socchiuse.

«Da sotto?»

Lui annuì.

«Bucando il pavimento. Le indagini furono portate a termine, ma non si arrivò mai a una condanna. Era il primo caso di mio padre e da allora ne è perseguitato. Sapere chi era stato e non poterci fare nulla...»

Lei sbatté le palpebre.

«Ma perché il ladro non fu preso, scusa?»

Era interessata sul serio.

«Era sparito» rispose Wiking. «E anche suo figlio. Venticinque anni dopo il figlio è stato trovato a Storforsen, annegato nella cascata. Il ladro invece è rimasto latitante. Era riuscito a portarsi via quasi un milione di corone.»

«Che storia» disse Helena. «Ma come fa a sapere che è stato proprio lui?»

Wiking vuotò il bicchiere e lei glielo riempì di nuovo. Meglio smettere di bere, altrimenti avrebbe cominciato a girargli tutto. Helena si alzò e prese dal frigo un'altra bottiglia dello stesso vino.

«C'erano le prove, ma dato che non si era potuto arrestare e interrogare nessuno, non si è mai arrivati al rinvio a giudizio.»

Lei versò il vino, si rilassò contro lo schienale e guardò le betulle spoglie oltre la finestra. Uno scoiattolo saltellava da un ramo sottile all'altro.

«Devo andare in bagno» disse Wiking.

Lei gli indicò la porta.

Non gli fu facile centrare la tazza.

«Quasi un milione di corone» riprese Helena quando lui tornò a tavola. «Nel 1962. Quante sarebbero, oggi?»

Lui si sedette e la guardò.

«Molte di più. E se le avessi investite subito in borsa, oggi saresti Paperon de' Paperoni.»

«Chi, scusa?»

Aveva un'aria così perplessa che gli andò di traverso il vino.

«Ti sei persa anche Paperino?»

Lei alzò gli occhi al cielo.

«In che senso "anche"? Perché non sapevo del colpo a Kallis?»

Il calore gli si diffuse dalla pancia fino all'inguine. Era davvero carina. Gli venne voglia di sfiorarle i capelli con la mano, ma si trattenne.

«Cosa ti hanno insegnato in quelle scuole internazionali, a parte spillare la birra?»

«Tutto sul valore eccezionale di Mustafa Kemal Atatürk e Jomo Kenyatta. E dalla nonna ho imparato a fare i dolci. Con il pandispagna non mi batte nessuno.»

Saltò su dalla sedia e andò ai fornelli, dove uno strofinaccio a scacchi bianchi e rossi copriva un dolce non troppo riuscito.

«Questo non mi è venuto benissimo, però» mormorò in tono di scuse, cercando di metterlo in tavola tra la ciotola delle patate e la salsiera.

«Forse è meglio sparecchiare un po', prima» suggerì Wiking. Si alzò, raccolse le posate, i piatti e i tovagliolini usati, ma non era saldissimo sulle gambe.

«Lascia, faccio io» disse Helena, e prendendo i piatti si ritrovò vicinissimo a lui. Wiking si sporse in avanti e la baciò. Sapeva di vino, cipolle e qualcos'altro che non avrebbe saputo definire. Forse era il suo profumo, il suo sapore personale. La lingua era calda e ruvida e rispose subito, avida. Appoggiarono le stoviglie sul tavolo con un gran tintinnio e infilarono le mani nei capelli l'uno dell'altra. Le dita della sinistra di Wiking si impigliarono nell'elastico della coda. Lo scosse via e la afferrò alla nuca. Dio santo! L'altra mano era già sulla schiena, sotto il golf, sentiva il calore del suo corpo attraverso la stoffa sottile della maglietta. Lei ansimava contro la sua bocca. L'uccello gli pulsava al punto che temeva di venirle sul fianco.

La sollevò tra le braccia e barcollò. Lei si divincolò e lo prese per mano. Senza dire niente, lo portò verso la camera. Il pavimento sembrava in pendenza. Crollarono sul letto singolo, che scricchiolò in modo preoccupante. Lei gli finì sopra e si tolse il golf con gesti impacciati, poi si sfilò la maglietta. Non portava il reggiseno. Aveva le tette grandi e rotonde, sode. Lui sollevò la testa dal cuscino e prese tra le labbra un capezzolo, facendola gemere. Poi eccola, la voce ammonitrice nella sua testa: non era quella di mamma Karin, ma le parole erano le sue.

«Aspetta» ansimò, divincolandosi per tirare fuori il portafogli dalla tasca.

«Cosa?»

Lui tastò con le dita in cerca dei preservativi nello scomparto delle banconote.

«Non serve» sussurrò lei quando capì cosa stava facendo. «Prendo la pillola.»

«Io no, però» rispose lui.

Lei lo guardò perplessa per qualche secondo, poi lo baciò.

«Faccio io» gli disse prendendogli il preservativo dalle dita impacciate. Aprì la bustina di plastica con i denti, illuminati per un attimo dalla luce del lampione fuori, la sputò via e gli afferrò il membro con la mano. Lui chiuse gli occhi e reclinò la testa mentre dalla gola gli usciva un verso che non riconobbe. Se non fosse stato così ubriaco, sarebbe venuto in quel momento stesso. Lei gli infilò il preservativo, si tolse jeans e mutandine e si mise cavalcioni su di lui. Doveva essere bagnatissima perché Wiking le scivolò dentro in un colpo solo, Dio santo, per un attimo pensò che sarebbe svenuto. Poi lei rimase lì, immobile, con gli occhi chiusi, pizzicandosi i capezzoli. Era come se l'uccello la riempisse tutta. Lui chiuse gli occhi ed ebbe l'impressione di essere scaraventato verso il soffitto. Lei respirava ansimando, a scatti, e cominciò a muoversi, lentamente. L'urto ritmato del monte di Venere lo fece turbinare in cielo, il glande che danzava in profondità, e nel momento stesso in cui pensò che non aveva mai goduto tanto, vomitò. Le finì tutto sul seno e sulla pancia: vino, cipolle e medaglioni. Lei strillò inorridita, oh cazzo, oh merda, cos'aveva fatto? Helena si tirò su di scatto – freddo improvviso intorno all'uccello – e poi scoppiò a ridere, una risata irrefrenabile, nuda nella luce del lampione con il vomito che le colava addosso. Alla fine tirò a sé la coperta, sfilò il copripiumino e si pulì.

«Wiking, Wiking» ridacchiò, «nonostante il tuo nome, non reggi l'idromele.»

Appallottolò il copripiumino, gli salì addosso e pulì anche lui, petto, pancia e mento. La stanza gli girava attorno e lui sentì arrivare un nuovo conato.

«Tieni» disse lei tendendogli una federa, e lui ci vomitò dentro.

Poi si girò a pancia in giù, e se avesse potuto avrebbe pianto.

Se la vergogna avesse avuto un colore, la sua sarebbe stata rosso sangue: quello scuro, un po' rappreso, di quando nonna Agnes macellava i vitelli e a lui toccava portare via il sangue con la carriola. Non sapeva da dove fosse arrivata quell'immagine, ma quando si svegliò alla solita ora, le cinque e un quarto, era lì. Il liquido che si addensava rapidamente nel secchio, sciaguattando mentre lui spingeva la carriola. Il sapore del *blodpalt* in bocca. Vergogna rosso scuro, soffocante.

Pensava sul serio che la testa gli si sarebbe spaccata in due.

La pioggia martellava la finestra e i suoi timpani. Era solo nel letto. Fuori il cielo era ancora nero. Il riflesso del lampione, filtrato dalla chioma della betulla, formava un disegno asimmetrico e sfarfallante sulla parete. Mandò giù la saliva e sentì grattare la gola. Si tirò su contro la testiera. Il preservativo gli si era appiccicato all'interno della coscia. Lo staccò e lo strinse nel pugno. Il cuore gli andava a mille. Tirò giù le gambe dal letto, incerto sul risultato, e le piante dei piedi toccarono il linoleum freddo. Fin lì, tutto bene. Non pensava di dover vomitare di nuovo.

Dio santo.

Rimase seduto con gli occhi chiusi per un lungo minuto, poi si alzò in piedi. Trovò i boxer sotto il letto e andò in cucina senza far rumore. La tavola era sparecchiata e pulita, le stoviglie nello scolapiatti. Attraversò l'ingresso ed entrò in bagno. Un tanfo incredibile: nella vasca c'erano il copripiumino e la federa pieni di vomito. Gettò il preservativo nel water e pisciò, ma non venne fuori granché. Quando tirò l'acqua, il preservativo rimase a galla. Dovette ripescarlo, avvolgerlo nella carta e ritentare, e finalmente andò giù. Che schifo di situazione. Prese il bicchiere dello spazzolino e bevve l'acqua del rubinetto a lunghi sorsi, riempiendolo due volte. I postumi della sbornia non erano nient'altro che disidratazione: glielo aveva spiegato Marina, la ragazza di Mats. L'alcol faceva aumentare la produzione di urina e la nausea era causata dalle sostanze di scarto che si formavano quando il fegato smaltiva l'alcol.

Abbassò il coperchio e si sedette sul water, avvolto dal suo stesso tanfo. Sentiva scorrere nel corpo le sostanze di scarto e si lasciò sprofondare nel senso di fallimento. Il sedile era freddo sotto le cosce, ma gli stava solo bene. Gli pizzicavano gli occhi. Alla faccia del bruciarsi ogni possibilità...

Tornò nell'ingresso e sbirciò in soggiorno trattenendo il respiro.

Helena dormiva sul divano con il copriletto addosso, un mucchietto bitorzoluto da cui usciva il suo respiro regolare. Sul bracciolo erano sparse alcune ciocche chiare. Meno male. Gli era venuto il dubbio che fosse scappata da qualche parte, a casa di un'amica, magari, lasciandolo alla sua vergogna e al suo destino. Era una buona cosa che fosse rimasta, no? O forse non aveva nessun posto in cui andare?

Un'auto passò lungo la via, la pioggia crepitante sotto le gomme.

Era il caso di raccogliere in fretta le sue cose e battersela prima che lei si svegliasse?

Difficile che ci riuscisse: minimo minimo, l'avrebbe svegliata facendo rumore mentre si vestiva, o magari quando era con un piede fuori dalla porta. Il tutto sarebbe servito solo a rafforzare la sua immagine di perdente totale. Prima vomitarle addosso e poi svignarsela come un ladro nella notte. In quel caso, naturalmente, poteva scordarsi di rivederla. Probabile che non sarebbe successo nemmeno se fosse rimasto, ma andarsene senza dire niente gli sembrava peggio. In realtà sarebbe addirittura stata una decisione più drastica, e lui le evitava per natura.

Così tornò in camera, con la testa che scoppiava e l'uccello più moscio della Svezia, e si rannicchiò sul materasso di gommapiuma. Si tirò addosso la coperta priva di copripiumino, desiderò di nuovo di saper piangere e, stranamente, si addormentò quasi subito.

La stanza era inondata di una luce primaverile bianchissima. Per un breve secondo, prima che la consapevolezza e la vergogna rosso sangue riemergessero dal profondo, si sentì circondato da un'ebbrezza turbinante. Trattenne il fiato e tese le orecchie. Fuori aveva cominciato a circolare il traffico, ma l'appartamento era immerso nel silenzio.

«Helena?»

La voce gli era uscita gracchiante. Si schiarì la gola.

Nessuna risposta.

Si alzò, raccolse i vestiti da terra e se li mise, sentendosi stranamente composto. I postumi della sbornia gli si rimescolavano ancora nel petto e nella testa, ma non in modo incontrollato come qualche ora prima. Guardò l'orologio. Le dieci e mezza. La maggior parte delle sostanze di scarto era stata smaltita.

Andò in cucina, piano, quasi in punta di piedi. Nell'acquaio c'erano una tazza da caffè e un piattino con delle briciole: aveva mangiato una fetta di pane e burro per colazione. Per sicurezza guardò anche in soggiorno, ma era deserto. Il copriletto era piegato sul bracciolo del divano.

La vasca era vuota. Federa e copripiumino erano spariti.

Si sedette in cucina e aspettò. Non c'era nessun orologio a parete che ticchettasse. La luce fuori era impietosa. Aveva smesso di piovere, ma il vento scuoteva i rami della betulla.

Wiking si alzò e aprì il frigo. Latte, Bregott, formaggio e prosciutto, e poi confettura di lamponi, uova, ketchup e senape della Scania, una confezione di würstel da grigliare e una terza bottiglia di Liebfraumilch. Aveva pensato di far fuori anche quella? Quante se ne erano scolate? Almeno due, più il suo vino portoghese, e lui ne aveva bevuto più di lei.

Chiuse il frigo e aprì la dispensa.

Spaghetti, maccheroncini, purè in polvere, zucchero, farina, sale e guarda un po': il pane di segale della Polarbröd. Ne tirò fuori una fetta dalla confezione di plastica con la renna nel logo, prese formaggio e Bregott dal frigo e si preparò un bel panino, piegando la fetta in due come faceva di solito. Se la sbafò in quattro bocconi e si sentì subito meglio.

Si chiese dove fosse finita. Era andata al lavoro? Essendo Pasqua, forse era in servizio per qualche pranzo. Non aveva detto niente in proposito, ma lui non glielo aveva chiesto. Che fosse a fare la spesa? Magari era soltanto uscita in attesa che lui sparisse...

Be', in questo caso avrebbe dovuto aspettare.

Tornò in camera e si guardò intorno. Di fianco al letto c'era un comodino con un cassetto. Lo aprì. Un barattolo di paracetamolo e una piccola foto in bianco e nero: una bambina con i capelli chiarissimi e una donna anziana. Si abbracciavano e ridevano rivolte all'obiettivo, gli occhi socchiusi contro il sole. Forse Helena e sua nonna. Girò la foto. Niente scritte.

Andò in soggiorno e toccò il divano con la mano. Non c'era più traccia del calore del suo corpo. Si sedette. Comodo, e il tavolino era perfetto per appoggiarci i piedi. Si guardò intorno anche lì. La libreria bianca era identica a quella nella sua stanza in affitto. C'erano parecchi libri, una vecchia radio a transistor e una più grande con due altoparlanti e lo scomparto per le audiocassette. Si alzò per guardarla meglio e premette il tasto play. La voce in falsetto di Michael Jackson esplose nella stanza, facendogli fare un salto. Cercò febbrilmente il modo di abbassare il volume. Billie Jean non era la sua amante, solo una ragazza che sosteneva che il padre del bambino fosse lui.

Tirò il fiato, chiedendosi se qualcuno avesse sentito. Magari Helena era da uno dei vicini e aveva sentito che ficcava il naso in giro. Vabbè, pazienza.

Guardò i libri, sfiorandone i dorsi con il dito. I titoli non gli dicevano granché. Lui leggeva soprattutto saggistica e fumetti. *Il nome della rosa. La figlia di Mistral. Hotel New Hampshire. Padrona del gioco. Une sorte de justice. Vinter i paradiset.* Nemmeno i nomi degli autori gli erano familiari: Umberto Eco, Judith Krantz, John Irving, Sidney Sheldon, René Chatal, Ulf Lundell...

Ah no, un attimo: di Lundell aveva letto *Jack*, e gli era piaciuto. Parlava di quel tipo che sognava di fare lo scrittore e intanto beveva, lavorava e si dava da fare. Lo aveva interpretato come un romanzo parecchio autobiografico ed era arrivato alla conclusione che forse voleva diventare come Ulf Lundell... Partire per Stoccolma e poi per Gotland e imparare a fumare, all'inizio sigarette, dopo chissà, provare a vivere in una comune e cercare l'amore... E le sue canzoni erano fortissime. *Sextisju, sextisju*, e anche *Våren närmar sig city.*

Tirò fuori il libro *Vinter i paradiset*, un tascabile, e lesse la quarta di copertina.

Lungo disteso in una Volvo familiare, sanguinante a causa delle coltellate, senza denti e derubato di due chili di cocaina, Bengt Pavlo Gustavsson torna in Svezia dopo cinque anni passati a girare il mondo...

Cavolo, sembrava bello. Magari poteva chiederle di prestarglielo.

Nello stesso istante si sentì il rumore di chiavi nella serratura e la porta si aprì. Wiking rimise a posto il libro come se scottasse. In tre passi arrivò nell'ingresso e fu davanti a lei.

«Ciao» la salutò.

Helena aveva tra le braccia federa e copripiumino fumanti e stropicciati.

«Ciao» rispose secca, cercando di chiudere la porta senza far cadere tutto.

«Aspetta, faccio io» disse lui.

Lei gli passò di fianco, diretta alla camera da letto, e la lana del golf gli sfiorò la mano.

«Ho fregato a una che si chiama Andersson l'orario che aveva prenotato per la lavatrice condominiale» lo informò senza girarsi. «È scesa mentre stavo piegando la roba, incazzata nera. Ha gridato che mi avrebbe denunciato alla polizia.»

«Per furto? Di orario per la lavatrice?»

La seguì in camera. La coperta nel copripiumino, la federa sul cuscino.

«Urlava al punto che temevo le venisse un infarto. Stronza. Spero che muoia, guarda.»

«O che viva a lungo e soffra tutto il tempo» propose Wiking.

Helena sospirò e gli piantò gli occhi negli occhi.

«Vomiti spesso quando scopi?»

«Prima volta» rispose Wiking e sostenne il suo sguardo, nonostante gli bruciasse.

Lei alzò le braccia piegandole sulla testa e fece una breve risata. Un gesto sconfortato o forse incredulo. Così lo interpretò lui, almeno. Stava succedendo, o era solo un incubo?

«Vuoi un po' di colazione?» gli chiese passandogli davanti per andare in cucina.

«Mi sono fatto un panino» disse lui, e la seguì come un cucciolo.

«Ah, ma guarda. Hai anche frugato in tutti i miei cassetti e i miei armadi?»

«Non quello del bagno.»

«Non hai fatto in tempo?»

«La foto nel comodino... siete tu e tua nonna?»

Helena annuì senza guardarlo.

«Si chiamava Elin. Era di Söderhamn.»

«Mi presti *Vinter i paradiset* di Ulf Lundell?»

Lei si girò, si appoggiò al bancone e lo fissò dritto in faccia, le braccia conserte.

«Se lo faccio vorrai restituirmelo, ligio alla legge come sei, e dovremo rivederci. Giusto?»

«Se vuoi puoi regalarmelo, così ti liberi subito di me.»

Non riuscì a interpretare il suo sguardo, azzurro e imperscrutabile. Guardare ma non toccare. Fece un passo verso di lei, allungò la mano e gliela appoggiò sul braccio. Il golf era ruvido sotto il palmo.

«Ti chiedo scusa» disse. «È vero, non mi era mai successo. Mi vergogno terribilmente.»

Lei abbassò gli occhi a terra e forse fece una smorfia. Quando li rialzò, erano sottili e scintillanti.

«Prima volta anche per me, a essere sincera.»

Lui la strinse a sé e la baciò finché lei non rispose al bacio e dovettero staccarsi per prendere fiato.

«Ci riproviamo?» le sussurrò nella bocca.

Stavolta la fece stendere sul letto e la esplorò per bene, con tutte le parti del corpo che aveva a disposizione. Non solo il seno era sodo, ma anche tutto il resto, e caldo. Aveva la cicatrice di un'operazione sul lato destro dell'addome e lui gliela baciò cauto. Appendicite, Sven ne aveva una uguale. Lei gli fece capire cosa voleva e venne in fretta, con impeto, sotto le sue mani e la sua lingua. Ogni tanto lo costringeva a frenare, e all'inizio la cosa lo mise in difficoltà perché era abituato ad andare al massimo, una volta partito. Quando si alzarono per uscire a comprare degli hamburger al chiosco, la giornata pasquale si stava stemperando nel crepuscolo. La sera rimasero sul divano a guardare la televisione. Il primo canale trasmetteva una replica di *Trafikmagasinet*. Wiking cominciò a leggere *Vinter i paradiset*, ma non andò molto avanti.

Il lunedì di Pasqua presero la navetta gratuita dalla stazione centrale all'Ikea di Kungens Kurva e comprarono un letto più grande. Tre giorni dopo, il giovedì, Wiking raccolse le sue cose e lasciò la stanza in affitto a Tensta. La padrona di casa se la prese e sostenne che doveva dare tre mesi di preavviso, cosa a cui Wiking si oppose con un tale impeto che la signora fece marcia indietro e per poco non si offrì di pagargli il trasloco.

E fu così che, dall'aprile del 1985, Wiking risultò domiciliato e residente nel comune di Solna, in Näckrosvägen 33, c/o Isaksson.

Martedì 25 agosto 2020

Verso le tre e mezza della mattina il cielo si spalancò. La pioggia si abbatté sulla regione con un'intensità tale che Storforsen inondò il letto asciutto di Döda Fallet e grandi masse di terra franarono lungo le fiancate delle montagne. Wiking osservò lo spettacolo dal divano del soggiorno immerso nel buio. Era riuscito ad addormentarsi verso l'una, ma i sogni di torbiere, lettere minatorie e ospedali lo avevano riportato a galla.

Qualcuno a Stenträsk aveva scritto la lettera minatoria e l'aveva lasciata sul pavimento dell'ingresso di Markus. Qualcuno che era così vicino alla famiglia da riuscire a fotografarla. E la lisca di pesce gli cresceva in gola. La sopravvivenza relativa a cinque anni per un tumore testa-collo andava dal sessantacinque al settanta per cento. Aveva una possibilità su tre di morire entro cinque anni. Prego, peschi una pagliuzza.

Era il caso di prepararsi alla dipartita mettendo ordine tra le sue cose?

Sapeva che mamma Karin l'aveva fatto, dopo l'operazione per il bypass. Appena era stata in grado di muoversi, aveva ripulito tutti gli armadi e i ripostigli togliendo di mezzo vestiti vecchi, libri, agende, vecchi scontrini, dichiarazioni dei redditi, iscrizioni a club del libro scadute e riaperte. I documenti relativi alla casa erano in un raccoglitore nello studio: atto ipotecario, rogito, fatture per la ristrutturazione della facciata. Aveva conservato solo l'essenziale, quello che serviva nella vita quotidiana e le cose che volevano tenere lui e Sven. In poche parole, era pronta. E lui?

Nel suo lavoro, aveva visto morire più persone di quante potesse ricordarne. Dissanguate, per overdose, incastrate nelle lamiere di un'auto e annegate nel proprio sangue in attesa della tagliatrice al plasma... Eppure non riusciva a immaginare cosa volesse dire perdere la vita.

Magari non era poi chissà cosa. Come addormentarsi, e basta.

Quando era morto suo padre, per lui non era stato un colpo particolarmente duro. Gustav Stormberg aveva avuto un ictus l'anno successivo al pensionamento e non si era più ripreso. Era morto dopo alcuni mesi alla clinica di lungodegenza, su a Kolåsen. Non erano mai stati particolarmente uniti. Wiking ricordava con un senso di disagio le visite in reparto a quell'uomo grande e grosso collegato ai vari macchinari. Non avevano niente di cui parlare a parte il lavoro, e ormai era un argomento esaurito. Il funerale era stato complicato. Gustav non aveva detto nulla su come lo voleva. Era venuta una marea di persone, non perché fosse stato un capo della polizia particolarmente amato ma perché era un uomo del territorio che aveva raggiunto una posizione di rilievo. Inoltre era opinione comune che fosse venuto a mancare «troppo presto» e che avesse ancora «tanti anni da vivere». Markus, ancora in fasce, aveva urlato come un maiale scannato per tutta la funzione. Alla fine Helena era stata costretta a portarlo fuori.

Wiking avrebbe programmato la propria sepoltura per bene, se si fosse arrivati a tanto. Non come Gustav. Non avrebbe lasciato Karin, Markus ed Elin a interrogarsi su cosa fare.

Pensò a sua madre.

Si era laureata in Scienze del servizio sociale quando lui era piccolo, facendo su e giù da Umeå dove la facoltà era stata istituita da poco. Era stata la nonna paterna, Agnes, a prendersi cura di lui, un po' come era successo a Helena con la nonna materna Elin. Di suo padre, Wiking non aveva quasi ricordi, in quel periodo, ma era il Norrbotten degli anni Sessanta: gli uomini avevano i loro compiti e le donne ne avevano altri. Facile giudicare a posteriori, dall'alto degli anni Venti del Duemila, e non era il caso di perderci del tempo.

Via via che la pioggia continuava a scrosciare, la caducità della vita assunse proporzioni sempre maggiori. Che senso aveva tutto quanto? Il suo lavoro alla stazione, tutte le riviste di automobili che aveva letto, gli studi di mamma Karin costati tanta fatica, tutti i pavimenti che aveva lavato, tutti i pasti che aveva preparato? I morti si lasciavano alle spalle dei buchi: alcuni si chiudevano con il tempo, altri no. Vuoti che restavano. Elliot si sarebbe ricordato di lui? E Maja?

Si addormentò per qualche attimo sul divano, sotto il plaid.

Quando si svegliò, Anja Berglund era uscita per andare al lavoro. Quanto a lui, doveva essere in ufficio dalle nove, ma in genere ci arrivava molto prima. Perché aveva costantemente avuto tanta fretta?

Da sempre teneva gli abiti da lavoro in casa invece che in un armadio alla stazione. Quel giorno, prima di indossare un impermeabile sopra l'uniforme e salire in macchina, aspettò che la pioggia scemasse un po'. Parcheggiò al solito posto e spense il motore. Poi rimase per qualche minuto in auto ad ascoltare a occhi chiusi il martellare della pioggia sul tetto. Mats non si era più fatto vivo. Il collegamento tra il furto di armi a Pålberget e gli incursori di stanza ad Arvidsjaur era interessante, ma era la domanda di Mats sul codice fiscale che non gli dava pace.

Un colpo secco sul finestrino gli fece fare un salto. Roland Larsson spalancò la portiera.

«Abbiamo un'auto volata giù dal ponte a Vitvattnet. Aquaplaning, è finita nel Pite. A quanto pare nessuno è riuscito a uscire dalla macchina.»

Wiking fece un respiro profondo. Merda. La morte onnipresente strinse di un'altra tacca la cintura che gli serrava il petto, aumentando il senso di mancanza di ossigeno. Scese dalla macchina e mentre camminava si sentì instabile, incapace di valutare bene le distanze. Come se fosse reduce da un volo transatlantico.

Vitvattnet era più a valle, sul confine con il comune di Älvsbyn.

«I soccorsi sono partiti?» chiese al collega. Il sedile del passeggero si tinse di scuro a causa delle gocce che gli colavano dall'impermeabile.

«Due minuti fa» rispose Larsson manovrando l'auto in direzione della provinciale.

«Mi sa che dovremo chiedere aiuto a Älvsbyn.»

«Non possono darci una mano. Problemi di Covid.»

«Come facciamo con i sommozzatori?»

«Andersson è rientrato oggi dalle ferie, per pura fortuna.»

Wiking deglutì a fatica. L'adrenalina amplificava la secchezza delle fauci e il senso di vertigine dovuto all'insonnia. Un comune piccolo come Stenträsk non disponeva di un nucleo sommozzatori, ma Sigge Andersson, che faceva parte dei vigili del fuoco, era un sub appassionato. Più che altro si immergeva nei Caraibi in cerca di relitti, ma frequentava i corsi della protezione civile e aveva il patentino per gli interventi di soccorso.

«Che canale?» chiese Wiking, allungando la mano verso la radio.

«Novantuno.»

Wiking si sintonizzò sul coordinamento tra ambulanze,

polizia e vigili del fuoco. Strinse il microfono per qualche attimo mentre si faceva forza, preparandosi mentalmente – come sempre in quelle occasioni – all'incertezza su quanto li aspettava.

«Qui 4018» disse. «Cosa sappiamo della situazione? Passo.»

Dopo alcuni secondi rispose Lindersson, il capo dei vigili del fuoco. Erano arrivate due chiamate indipendenti: quella della conducente dietro la macchina incidentata e un'altra di un uomo che arrivava in direzione opposta. Entrambi avevano chiamato, in parallelo, alle 8.37. Le osservazioni trasmesse erano frammentarie ma concordanti: in seguito a un probabile aquaplaning, il conducente aveva perso il controllo della vettura, di marca non identificata, e aveva piegato bruscamente a destra sfondando la barriera di sicurezza e finendo nel fiume.

Wiking si schiarì la gola.

«Sappiamo quante persone c'erano a bordo? Passo.»

Negativo.

Wiking chiese ai mezzi di soccorso di fare rapporto appena arrivati sul posto e chiuse la comunicazione. Larsson azionò la sirena e accelerò in direzione di Älvsbyn.

Dalla tasca della giacca arrivò un *pling* del cellulare. Mats Vikander.

Hai tempo alle 9.30?

Rispose subito.

Sto andando sul luogo di un incidente stradale. Ci provo.

La pioggia s'intensificò. Il paesaggio tutt'intorno era di un grigiore deprimente. Le gomme sfrigolavano.

«Quanto sarà profondo il fiume in quel punto, a Vitvattnet?» domandò Roland Larsson.

«Non lo so» disse Wiking.

Non se l'era mai domandato. Non andava a pescare e raramente faceva il bagno. Il Pite era qualcosa con cui si conviveva, a Stenträsk, come gli alberi, le zanzare e le strade ghiacciate. Ufficialmente era uno dei fiumi tutelati del paese, uno di quelli più grandi non regimati, con l'eccezione della centrale idrica di Sikfors, un'oretta a valle. Misurava più di quattrocento chilometri, dal massiccio di Sulitelma, al confine con la Norvegia, attraverso montagne e foreste fino al golfo di Botnia qualche decina di chilometri a sud di Piteå. La rapida di maggiori dimensioni, Storforsen, era anche la più grande d'Europa. A Stenträsk il frastuono del fiume era costante, come un rumore di fondo. Il Pite era maestoso, ma Wiking non era sicuro che fosse particolarmente profondo.

Si sentì gracchiare il canale della radio.

«Messaggio ILTiPANE del mezzo 11-2130.» Era Lindersson. «Intravediamo il veicolo a una decina di metri dalla riva, cento metri a valle. Cerchiamo di avvicinarci il più possibile. Voi dove siete? Passo.»

Wiking gettò un'occhiata al gps.

«A un minuto da voi.»

Guardò Roland Larsson. Sapeva fare tutto quello che sapeva fare lui, su questo non aveva dubbi. Esistevano, in realtà, persone insostituibili, se non per ragioni egocentriche e sentimentali? Cambiava davvero qualcosa se a Tensta avveniva una sparatoria o se a Vitvattnet una macchina finiva nel fiume?

Sul ponte si erano radunate diverse persone e alcune auto erano ferme nel parcheggio dell'area picnic lì accanto. Wiking scese all'altezza della spalla settentrionale e srotolò rapidamente il nastro bianco e blu per delimitare la carreggiata. Roland Larsson proseguì sul ponte e, arrivato all'estremità opposta, bloccò il traffico diretto a nord con la volante. Wiking tirò fuori dalla tasca il cellulare, che si bagnò immediatamente. Cercò di asciugarlo con il palmo e telefonò a Carina Burstrand alla stazione.

«Chiudiamo la 374 in entrambe le direzioni all'altezza di Vitvattnet» la avvertì. «La gente dovrà fare il giro da Furuberget. Lo comunichi tu?»

«La 374 a Vitvattnet, Furuberget» ripeté la segretaria. «Okay.»

«E manda un carro attrezzi.»

Chiuse la chiamata e mise via il cellulare.

«Sono stata io a dare l'allarme.» Una donna si era piazzata davanti a lui stringendo spasmodicamente un ombrello che serviva a ben poco, visto che la pioggia le aveva fatto sciogliere il trucco su tutta la faccia. Sembrava intirizzita.

«Aspetti qui» disse Wiking. «Tra un attimo prendo i suoi dati.»

Andò alla barriera sfondata e rivolse lo sguardo verso il basso. Vide il camion dei pompieri che scendeva lungo un tratto di sponda un centinaio di metri più giù, poi si portò le mani alla fronte per proteggere gli occhi dalla pioggia e scrutò la superficie. A una decina di metri dalla riva, aveva detto Lindersson. Quella che si intuiva quasi in superficie era una ruota?

Tornò dalla donna con l'ombrello.

«Dovremo metterci nella sua macchina. È impossibile scrivere sotto quest'acqua.»

Si sedette sul sedile del passeggero lasciando la portiera aperta e prese nota del nome, dell'indirizzo e del numero di telefono.

«È stata una cosa terribile» disse la donna con voce tremante. «Andava forte e ho pensato che si sarebbe scontrato con l'altra macchina, e poi è successo.»

«La contatteremo a breve per una deposizione dettagliata» concluse Wiking. «Ora dobbiamo occuparci dei soccorsi e mettere in sicurezza l'area. Può andare.»

Scese dall'auto e le fece cenno di partire. Guardò giù e vide Sigge Andersson immergersi in acqua con bombole d'ossigeno, muta e cintura degli attrezzi. Roland Larsson raccolse i dati di un uomo e una donna a bordo di un grosso suv e li lasciò liberi. Probabilmente erano gli altri testimoni. L'ambulanza scese nel punto dove si era fermato il camion dei pompieri e Wiking si affrettò nella stessa direzione mentre Roland Larsson sgomberava il ponte dai curiosi.

Le macchine che finivano in acqua si capovolgevano, e lo scenario era inevitabilmente da incubo. Sganciare la cintura di sicurezza era complicato, dato che chi era legato si trovava a testa in giù. La pressione dall'esterno rendeva impossibile aprire le portiere fino al momento in cui l'abitacolo non si riempiva completamente d'acqua, e spesso i finestrini elettrici smettevano di funzionare. Il conducente poteva salvarsi se aveva con sé un coltello affilato e un martello, tagliando la cintura e sfondando un finestrino, ma chi si portava dietro attrezzi del genere, e soprattutto aveva la presenza di spirito necessaria?

Se l'auto era molto in profondità, si delineava subito un altro pericolo. La pressione era tale che l'aria veniva compressa e, anche ammesso che il conducente riuscisse a uscire, era necessario sapere come fare per non subire danni durante la risalita. Bisognava espirare gradualmente, altrimenti i polmoni esplodevano. D'altra parte, se quella che si intravedeva vicino alla superficie era davvero una ruota, stavolta quel rischio non sussisteva.

Salutò con la mano Lindersson e gli altri soccorritori, tutti concentrati su quanto si stava svolgendo nel fiume.

Quanto tempo era passato dalla chiamata?

Wiking guardò l'orologio. Le nove e due. Quindi, venticinque minuti. Forse c'era speranza. Non sapeva quanti gradi ci fossero in acqua, ma il Pite era sempre gelido, e in questo caso era una cosa positiva. Le persone potevano resistere più di un'ora, sott'acqua, se la temperatura corporea scendeva a sufficienza.

«È tornato su! L'ha preso!»

Sigge Andersson si mise a nuotare verso riva sul dorso, con una persona saldamente stretta sotto il braccio sinistro. Il personale dell'ambulanza accese il motore e preparò la lettiga.

Dalla posizione in cui si trovava, Wiking poté constatare che si trattava di un uomo. Portava pantaloni, camicia e cravatta, mentre le scarpe erano scivolate via. Il viso era contuso ma non insanguinato, essendo stato ripulito dal fiume. Pancia grossa e gambe sottili. Capelli chiari, apparentemente radi. I soccorritori lo depositarono sulla barella e lo portarono verso l'ambulanza. Un braccio era piegato in una posizione innaturale.

«Battito? Respirazione?»

Wiking guardò il caposquadra auscultare il torace.

«Via, subito.»

La lettiga fu spinta dentro e l'ambulanza partì all'istante. Sigge Andersson, ansimante e infreddolito, era rimasto sulla riva con il cappuccio della muta abbassato. La pioggia gli sferzava il viso.

«Com'era la situazione?» gli chiese Wiking.

Il sommozzatore indicò la gomma nell'acqua.

«Quella è una ruota posteriore» spiegò. «Dato che l'abitacolo non si era riempito del tutto, non si riusciva ad aprire le portiere, e la sacca d'aria era all'altezza del lunotto posteriore, quindi purtroppo non è stata utile per il conducente. Ho rotto il finestrino laterale.»

Mostrò il piccolo martello inserito nella cintura degli attrezzi. Wiking annuì.

«E la macchina?»

«Deve avere sfondato la barriera a velocità sostenuta. Il muso è rientrato. Non so nemmeno che modello sia. Non si vedeva. Si sono aperti tutti e due gli airbag.»

«Qualcuno ha chiamato il carro attrezzi?» domandò Lindersson alle loro spalle.

«Dovrebbe essere in arrivo» rispose Wiking, e guardò verso il ponte. C'erano piccoli assembramenti a entrambe le estremità dell'area delimitata, e poi nell'area picnic e lungo le rive. Molti riparavano i cellulari con le mani e gli ombrelli. La rete sarebbe stata inondata di video sulle operazioni di salvataggio.

L'ambulanza sparì a sirene spiegate in direzione dell'ospedale di Stenträsk. Wiking risalì verso il ponte. Aveva l'impressione che la pioggia stesse scemando.

«Ho fotografato quel poco che è rimasto» gli disse Roland Larsson quando si ritrovò sulla carreggiata. «Le tracce della frenata sono state spazzate via dalla pioggia.»

Indicò il percorso con la mano. Wiking lo seguì e spostò lo sguardo verso lo squarcio nella barriera.

«Tre paletti sono stati sradicati» continuò Roland. «Deve aver preso in pieno quello centrale, che si è tirato dietro i due laterali.»

Uno dei paletti era sparito, probabilmente trascinato nel fiume dall'auto. Gli altri due erano tranciati alla base ma ancora sul bordo della carreggiata. Le traverse si erano spezzate come fiammiferi. Quanta potenza era necessaria per causare un danno del genere? Naturalmente dipendeva anche dalla robustezza della barriera.

«Mandami le foto e gli altri dati per mail» disse Wiking.

Il carro attrezzi – un veicolo di proporzioni notevoli, un mezzo traghetto per la Finlandia – era arrivato allo sbarramento nord del ponte. Wiking si affrettò a strappare il nastro segnaletico.

«Lato sud, cento metri a valle» gridò indicando il punto con la mano. L'uomo alla guida, un suo coetaneo che si chiamava Lundstrom, abbassò il finestrino.

«Scendi anche tu?»

Wiking sollevò il pollice. Dopo che il carro attrezzi fu

passato, riannodò il nastro alla bell'e meglio e saltò dentro la cabina. Una volta che furono giù, Sigge Andersson dovette rientrare in acqua per assicurare i cavi alla macchina.

Wiking sentì squillare il cellulare, un numero che non riconobbe.

«Sono Abdul Muhammad. Puoi parlare?»

Lui girò le spalle ai colleghi.

«Stiamo ripescando una macchina dal Pite» disse. «Mi faccio vivo io.»

Dalle voci alle sue spalle capì che Sigge Andersson era tornato a galla. Il recupero dell'auto poteva cominciare. Si voltò e vide tendersi i cavi.

Il cellulare suonò di nuovo. Era Mats.

«Adesso hai tempo?»

Wiking fece un breve respiro.

«Non proprio.»

«Non c'è fretta. Ne parliamo dopo.»

La parte posteriore dell'auto fu la prima a rompere la superficie. Era grigio metallizzato e sembrava un suv non troppo grande, di modello recente. L'acqua fuoriuscì a cascate come da uno scolapasta. Alla guida dell'enorme carro attrezzi, Lundström aspettò che ne scorresse fuori la maggior parte e poi la rimorchiò con calma e cautela fino a riva. Il muso era, in effetti, completamente distrutto. Wiking mise via il cellulare.

Aveva quasi smesso di piovere.

I tentativi di rianimazione non avevano dato frutti. Il conducente dell'auto venne dichiarato morto poco dopo l'arrivo all'ospedale di Stenträsk. In via preliminare, si valutò che il decesso fosse stato causato da annegamento in combinazione con emorragie interne provocate dal trauma.

In altre parole, era morto in seguito all'incidente.

La targa indicava che il veicolo era intestato a un certo Hans-Olov Oskarsson, nato nel 1968 e residente a Vidsel.

L'auto era un'Audi Q3 a benzina del 2018. Con ogni probabilità, l'uomo al volante era il proprietario, ma il viso era in condizioni tali che si decise di richiedere le lastre dei denti per identificarlo prima di informare i familiari. Non erano cose su cui si potesse agire in modo superficiale.

La ventiquattrore dell'uomo, una valigetta rigida nera di marca Rimowa, fu rinvenuta nell'auto dopo il recupero dal fiume, chiusa e sigillata. Visto che della chiave non c'era traccia, Roland Larsson se la portò in ufficio per cercare di aprirla. Nel frattempo Wiking andò all'ospedale, su a Kolåsen, a perquisire il corpo. Cercò la dottoressa che si era occupata del caso e la trovò in mensa: stava mangiando un piatto di minestrone con carne e gnocchetti di farina e uovo, e una fetta di pane e formaggio. L'ortopantomografia sarebbe stata inviata dopo pranzo dal centro dentistico di Älvsbyn. Si scambiarono i numeri di cellulare per comunicare il più velocemente possibile.

Quando rientrò, la stazione di polizia era deserta e silenziosa. Carina Burstrand era a pranzo e Roland Larsson era dovuto andare al Pantano per un tentato furto con scasso. Wiking aveva con sé gli effetti personali dell'uomo: oltre ai vestiti anche una fede nuziale, un anello con sigillo la cui incisione era indecifrabile e un orologio di marca Seiko. Le scarpe dovevano essere state portate via dalla corrente. Si sedette nel suo ufficio per stendere il rapporto da trasmettere allo Strada, che stava per Swedish Traffic Accident Data Acquisition. Sfogliò il fascicoletto fino a pagina 3, che conteneva i dati di base e lo spazio per lo schizzo che doveva illustrare l'andamento dell'incidente. Tirò fuori i suoi appunti e guardò le foto di Roland Larsson.

L'aquaplaning si verificava quando tra le ruote e il manto di asfalto si formava una pellicola d'acqua, con conseguente annullamento dell'aderenza alla strada e impossibilità di frenare, accelerare o governare l'auto in generale.

In quel caso, il fenomeno si era presentato nel bel mezzo del ponte. Niente di strano o inusuale. Pioggia battente, visibilità pessima. Il conducente aveva perso il controllo del veicolo, che aveva sbandato ed era finito contro la barriera stradale. Normale.

«Andava forte e ho pensato che si sarebbe scontrato con l'altra macchina» aveva detto la donna fradicia di pioggia, una delle due persone che avevano dato l'allarme. Cosa intendeva con «l'altra macchina»? Quella che veniva dalla direzione opposta?

Compose il suo numero.

«In realtà non so bene cos'ho visto» esordì la donna, di colpo molto meno collaborativa di quella mattina. «La visibilità era terribile e non sono sicura di cosa sia successo. Preferirei non essere coinvolta.»

«Sul posto l'ho informata che ci saremmo messi in contatto con lei per raccogliere la sua testimonianza» tagliò corto Wiking. «O lo facciamo adesso per telefono oppure veniamo a prelevarla per portarla qui alla stazione di polizia.»

La donna tossì e – guarda un po' – i ricordi si fecero improvvisamente più nitidi.

«Ero a un centinaio di metri dall'auto» disse. «Proprio quando stavamo arrivando sul ponte ha accelerato tantissimo. Ha sterzato verso sinistra e pensavo che avrebbe fatto un frontale con un'auto che arrivava dalla direzione opposta, invece poi ha deviato tutto a destra, dritto verso il fiume...»

Wiking fissò le foto che aveva davanti: lo squarcio nella barriera, le inesistenti tracce di frenata.

«Il conducente ha accelerato imboccando il ponte?»

«Sì, parecchio. Prima avevo pensato di sorpassarlo, ma avevo visto la macchina che arrivava dall'altra parte.»

«Quindi lei non era a cento metri di distanza. Saranno stati dieci, piuttosto?»

Silenzio lungo la linea.

«Be', all'inizio ero a un centinaio di metri, o forse anche di più.»

«Ma poi ha colmato il distacco?»

«Eh, sì, almeno credo...»

«A che velocità procedeva lei?»

«Lì c'è il limite dei novanta, no?»

«Non è questo che le ho domandato. A che velocità procedeva lei, e a che velocità direbbe che procedeva l'auto davanti?»

Gli parve che la donna aspirasse una lunga boccata da una sigaretta.

«Non ero oltre il limite. Era impossibile superare i novanta, con quella pioggia. La macchina davanti andava molto più piano. Ai settanta, forse.»

«Tranne quando è arrivata sul ponte?»

«Sì, a quel punto ha dato gas, a tavoletta.»

«Fino a che velocità?»

«Più di novanta, perché mi ha lasciato indietro.»

Wiking si passò una mano sulla fronte.

«Ha detto che la macchina "ha sterzato verso sinistra". Può essere più precisa? Ha slittato?»

La donna esitò.

«Non lo so. Ha sbandato, diciamo.»

«Ha sbandato? A sinistra?»

«E poi a destra.»

«Dritto nel fiume?»

«Sì. Ovviamente non in modo intenzionale, ma è andata a finire così. È stato davvero orribile e avrei bisogno di aiuto per rielaborare l'esperienza. C'è la possibilità di parlare con uno psicologo? O di partecipare a un gruppo di sostegno?»

«Può verificare alla pagina internet 1177.se, la guida ai servizi sanitari» rispose Wiking. «Grazie delle informazioni che ha fornito.»

Chiuse la chiamata e cercò gli appunti di Roland Larsson. Trovò i recapiti della coppia a bordo della macchina che veniva dalla direzione opposta, compose prima il numero di un cellulare e poi quello dell'altro, ma entrambi squillavano a vuoto. Subito dopo suonò il suo.

«L'identità è confermata» gli comunicò la dottoressa. «È Hans-Olov Oskarsson.»

Wiking chiamò Roland.

«Dobbiamo andare a Vidsel. È lui, il proprietario.»

Per comunicare un decesso ai familiari bisognava sempre essere in due.

«Tra un quarto d'ora sono lì.»

Wiking tamburellò le dita sul telefono, esitante. Poi chiamò Mats Vikander.

«Cosa volevi chiedermi?»

«Un attimo, chiudo la porta.»

Wiking aspettò.

«Il codice fiscale di Helena» disse Mats. «Sai come se l'è procurato?»

«In che senso?»

«Era nata a Dubai, ma le prime due cifre delle quattro finali sono 12, il che significa che era stata registrata nella provincia di Stoccolma. Sai dove?»

Wiking fece un respiro profondo.

«Solna, forse? Sua madre abitava lì, prima di sposarsi e trasferirsi all'estero con il marito. Perché?»

«Il carattere numerico di controllo» rispose Mats.

Wiking non capì.

«Di cosa parli?»

«Il passaporto diplomatico di Helena le era stato rubato in occasione della rapina di cui eri stato testimone, giusto?»

«Sì, insieme agli incassi del...»

«E quando le hanno dato il nuovo passaporto eri con lei» continuò Mats. «È andata alla polizia portando una visura anagrafica rilasciata dalla segreteria pastorale, la denuncia di furto del passaporto precedente e te, che hai certificato che lei era lei.»

«E allora?»

«Nessuno ha messo in discussione il suo numero di codice fiscale?»

«Perché avrebbero dovuto farlo?»

«Quello che ha dichiarato sul passaporto e nella denuncia di rapina, 621130-1261, non è corretto. La decima e ultima cifra è un carattere di controllo e viene calcolata con un algoritmo, la formula di Luhn. Nel caso di Helena non corrisponde. Avrebbe dovuto essere 9, non 1.»

Wiking respirava a bocca aperta, senza produrre suono. La formula di Luhn? Che diavolo era?

«Può esserci una spiegazione molto semplice» rispose Mats. «Quando è nata Helena, nel 1962, i codici fiscali avevano solo nove cifre. La decima è stata introdotta nel 1968, all'epoca in cui lei viveva ad Ankara o a Nairobi o da qualche altra parte, quindi può darsi che si sia verificato un errore. Però è una circostanza abbastanza strana.»

«Com'è possibile che non sia mai stato scoperto?» domandò Wiking, accorgendosi di avere la voce leggermente rauca.

«La gestione dei codici fiscali è stata armonizzata solo all'inizio degli anni Novanta, quando l'ufficio nazionale delle imposte se ne è assunto la responsabilità. Tu hai conosciuto suo padre, il diplomatico Sverker Isaksson?»

«Stava a Malmö e...»

«L'hai mai incontrato?»

Wiking si portò una mano alla fronte.

«No. È morto poco dopo che ci siamo conosciuti.»

«Suo fratello come si chiamava?»

«Filip. Lui invece l'ho visto un sacco di volte.»

«Si è trasferito negli Usa?»

«In Australia. Era cittadino australiano perché era nato quando Sverker era di stanza a Canberra...»

«Quand'è stata l'ultima volta che hai parlato con lui?»
«Quando gli ho comunicato che Helena era annegata.»
«Avevi il suo numero?»
«Ovvio.»
«Ha risposto lui quando hai telefonato?»
Che razza di domande erano?
«No, una ragazza, non so chi. Le ho lasciato detto che lo cercavo. Lui era fuori in giardino e mi ha richiamato dopo un quarto d'ora.»
Mats aspettò in silenzio.
«Cosa c'è?» chiese Wiking.
«Ci risentiamo» disse Mats, e chiuse la chiamata.
Nello stesso istante Roland Larsson entrò nel parcheggio dietro la stazione. Wiking lo vide chiudere l'auto di servizio e affrettarsi verso l'ingresso. Serrò le palpebre sentendo che la stanza gli girava intorno e mollò il cellulare per afferrare il ripiano della scrivania con tutte e due le mani. La voce di Mats gli echeggiava nella testa come un brontolio di tuono: Non corrisponde, avrebbe dovuto essere un 9, hai conosciuto suo padre? Il diplomatico Sverker Isaksson?
«Gli effetti personali sono questi?»
Roland Larsson era sulla porta con la scatola in mano.
Wiking si alzò.
«Sei riuscito ad aprire la ventiquattrore?»
«Portafogli e carte di lavoro.»
Lui annuì, ancora aggrappato alla scrivania.
«È sposato e ha due figli, di venti e sedici anni.»
«Merda» disse Roland, uscendo per salire in macchina.
Prima di seguirlo, Wiking passò nella saletta del personale e bevve due bicchieri d'acqua. La lisca gli pungeva la gola.

Aveva smesso di piovere, ma l'aria era grigia e intrisa di umidità. Mentre scendevano verso Vidsel rimasero in silenzio. La comunicazione del decesso di una persona era forse il compito più difficile in assoluto tra quelli che svolgevano come poliziotti. La moglie si chiamava Anna Oskarsson, nata nel 1970. Vedova, a cinquant'anni.

Suo fratello come si chiamava? Quand'è stata l'ultima volta che hai parlato con lui? Ha risposto lui quando hai telefonato?

«Qui a sinistra» disse Wiking, spegnendo il gps.

La casa era una Älvsbyhus gialla con le imposte bianche, che però non sembravano svolgere nessuna funzione, essendo fissate alle pareti esterne. Il vialetto di ghiaia che saliva verso l'ingresso era fiancheggiato da aiuole ben tenute. Hans-Olov Oskarsson e la sua famiglia si prendevano cura della propria abitazione.

Wiking fece un respiro profondo e suonò il campanello, distintivo alla mano. Roland Larsson era dietro di lui con la scatola.

La donna che aprì la porta aveva il viso disfatto dal pianto.

«Buongiorno, siamo della polizia di Stenträsk. Mi chiamo Wiking Stormberg e questo è il mio collega Roland Larsson. Cerchiamo Anna Oskarsson.»

«L'ho visto su Facebook» rispose la donna. «Quando lo tiravate fuori dal fiume.»

«Possiamo entrare?»

«È vero che è morto?»

Non aveva senso tirarla per le lunghe.

«Purtroppo sì. Suo marito è deceduto in seguito all'incidente.»

Lei arretrò barcollando verso l'interno e nello stesso tempo dalla gola le uscì un verso, un ululato che rimbalzò tra le pareti del piccolo ingresso. Si accasciò su una sedia di fianco a un tavolino su cui era appoggiato un telefono analogico, nascose il viso tra le mani e proruppe in un pianto disperato. Wiking e Roland Larsson aspettarono in silenzio, in piedi. Dopo un minuto circa le lacrime cedettero il posto a un gemito sommesso. La donna si cullò avanti e indietro per un po', ma alla fine tacque e si alzò.

«Venite a sedervi» disse. «Volete un caffè?»

Accettarono tutti e due, anche Wiking.

In cucina c'era un adolescente, con le mani sulle ginocchia e lo sguardo sul tavolo. Roland Larsson appoggiò la scatola con gli effetti personali sul bancone della cucina.

«La comunicazione che dobbiamo darvi è molto triste» ripeté Wiking in modo che sentisse anche il ragazzo. «Hans-Olov Oskarsson è deceduto in seguito a un incidente sul ponte di Vitvattnet poco prima delle nove di stamattina.»

Si sedette vicino al ragazzo.

«Tu sei Albin?»

Lui annuì. Wiking gli tese la mano per stringerla normalmente, Covid o non Covid.

«Mi dispiace moltissimo doverti dare questa notizia» gli disse.

Il ragazzo chinò la testa ancora di più e le spalle presero a sussultare.

«L'ha visto anche lui in rete» mormorò sua madre. «Come potete permettere che la gente posti video del genere?»

«La polizia non ha il controllo di internet e dei social media» spiegò Roland Larsson, sedendosi di fronte a Wiking. «Possiamo solo far appello alla coscienza delle persone.»

Anna Oskarsson stava armeggiando con le tazze senza decidersi a metterle in tavola.

«Ci siamo accorti subito che era la sua macchina, o una identica, e quando l'abbiamo chiamato non rispondeva. Perché ci avete messo tanto ad arrivare? Non tocca a voi comunicare gli incidenti mortali?»

«Naturalmente è deplorevole che vengano diffusi video

di incidenti prima che noi abbiamo il tempo di identificare le vittime» rispose Wiking. «Dobbiamo essere precisi per non commettere errori.»

La donna mise le tazze in tavola e si sedette a sua volta.

«Cos'è successo?»

«Colpa del tempo. Aquaplaning sul ponte. Non ha potuto evitarlo. Pura sfortuna.»

Anna Oskarsson ricominciò a piangere.

«Proprio oggi, poi, quando aveva appena avuto la promozione e tutto quanto» disse, soffiandosi il naso. «Adesso che era finalmente arrivato il suo turno.»

Wiking avvertì una corrente gelida sulla fronte.

«Promozione?»

«Sì. Non so più di tanto, perché non ci dice granché, ma aveva avuto un aumento di stipendio e una settimana di ferie extra, e invece adesso...»

Wiking sentì che gli si seccava la bocca. Il campo visivo si ridusse a un tunnel circondato dal buio.

«Dove lavorava suo marito?»

«Alla base di sperimentazione.»

Rimasero con la famiglia finché le ombre non si allungarono e i vicini tornarono dal lavoro. Il figlio maggiore, Lukas, aveva preso il pullman da Luleå, dove studiava, e arrivò verso le quattro. Abbracciò la madre e il fratello insieme, e tutti e tre piansero stretti l'uno all'altro. Quando Wiking e Roland Larsson se ne andarono, la villetta gialla era piena di parenti e amici.

Tornarono a Stenträsk in silenzio.

«Come ha descritto l'incidente la coppia nell'auto che arrivava dalla direzione opposta?» chiese Wiking alla fine.

«Non hai parlato con nessuno dei due?»

Lui scosse la testa.

«Aquaplaning» disse Roland Larsson. «La macchina ha invaso l'altra corsia e poi ha sfondato la barriera.»

«Ha sbandato?»

«In che senso?»

«Sì, come se il conducente avesse sterzato bruscamente, prima in una direzione e poi nell'altra?»

«Con l'aquaplaning le macchine non sbandano.»

Wiking tenne lo sguardo fisso oltre il parabrezza senza rispondere.

Subito prima di mezzanotte il cielo si aprì e comparve l'intera Via Lattea. La luce delle stelle filtrava dalla finestra nel garage della stazione di polizia di Stenträsk, dove la carcassa di un'Audi Q3 a benzina del 2018 era sopra una fossa di ispezione. Sul cemento irregolare si erano formate piccole pozze scintillanti d'acqua di fiume colata verso gli angoli.

Wiking Stormberg, ingegnere meccanico e per anni abbonato a riviste come *Teknikens Värld*, *Vi Bilägare*, *Auto Motorsport* e *Trailer*, fissava il veicolo quasi fosse un fantasma. Sospeso sopra di lui come una navicella spaziale, sembrava un oggetto di un altro mondo. Familiare in quasi ogni dettaglio, eppure del tutto incomprensibile.

Mentre la luna seguiva il suo percorso, il capo della polizia di Stenträsk cercò di capire, di spiegare l'impossibile. Qualcosa non quadrava, e in mezzo ai rottami c'era una risposta che non riusciva a trovare.

Gli sembrava di precipitare in mezzo ai due mondi.

Chi o cosa aveva le risorse per creare auto fantasma? Per farle sbandare prima a sinistra e poi a destra e sfondare la barriera di un ponte?

La mattina dopo sarebbe venuto un tecnico da Luleå per esaminare la macchina. La richiesta non era stata accolta di buon grado. A dirla tutta, era un'esagerazione inutile: non si inviavano specialisti per un banale aquaplaning. Wiking aveva dovuto insistere parecchio. Aveva intenzione di dare al tecnico le informazioni di base senza rivelargli la deduzione a cui era arrivato.

E doveva assolutamente rintracciare i due a bordo del suv che arrivava dalla direzione opposta. Potevano aver visto qualcosa, notato un dettaglio che alla donna fradicia di pioggia era sfuggito.

Chiuse gli occhi.

La carcassa dell'auto rise così forte che l'eco si riverberò sulle pareti di cemento.

Inverno 1986

Il tirocinio era in pieno svolgimento. Wiking faceva parte della squadra di Norrmalm, Mats Vikander di quella di Södermalm. Frank Nilsson era stato assegnato alla polizia della metropolitana.

Quando Wiking arrivò, gli altri due si erano già seduti al tavolino, Mats con un tazzone di caffè e una girandola alla cannella e Frank con una birra.

«Quelle prese del cavolo che ci hanno insegnato all'accademia non funzionano per niente» disse Frank. «Le ho provate tutte e tre e non c'è verso. Voi le avete messe in pratica?»

Wiking si sedette al tavolino con una fiamma al cioccolato e un succo di frutta Festis. Mats annuì.

«È vero, si divincolano e ciao.»

«L'altra sera dovevamo prendere uno che era fatto come una pigna» continuò Frank. «Ho pensato: vabbè, peso novanta chili, gli salto addosso e basta, ma non è stata una buona idea. Mi sono fatto un male cane.»

Wiking rise.

«Dovremmo dedicarci alle arti marziali» propose Mats. «Imparare le basi. Sarebbe la cosa migliore, perché così proprio non va.»

«Vai» rispose Frank. «Iscrivimi.»

«Ci sto anch'io» disse Wiking.

«No, scusate, com'è che di colpo tocca a me trovare un corso di judo per principianti?» chiese Mats.

«Congratulazioni» rispose Frank, bevendo un sorso di birra. «Anche voi dovete pagare una multa se non finite quello che avete nel piatto?»

«Di cosa stai parlando?» domandò Mats.

«Nella polizia della metropolitana ci sono un sacco di regole» spiegò Frank. «Per esempio, se qualcuno ci fa una domanda non dobbiamo rispondere ma limitarci a fargli cenno di proseguire.»

«Be', però è logico, scusa» osservò Mats. «Mica siamo guide turistiche.»

«Le ragazze non hanno vita facile. Devono mandare giù merda a più non posso.»

Nella squadra di Wiking, quella della camionetta 1230, c'era anche una donna. A quanto gli sembrava svolgeva gli stessi compiti degli altri e veniva trattata allo stesso modo. Mats, che faceva parte della squadra 3230 di Södermalm, scosse la testa.

«Le ragazze che lavorano a Söder sono in gambissima. Non ho mai notato problemi, ma di sicuro succedono cose di cui non mi accorgo.»

Sia lui che Wiking guardarono l'orologio contemporaneamente. Frank non era in servizio e ordinò un'altra birra.

«Senti, una domanda» disse a Mats. «È vero che in aprile sarai alla Säpo?»

«Sì.»

«Quindi avrai un nulla osta sicurezza di un livello superiore al nostro?»

Mats si alzò.

«Sono un cittadino irreprensibile di altissima levatura morale, a differenza di un ex giornalista di tabloid di mia conoscenza.»

«Ah, sapete che Anna ha disdetto la sua stanza in affitto?» disse Frank. «La settimana prossima si trasferisce da me.»

«Certo che l'accademia fa onore al suo epiteto» commentò Mats, riferendosi al nomignolo Love School, dopodiché lo lasciarono alla sua birra e si diressero verso i rispettivi posti di lavoro.

Quando Wiking batté gli scarponi per liberarli dalla neve ed entrò nella stazione della polizia in Bryggargatan, il sole aveva cominciato a tramontare. Nell'angusto armadietto che gli avevano assegnato erano appesi la giacca di pelle, il giubbotto antiproiettile, il berretto e i guanti. Ficcò dentro il suo giaccone e indossò il resto dell'uniforme, notando subito il cambiamento che comportava. Lo spallaccio di traverso sul petto, le bande rifrangenti che luccicavano. La durezza del giubbotto, il peso degli scarponi. La cintura con lo sfollagente e la pistola nella fondina. Tutto questo aveva un effetto su di lui. Lo faceva diventare qualcosa di più, qualcosa di grande. Gli conferiva l'andatura a gambe larghe e le spalle diritte del poliziotto. Lo trasformava in suo padre.

Prese una lattina di Coca-Cola al distributore automatico e andò nella sala comune per versarla in una tazza da caffè. Sentì i colleghi entrare alla spicciolata in vista della riunione di inizio turno.

«Ehi, pivello, metti su dell'altro caffè visto che hai finito l'ultimo goccio che c'era» gli disse il coordinatore operativo. L'ordine fu accompagnato da un sorriso e una pacca sulla spalla. Borgström conosceva suo padre e sosteneva che era un uomo in gamba. A Wiking aveva fatto piacere sentirglielo dire, anche se magari non era d'accordo con lui.

Preparò la macchina del caffè. Non era certo più difficile che cambiare una frizione.

In quanto "pivello" – nel gergo, allievo agente – svolgeva le stesse mansioni di tutti gli altri membri della squadra, con armi e diritti pari a quelli dei poliziotti in ruolo. In teoria non avrebbe dovuto essere una risorsa attiva, limitandosi a osservare e imparare, ma naturalmente nella realtà non funzionava così.

Quella sera, venerdì 28 febbraio, erano in sei. Il turno andava dalle quattro del pomeriggio a mezzanotte. Christer, il suo istruttore, era comandante di zona a Norrmalm, e fu lui a presiedere la riunione operativa.

«Allora» disse rivolto alla decina di agenti in attesa di sapere come sarebbe stato organizzato il lavoro della serata. «È un venerdì di paga e ci sarà il centro pieno di gente. Ha fatto un freddo boia tutta la giornata e stasera la temperatura scenderà ancora, quindi occhio agli ubriachi. Se cadono e non li tira su nessuno muoiono assiderati...»

Qualcuno dei colleghi borbottò una battuta a proposito di autoregolamentazione del settore e nella sala si sentirono risatine sparse.

Vennero passate in rassegna le operazioni che si sarebbero svolte in parallelo. La narcotici aveva pianificato un intervento alla Piastra di Sergels torg, nel pomeriggio, e forse avrebbe avuto bisogno di una mano.

Salirono sulla camionetta alle quattro e venti. Al volante c'era Lena, mentre Christer, di fianco a lei, gestiva le comunicazioni radio. Kent e Per si misero in fondo e Wiking si sistemò con Ulf nella seconda fila di sedili. Era stata una lunga settimana, ma non gli dispiaceva. Dopo quel turno li aspettava un weekend di libertà, e anche gli altri sembravano apprezzare l'idea.

La prima chiamata arrivò quando non avevano ancora imboccato Vasagatan: una rissa familiare in Vanadisvägen. Erano stati i vicini a lanciare l'allarme. Stavolta dai rumori sembrava davvero che lui volesse farla fuori.

Ci andarono con i lampeggianti accesi, fendendo il traffico in uscita dal centro.

Le grida della donna e dei bambini, mescolate agli urli dell'uomo, si sentivano fino al pianterreno. Wiking spalancò l'ascensore in modo da metterlo fuori uso. Kent si portò su gli attrezzi per forzare la porta, se necessario, ma non dovette usarli perché un bambinetto con la faccina gonfia di pianto riuscì ad aprire.

La donna sanguinava dal naso, dalla bocca e da un occhio. Una gamba era piegata sotto di lei, chiaramente fratturata. Il marito non capiva cosa ci facesse lì la polizia e non aveva intenzione di muoversi da casa sua. Non aveva picchiato proprio nessuno, stavano solo discutendo. Non si poteva più parlare con la propria moglie senza essere interrotti dagli sbirri? Lena chiamò l'ambulanza e subito dopo i servizi sociali. Quando Per cercò di portarlo via, l'uomo si fece ancora più aggressivo. Wiking ripensò alle parole di Frank sulle tre prese che avevano imparato durante la formazione e sulla loro scarsa efficacia. Era d'accordo con lui. Senza tanti complimenti, afferrò il marito violento e lo trascinò fuori. L'autopattuglia 1490, venuta a dare manforte, lo prese in consegna e lo portò via.

«Non è sempre così» gli sussurrò la donna dall'autolettiga, mentre la stavano caricando in ambulanza. «Lo fa solo se lo provoco.»

Alle undici e mezza, quando Wiking stava facendo il pieno alla camionetta in Norra Bantorget, arrivò l'allarme sulla sparatoria in Sveavägen.

Mercoledì 26 agosto 2020

Ai margini della torbiera c'era un masso strano, una cinquantina di centimetri di altezza e un metro scarso di larghezza, verdastro e piatto al centro, con un bordo sollevato nella parte posteriore.

Wiking l'aveva scoperto già l'anno successivo alla scomparsa di Helena. Percorreva da ore la zona umida, infreddolito e appesantito nel corpo e nello spirito, quando di colpo se l'era visto davanti. Ci si era lasciato cadere sopra, quasi come su una poltrona, e aveva provato una sorta di calma nell'osservare gli spazi aperti davanti a lui. Il terreno paludoso che riposava e fermentava, la prospettiva. La volta dopo l'aveva ritrovato, e anche quella successiva. Alla fine aveva cominciato a portarsi dietro qualcosa su cui sedersi, un cuscino sottile o un materassino.

Ogni tanto, quando i pensieri prendevano a vagare, pensava più al masso che a lei.

Come aveva fatto quel macigno a finire proprio lì, al limitare della torbiera, orientato verso gli specchi d'acqua interrotti dai dossi coperti di vegetazione? Nei paraggi non c'era nient'altro del genere, almeno per quanto avesse potuto vedere lui.

Possibile che qualcuno ce lo avesse piazzato intenzionalmente? Che l'avesse fatto trasportare lì, di dosso in dosso, di zolla in zolla, per poter mettersi seduto a guardare la torbiera? Magari mille anni prima? Per ricordare o per dimenticare?

Oppure era soltanto la calotta polare che, ritirandosi verso il Sulitelma, se l'era lasciato dietro? Naturalmente era l'ipotesi più verosimile.

Ma da dove era arrivato?

Da dove proveniva un materiale roccioso verdastro di quel genere?

Oppure il colore era dovuto a qualcos'altro, un incendio o il tempo, o forse l'invidia degli esseri umani?

In qualsiasi caso, starci seduto gli piaceva. Il masso era dell'altezza giusta e offriva un po' di sostegno alla zona lombare. Tutto cosparso di Djungelolja o altre lozioni repellenti prese in farmacia, ci restava finché le zanzare diventavano insopportabili o si metteva a piovere, a seconda di quello che succedeva prima.

Parlava spesso con lei. All'inizio solo mentalmente, poi sussurrando. Verso la fine, addirittura a voce alta, e ascoltava le sue risposte. Le trovava nelle diverse tonalità degli insetti, nel fruscio d'ali delle libellule, nello stormire dell'erioforo, nei cori dei luì e dei pigliamosche.

Era stata una coppia uscita a raccogliere bacche, dei conoscenti di Siv Johansson, a sentirlo e a chiamare mamma Karin per dirle che Wiking stava perdendo il senno lassù a Kallmyren.

Così gli avevano imposto di smetterla. Gli avevano fatto promettere che non ci sarebbe più andato, e lui aveva mantenuto la promessa.

Fino a quel giorno.

Non si era portato un cuscino. Il masso era duro e gli faceva male alla schiena. Non si era messo a parlare con lei, perché sapeva che gli aveva mentito. Aveva solo finto, o meglio, era stato lui a cascarci. Ingannato, per tutti quegli anni. Il dolore, la sofferenza, l'assenza di una madre. I lati oscuri di Elin. Tutta una maledetta pantomima.

La delusione era profonda come la torbiera.

E nemmeno adesso la realtà era dalla sua parte. Nulla indicava che si fosse verificata qualche irregolarità.

Il tecnico di Luleå non aveva trovato niente di particolare nell'auto di Hans-Olov Oskarsson. Si era trattato di aquaplaning e nient'altro.

Il contachilometri si era bloccato sui 77 chilometri orari, la velocità dell'Audi nel momento in cui si era schiantato il vano motore. Tutte le lesioni al veicolo erano dovute all'impatto con la barriera stradale e poi con l'acqua e le relative correnti. A dirla tutta il tecnico, un giovane brillante con un piercing al naso, aveva faticato a nascondere l'irritazione per essersi dovuto sorbire quel lungo viaggio fino a Stenträsk per constatare l'ovvio in un incidente che aveva coinvolto un solo veicolo. Wiking gli aveva fatto domande specifiche sull'unità di controllo elettronico, chiedendogli se c'erano segni di manomissione.

«Manomissione?» aveva risposto Piercingalnaso. «L'unità di controllo elettronico si trova nel vano motore. Hai visto in che condizioni è, immagino.»

Sì, certo, Wiking sapeva dove si trovava e aveva passato gran parte della notte a esaminare il vano motore, o quello che ne restava. Aveva anche chiesto al tecnico se avesse notato qualcosa di inaspettato nel veicolo, qualcosa che non avrebbe dovuto esserci. Come un trasmettitore bluetooth, per esempio.

A quel punto Piercingalnaso, più che irritato, era parso preoccupato.

«Questa è una macchina moderna» aveva spiegato, in tono quasi indulgente. «E in genere le macchine moderne hanno il bluetooth per il cellulare. Ormai è praticamente lo standard.»

Wiking aveva allora esposto la propria richiesta di inviare quel che restava dell'unità di controllo elettronico all'Nfc, il centro forense nazionale, per un'ulteriore analisi. Se non fino a Linköping, magari alla sede distaccata di Umeå, ma a quel punto Piercingalnaso, che ne aveva abbastanza, aveva raccolto i suoi attrezzi ed era ripartito per Luleå.

Quindi, niente auto fantasma.

Era riuscito a rintracciare i due del suv proveniente dalla direzione opposta, una coppia di pensionati di Korsträsk, e aveva parlato con ciascuno singolarmente. Non avevano notato eventuali sbandate dell'Audi sulla carreggiata prima che sfondasse la barriera del ponte. A loro era sembrato un normale aquaplaning.

Però avevano citato entrambi «la macchina rossa», probabilmente riferendosi a quella dietro, visto che l'Audi era grigio metallizzato.

Wiking aveva anche approfondito il modo in cui si formava il codice fiscale in Svezia e i problemi sorti in seguito alla digitalizzazione della procedura, in particolare per quanto riguardava le ultime quattro cifre dopo la data di nascita che accompagnavano il cittadino dalla culla alla tomba. Fino agli anni Novanta era possibile sapere dov'era nata una persona grazie alle prime due delle quattro cifre aggiuntive: da 00 a 09 era il comune di Stoccolma, da 10 a 13 la provincia e via di questo passo, come degli anelli sull'acqua. Più alto era il numero, più ci si allontanava dal centro. Il suo 89 mostrava che era nato al limite estremo a nord, nel Norrbotten. Gli unici ad avere un numero a due cifre ancora più alto erano gli immigrati, che avevano dal 93 al 99, ed era questo il motivo per cui l'indicazione del luogo di nascita era stata eliminata, in quanto ritenuta discriminatoria. Quando poi, nel 1990, l'intero sistema era stato digitalizzato e sincronizzato a livello nazionale, si era scoperto che circa ottomila svedesi avevano esattamente lo stesso codice fiscale. Probabilmente dipendeva dal fatto che qualcuno aveva dimenticato di depennare un numero già assegnato, o forse aveva semplicemente sbagliato a scriverlo. Nonostante questo, per cinquant'anni aveva funzionato tutto lo stesso, perché pur avendo lo stesso numero le persone avevano nomi diversi e abitavano a indirizzi diversi.

Dunque, il fatto che quello di Helena avesse una cifra sbagliata non significava per forza qualcosa.

Wiking si alzò dal masso, si spazzolò via gli aghi rimasti attaccati ai pantaloni e spaziò con lo sguardo su Kallmyren. La torbiera lo fissò a sua volta, muta.

Lei non era laggiù.

Le melodie delle notti di fine estate erano cantate da qualcun altro.

Tilda Göransdotter arrivò alla stazione di polizia di Stenträsk con dieci minuti di anticipo, cosa che indicava un certo grado di ansia e un eccessivo desiderio di compiacere. Carina Burstrand la pregò di accomodarsi su una delle panche di legno dell'atrio. Il capo della polizia l'avrebbe ricevuta a breve.

Dal suo ufficio, Wiking sentì lo scambio tra le due donne. Abbassò gli occhi sui propri appunti e sui vari documenti stampati, tra cui il tracciamento del cellulare e le conclusioni tratte, dopodiché prese in mano il foglio con i dati personali della ragazza. Tilda Malva Fredrika Göransdotter, nata a Stenträsk nel 2000. Vent'anni soltanto. Residente in Borgargatan ad Arvidsjaur dall'estate precedente. Al momento in vacanza presso i genitori. Poteva lasciarla a sudare ancora un po' nell'atrio.

Chiuse la porta, chiamò il centralino del ministero degli Esteri e spiegò il motivo della telefonata senza dire che era un poliziotto. Gli venne passato un funzionario.

«Sverker Isaksson?» disse. «Sì, nessun problema. I dati sul personale delle ambasciate sono pubblici. Dove avrebbe lavorato?»

«Nel 1962 era a Doha» rispose Wiking. «Poi è stato spostato a Bangkok, e in seguito ad Ankara e Nairobi. Anche in altri posti, forse, ma non ho idea di quali.»

«E vorrebbe sapere...?»

«Se presso una di queste ambasciate ha lavorato effettivamente un certo Sverker Isaksson, in qualche periodo.»

Era una richiesta insolita, se ne rendeva conto. Il funzionario la prese con diplomatica tranquillità.

«La avverto che presso le ambasciate e i consolati spesso lavorano anche persone che dipendono da altri organismi» spiegò. «Per esempio il Sida, ministeri diversi da quello degli Esteri, l'Fba...»

«L'Fba?»

«Folke Bernadotteakademin, l'ente per la pace, la sicurezza e lo sviluppo. A volte qualcuno è dislocato alle ambasciate per progetti diversi, organizzazioni commerciali o eventi culturali, e poi naturalmente ci sono tutti i dipendenti locali. Di quelli non abbiamo i dati, soprattutto se si va indietro nel tempo. In tal caso è meglio mettersi direttamente in contatto con i singoli organismi per avere le informazioni dettagliate.»

Wiking lo ringraziò per le spiegazioni.

«Aspetti, però» disse il funzionario. «Ha detto che era di stanza a Doha, in Qatar? Quando?»

«All'inizio degli anni Sessanta.»

«Se non mi sbaglio, il Qatar ricadeva sotto l'ambasciata degli Emirati Arabi Uniti, all'epoca, però controllo...»

Promise di rifarsi vivo.

Wiking andò nella saletta del personale.

Durante la notte era morta un'altra delle vittime della sparatoria a Tensta. Il terzo uomo era stato dimesso quella mattina dall'ospedale e si parlava già di rappresaglie. Wiking pensò ai colleghi di Järva e al loro lavoro quotidiano. Al vento che si infilava prepotente tra i palazzi e spazzava i garage. All'odore di erba appena tagliata e alla musica con i suoi intervalli di tre quarti di tono che usciva dal salone del barbiere di fianco alla metropolitana...

Adesso si trattava di un duplice omicidio. Tra l'altro, a

che punto si poteva parlare di strage? A tre vittime? O si chiamava triplice omicidio? Quattro, forse. Di quadruplice omicidio non aveva mai sentito parlare.

Prese una Coca-Cola dal distributore automatico di bibite, la versò in una tazza, si abbottonò l'uniforme e poi pregò Carina di far entrare la testimone. L'insonnia gli faceva ronzare la testa.

Dio santo, pensò quando Tilda Göransdotter si presentò sulla porta dell'ufficio, è solo una bambina. Aveva guance e occhi tondi e lucidi, e non sapeva dove mettere le mani. Con le dita cincischiava una borsa di tela.

«Prego, accomodati» le disse.

Lei si sedette su una delle due poltroncine di fronte alla scrivania, in una posizione un po' sghemba, ma non si raddrizzò.

«Quella là è la razzista?» chiese girando la testa verso il corridoio dove l'aveva lasciata Carina Burstrand prima di tornare alla sua postazione.

La segretaria era consigliera comunale dei Democratici svedesi e faceva parte della commissione cultura. Compariva spesso sulla stampa locale ed era molto impopolare sui social media.

«È uno schifo» continuò Tilda. «Le persone come lei non dovrebbero poter avere un lavoro normale. Bisognerebbe licenziarle.»

Carina Burstrand e Wiking erano stati compagni di classe per tutta la scuola dell'obbligo. Le sue opinioni politiche non gli andavano giù, ma non l'aveva mai sentita mettere in dubbio il diritto a guadagnarsi da vivere dei suoi oppositori politici. Probabilmente, quanto a intolleranza, il livello era più o meno pari ovunque ci si girasse.

Si sporse sulla scrivania e fece partire il vecchio registratore che teneva dietro il telefono e che funzionava ancora con le audiocassette, cosa che gli andava benissimo. Proprio non capiva la mania del digitale.

«Interrogatorio di Tilda Göransdotter, in quanto persona informata sui fatti, condotto da Wiking Stormberg. Stazione di polizia di Stenträsk, 26 agosto 2020 ore 13.20.»

Spostò lo sguardo sulla ragazza e notò che le si erano dilatate le pupille e che le mani stringevano forte la borsa di tela sulle ginocchia.

«Ti abbiamo convocata qui come persona informata sui fatti riguardo a un reato commesso nel territorio comunale un po' di tempo fa. A quanto ho capito, lavori come cameriera all'Hotel Laponia di Arvidsjaur. Da quanto tempo sei lì?»

«Da febbraio dell'anno scorso.»

«Conoscevi qualcuno ad Arvidsjaur, prima di essere assunta?»

Tilda ci pensò su qualche istante.

«Ho un cugino di secondo grado a Kläppen» disse poi. «Fa il tassista. Però non è che lo conosca tanto bene. Ha trent'anni, tipo.»

Wiking prese un altro foglio.

«Sempre se ho capito bene, hai una relazione con un soldato che ha completato la formazione di incursore al K4 nel corso di quest'anno, un certo Casper Osman. È così?»

La ragazza si sistemò meglio sulla poltroncina e raddrizzò le spalle.

«Questo cosa c'entra?»

«Rispondi alla domanda, per favore.»

Lei si schiarì la voce.

«Sì, è il mio... Stiamo insieme.»

«Da quanto tempo?»

Lei si portò i capelli dietro l'orecchio, un gesto di fierezza.

«Dall'estate scorsa.»

«Come vi siete conosciuti?»

«È venuto al pub con i suoi amici.»

«Anche loro reclute?»

«Veramente si chiamano militari di leva.»

Wiking sollevò le sopracciglia. Guarda un po'. Non si diceva più asilo, ma scuola dell'infanzia: questo l'aveva imparato da Josefin. Le maestre erano educatrici. Le reclute erano militari di leva. Quanto alle palline di cioccolato, non voleva neanche pensare a come venivano chiamate una volta.

«E cos'è successo quando è stato congedato?» chiese.

La ciocca di capelli scivolò da dietro l'orecchio e le ricadde sul viso.

«In che senso?»

«State ancora insieme?»

«Certo.»

La voce era più tormentata.

«E ora dov'è?»

«Giù a Tensta per sistemare una serie di cose, ma Casper adora il Norrbotten. Forse si trasferirà qui.»

Wiking scrutò la donna-bambina. La fiducia, l'ingenuità. Vide se stesso, in un lampo accecante, con Helena. L'amore per quella persona così emozionante, quella che veniva da fuori e lo *vedeva*, che lo aveva *scelto*.

«Hai sentito parlare del furto di armi a Pålberget? A casa di Johan Björkman?»

Lei alzò le spalle.

«Certo. Come tutti.»

«Ne hai parlato con Casper?»

Tilda sbatté le palpebre.

«In che senso? Al telefono?»

«Per esempio.»

Ci pensò su un pochino.

«Non credo» disse poi.

«In passato hai parlato con lui di Johan Björkman? Del fatto che ha in casa delle armi, essendo cacciatore e anche membro della guardia nazionale?»

Lei sbarrò ancora di più gli occhioni.

«Mah, non so, forse sì. Parliamo di tutto.»
«Ti fidi di lui?»
«Ovvio. È il mio *soulmate*.»
Santo cielo.
«Gli hai detto esattamente dove abita Johan Björkman e che armi tiene nell'armadio?»
La ragazza assunse un'espressione urtata.
«Che ne so io di quali armi tiene?»
«Però sai che fa parte della guardia nazionale? E che va a caccia?»
«Lo sanno tutti! Perché queste domande?»
Wiking alzò le sopracciglia.
«Quindi hai informato il tuo ragazzo su Johan Björkman, su dove vive, e sul fatto che ha una serie di armi. È così?»
«Ma no, non in quel senso, non ho mica... A Casper non verrebbe mai in mente...»
Wiking la osservò mentre la presa di coscienza le si depositava lentamente nel cervello.
«Volete incastrarlo» esclamò Tilda, turbata. «L'avete preso di mira solo perché è un immigrato! Cercate di dare una lezione al muso nero, ecco cosa fate! Brutti schifosi!»
Fece per alzarsi dalla poltroncina.
«Resta dove sei» disse Wiking. «Non abbiamo finito.»
«Sì che abbiamo finito. Io ho finito» replicò la ragazza, ma si risedette.
«Siete tutti razzisti» continuò. «Tutta la stramaledetta stazione di polizia. Pula del cazzo.»
Era arrabbiata, e aveva paura.
«Pensi che Casper possa essere coinvolto nel furto?» le chiese Wiking.
La risposta arrivò subito, cristallina.
«Assolutamente no.»
«Perché no?»
«Non farebbe mai una cosa del genere. Mai.»

Aveva gli occhi lucidi e cerchiati di rosso. Era convinta di quello che diceva. Quanto poco si sa di chi si ama. Si vede quello che si vuole vedere. E quanto si rivela parlando delle cose più banali e quotidiane.

Wiking tamburellò le dita sull'elenco che gli era arrivato da Mats Vikander e che aveva stampato.

«A tua cugina Jessica piacciono i cani, vero?»

Tilda aprì la bocca e la richiuse.

Wiking si passò una mano sulla fronte.

Casper Osman aveva preso l'iniziativa del furto di armi a Pålberget e l'aveva portato a termine. In che modo esattamente, non era ancora possibile spiegarlo né dimostrarlo, ma sicuramente disponeva di tutte le informazioni necessarie. Grazie a Tilda sapeva anche quando Johan Björkman andava via, perché era la cugina della ragazza a occuparsi del cane in sua assenza.

Wiking si sporse sulla scrivania e spense il registratore.

«Le cose stanno così, Tilda» disse a voce bassa. «Le armi rubate a Pålberget sono state usate durante una sparatoria in cui sono morte due persone. Sappiamo che è stato Casper a rubarle, e sappiamo che sei stata tu a fornirgli le informazioni. Quindi sei complice di un duplice omicidio. Lo sai quanto dovrai restare in prigione?»

Il viso perse ogni traccia di colore.

«Non... Non è vero. Casper non farebbe mai... Mai. È...»

«Ha un fratello che si chiama Jonas, vero?»

Tilda boccheggiò.

«Un'altra cosa» continuò Wiking. «Non devi assolutamente dire a Casper che oggi sei venuta qui a parlare con me. Se Tensta X si convince che sei tu ad aver spifferato tutto, ti troverai in grave pericolo.»

Lo sguardo si fece sfuggente, il respiro le usciva a scatti.

«Di cosa parla, che sta dicendo...?»

«Jonas collabora con Tensta X. Ne hai sentito parlare, no? Sai cosa succede a quelli che fanno la spia alla polizia?»

Le lacrime le riempirono gli occhi e traboccarono sulle guance.

«Si sbaglia» sussurrò Tilda. «Casper mi ama.»

«Può darsi, ma ti ha sfruttata. Se adesso mi ripeti esattamente cosa gli hai detto sulle armi di Johan Björkman farò in modo che su questo interrogatorio venga apposto il vincolo di segretezza. Solo il procuratore e i miei colleghi sapranno che ha avuto luogo.»

«Ma non so se...»

«Cerca di ricordare.»

La ragazza scoppiò a piangere, con le lacrime che gocciolavano sulla borsa di tela. Lui le diede tempo. Alla fine lei tirò fuori un fazzoletto di carta e si soffiò il naso.

«Non so cosa gli ho detto» sussurrò. «Non penso di ricordarmi.»

Wiking aspettò in silenzio.

Quando Wiking arrivò a Vidsel e parcheggiò davanti alle imposte bianche della famiglia Oskarsson, l'acquazzone aveva ceduto il posto a una pioggerella irregolare. C'era la luce accesa sia in cucina che in un paio di stanze che dovevano essere camere da letto. Si chiese se la vedova intendesse vendere o tenere la casa, come aveva fatto lui. Se preferisse vivere in mezzo ai ricordi o ricominciare da capo.

Quella riflessione lo colse di sorpresa.

Era questo che aveva fatto? Era rimasto a indugiare nel passato?

Non ricordava di aver deciso attivamente, in un dato momento, di restare in quella casa. Era successo e basta, ma anche quella era una scelta. Fermarsi, non cambiare niente.

Anna Oskarsson lo vide scendere dalla macchina e si affrettò ad aprirgli prima che suonasse il campanello. Aveva il viso segnato dalle lacrime e dall'insonnia, gli occhi gonfi e vigili.

«Cos'è successo?» domandò.

«Niente, in realtà» rispose lui. «Volevo solo comunicarle il risultato dell'ispezione tecnica dell'auto.»

«Entri.» La donna si scostò, stringendosi il golfino sul petto.

Rimasero in piedi nell'ingresso mentre una piccola pozza di pioggia gli si formava intorno alle scarpe. Da una camera gli arrivarono i rumori di un videogioco: auto che slittavano e si scontravano.

«Allora, cosa è venuto fuori?»

«L'incidente di suo marito è stato causato da un aquaplaning» disse Wiking. «Ha perso il controllo dell'auto sul ponte. Non andava troppo veloce, 77 chilometri orari, quindi non c'è stata nessuna negligenza. Non è stata colpa sua. Volevo solo che lo sapesse.»

Lei chinò il capo e pianse con le mani sul viso. Il figlio maggiore li raggiunse e cinse le spalle della madre con uno sguardo di rimprovero a Wiking.

«Ho solo una domanda» continuò lui. «Dov'era parcheggiata l'Audi la notte tra lunedì e martedì?»

La donna smise di piangere di colpo.

«Quella tra lunedì e martedì? L'ultima prima che... In garage. Perché?»

«Il garage era chiuso a chiave?»

Lei sembrò sorpresa. «Non lo so. Credo di sì.»

«Non avete per caso sentito dei rumori, durante la notte? Qualcosa di insolito che vi ha svegliati?»

«Pioveva forte... credo che Hasse si sia alzato a un certo punto, verso le quattro...»

«Ed è stata la pioggia a svegliarlo, nient'altro?»

«Cosa intende dire?» chiese lei.

«Dove vuole arrivare?» le fece eco il figlio.

Wiking raddrizzò le spalle, assumendo una postura autorevole.

«È stata denunciata una sospetta effrazione su un'auto, e forse un tentativo di furto con scasso, in una via nei pressi, nella notte tra lunedì e martedì. Mi chiedevo se avevate notato qualcosa che potesse confermarlo.»

«Dove? In quale via?» domandò Anna Oskarsson sbirciando fuori dalla piccola finestra dell'ingresso.

«Hans-Olov si è svegliato, ma lei non ha sentito nessun rumore strano, quella notte? Solo la pioggia?»

«Ho un sonno molto profondo.»

Wiking ringraziò e uscì, imboccando il vialetto per passare davanti al garage. Provò il portone. Non era chiuso a chiave. Andò dai vicini, quelli sui due lati e quelli di fronte, e fece domande su rumori ed eventuali osservazioni. Erano tutti in casa e nessuno aveva sentito o visto niente.

Sui gruppi Facebook di Vidsel si sarebbero sprecate le congetture su effrazioni di auto e tentati furti con scasso.

La residenza protetta di suo fratello si chiamava Tranan, La Gru, ed era ospitata in una palazzina a due piani con giardino, ai margini del centro abitato. Sven disponeva di un appartamentino tutto suo con cucina, bagno, soggiorno e un soppalco con il letto. Al piano terra c'erano gli spazi comuni, e qualcuno del personale era presente ventiquattr'ore su ventiquattro.

Wiking parcheggiò e alzò gli occhi verso le finestre di Sven. Vedendolo che guardava fuori da dietro le tende, lo salutò con la mano. Sven girò la testa dall'altra parte ma scese per venirgli incontro, lo sguardo puntato a terra.

«Ciao, campione» lo salutò Wiking. Si abbracciarono, nonostante le regole di prevenzione del Covid lo vietassero. Una donna fece capolino da una porta e lui la salutò, anche se non la conosceva. Il ricambio del personale era notevole.

«Cos'hai fatto oggi di bello?» chiese dopo che ebbero ammirato la collezione di modellini di automobili sulla libreria e si furono seduti sul divano con il rivestimento a fiori. Sven aveva potuto partecipare alla scelta dei mobili.

«C'è stata una riunione» disse lui. «Andremo tutti in gita. E faremo una torta perché Signe compie gli anni.»

L'obiettivo era che i residenti si sentissero coinvolti in quello che veniva organizzato e prendessero parte alla pianificazione delle attività quotidiane, in modo che avessero una vita ricca e appagante. Un'ambizione non da poco.

«Cos'avete deciso come menu, per oggi?» domandò Wiking.

«Polpettine» rispose Sven, e abbassò gli occhi.

Wiking gli fece una carezza sulla guancia lunga e magra. Sapeva che gli piaceva.

«Devo dirti una cosa, ma non avere paura» continuò. «Andrò in ospedale a fare un'operazione, come te quando hai avuto l'appendicite.»

Lui prese a torcersi le mani e si alzò, dandogli le spalle.

«Sven, vieni a sederti qui con me.»

Il fratello non ubbidì e si spostò verso la finestra, continuando a tormentarsi le mani e spostando il peso da un piede all'altro. Wiking si alzò, lo raggiunse e, vedendo che gli tremava il labbro e che aveva gli occhi impauriti, gli cinse le spalle con un braccio.

«Te lo ricordi, no, che quando eri in ospedale erano tutti molto gentili?» gli disse.

«Ti faranno delle punture?»

«Sì, sicuramente, più di una. Farà un po' male ma non importa, perché dopo si guarisce.»

«Non mi piacciono le punture.»

«Mi sa che non piacciono a nessuno, ma io lo so che tu sei bravissimo, quando te le fanno, e anche i prelievi del sangue. Volevo dirtelo perché così capisci come mai non potrò venire a trovarti per un po'.»

«Al mio compleanno ci sarai?»

«Vediamo cosa dice il dottore. Appena sarò guarito verrò a prenderti e andremo a fare merenda da Holmdahl.»

Sven fece un sorriso incerto. Non era sicuro che andasse davvero tutto bene.

«Mi prendi i dolcetti a forma di patata con il ripieno di lamponi?»

«E anche la cioccolata calda» confermò Wiking.

Si lasciò Vidsel alle spalle con la sensazione di non toccare veramente terra.

Gli sbarramenti sul ponte di Vitvattnet erano stati rimossi e la barriera sfondata era già stata provvisoriamente riparata dall'ente per la manutenzione stradale. Wiking si fermò qualche attimo sul lato nord, nel parcheggio dell'area picnic affacciata sul fiume che avanzava lentamente. Senza scendere dall'auto, tirò fuori il cellulare e cercò il numero della prima testimone, la donna fradicia di pioggia. Dovette chiamarla tre volte perché si decidesse a rispondere.

«Cosa c'è adesso? Sono impegnata in una riunione importante.»

Il tono era piuttosto ostile.

«Ho un'altra domanda» spiegò Wiking. «E voglio che rifletta bene prima di darmi la risposta.»

«Non c'è altro da dire. Non ho fatto niente di male.»

Wiking parlò lentamente, articolando le parole con estrema chiarezza.

«Subito prima dell'incidente, o in corrispondenza dell'incidente, sul ponte o nelle vicinanze, ricorda di aver visto un altro veicolo di qualsiasi genere? Oppure una persona, o più di una?»

Sentì qualcuno parlare e ridere in sottofondo. Evidentemente l'importante riunione era in pausa caffè.

«Cosa?» disse la donna.

«Ci pensi bene. Per esempio, c'era qualche veicolo nel parcheggio dell'area picnic proprio di fianco al ponte, sul lato nord?»

«Quale area picnic?»

«Ce n'è una con vista sul Pite a nord di Vitvattnet.»

«Cosa intende dire? Che avrebbe dovuto esserci qualcuno che beveva il caffè sotto la pioggia battente?»

Wiking la ringraziò e chiuse la chiamata.

La pensione di Stenträsk non aveva avuto ospiti stranieri, nell'ultima settimana, a parte i norvegesi impegnati alla base di sperimentazione. All'hotel di Storforsen erano invece come sempre alloggiati alcuni gruppi internazionali che provavano nuovi modelli di automobili. I test dei prototipi si svolgevano nella zona intorno a Stenträsk da una cinquantina d'anni, ma nell'ultimo decennio erano quasi raddoppiati. Le aziende che si occupavano delle prove di nuovi veicoli in condizioni estreme erano decine, con centinaia di tecnici. Wiking aveva letto che il giro d'affari annuale dell'attività sfiorava il mezzo miliardo di corone. L'evoluzione positiva era spiegata da presupposti favorevoli come il clima subartico e le grandi superfici a disposizione, combinati con l'alto livello tecnologico dei servizi a disposizione.

Il confine del mondo, pensò. L'ultimo avamposto della civiltà. Larghe strade asfaltate verso l'eternità, senza esseri umani. Una località che sembrava fatta apposta per guidare auto senza regole e per misurare nel dettaglio gli effetti delle bombe sulla materia.

Rimase a guardare le anse formate dal fiume nella sua discesa da Storforsen, gelido e duro come l'acciaio. La superficie grigia era ancora segnata dalle creste di schiuma delle rapide: le forti sottocorrenti formavano rulli e gorghi sibilanti in grado di risucchiare esseri umani e fantasmi. Il rombo delle masse d'acqua era una linea di basso in sottofondo, un canto incessante che arrivava da distese senza fine. Lui lo aveva dentro di sé: un fremito nel midollo osseo che percepiva nei figli e nella madre, e che era convinto di aver percepito in Helena. Quando stringeva tra le braccia il suo corpo spigoloso, inspirandone l'odore salato, lo sentiva vibrare in lei, tremante e ululante, quel canto del Nord che apparteneva solo a chi si era adattato, a chi conosceva il buio e la luce, il gelo e il calore rovente della sauna. Lei ce l'aveva, Wiking pensava che fosse dentro di lei, che vi sarebbero rimasti immersi insieme, nella piena comprensione di tutto ciò che comportava, nella scelta di vivere la propria vita con un'unica persona speciale, in un posto e in un periodo della storia che non avevano un significato particolare. Lo percepiva nel canto, questo fatto di esserci per se stesso e per i suoi cari senza incidere sul mondo se non occupando il proprio posto per un breve periodo, e lei era con lui, una voce in sintonia con la sua, anche se veniva da sotto la torbiera: le note non ne erano intaccate, o così aveva sempre pensato, riconciliato con il proprio destino.

Gli squillò il cellulare.

Era il funzionario del ministero degli Esteri.

«Non ho trovato nessun dato relativo a un dipendente del corpo diplomatico di nome Sverker Isaksson a partire dagli anni Sessanta» disse. «Nemmeno negli Emirati Arabi Uniti. Questo però, come dicevo, non significa che non abbia operato in qualche ambasciata. Potrebbe essere stato assunto da altri organismi, o aver lavorato per qualche organizzazione di scambi commerciali.»

Wiking lo ringraziò.

Lungo la strada del ritorno si fermò all'Hotel Storforsen e chiese di vedere il registro degli ospiti stranieri alloggiati lì nell'ultima settimana. L'addetto alla reception sapeva chi era, conosceva le normative e non fece obiezioni.

Erano diciotto in tutto.

«Qualcuno di loro ha fatto il check-out martedì?»

Sì, un gruppo di tedeschi impegnati in test su diverse auto. Tre uomini, di Lipsia.

«Per caso fotocopiate i passaporti?» domandò Wiking.

Certo, era una procedura standard. Non c'erano problemi a dargliene una copia.

Risalì in macchina e fissò le foto dei tre uomini, tutti sulla quarantina. Lunghi nomi tedeschi che non dicevano nulla. Occhi muti, inespressivi, assenti.

Fantasmi, come Sverker Isaksson.

Fu Josefin ad aprirgli. Ormai era calato il sole e il suo viso riluceva bianco sotto la luce del lampione. Sembrava che avesse pianto.

«Fai piano» gli sussurrò. «Elliot si è appena addormentato e stasera era intrattabile.»

Wiking si tolse le scarpe senza far rumore e appese la giacca dell'uniforme a un gancio nell'ingresso.

«Hai cenato?» domandò la nuora a voce bassa. «C'è della pasta al pomodoro.»

Markus era in cucina, lo sguardo fisso sulle mani e la nuca illuminata dal lampadario. La lavastoviglie pulsava e gorgogliava in sottofondo.

«No, grazie, sono a posto» disse Wiking. «Mi basta un bicchier d'acqua.»

Aveva la bocca secca. Si sedette di fronte al figlio. Josefin mise in tavola una brocca e tre bicchieri, poi prese posto di fianco al marito, con le mani all'interno del cono di luce proiettato da sopra, ma il viso in ombra.

«Cos'è questa storia?» chiese dal buio. «Chi è che ci scatta delle foto e minaccia Markus di morte?»

Wiking fece un respiro profondo. Quindi Josefin era al corrente anche della seconda lettera. «Non lo so» rispose.

«Non dirmi che quell'incidente è stato un caso» mormorò l'ombra.

«È stato un aquaplaning. Hans-Olov Oskarsson ha perso il controllo dell'auto sul ponte di Vitvattnet e ha sfondato la barriera.»

Markus si alzò di scatto, andò al frigo e lo aprì. Rimase in piedi a fissarne l'interno azzurrino finché il compressore non si mise in moto, facendo tremare tutto l'apparecchio. Lo richiuse senza prendere niente.

«Hasse era un uomo di una bontà incredibile» disse senza girarsi. «È stato lui a istruirmi sui droni bersaglio. Quando sono stato assunto era in quel settore, come ingegnere di sistemi. Ho lavorato con lui tutto il primo anno...»

Tornò a sedersi, si riempì d'acqua il bicchiere e lo vuotò d'un fiato.

«Le cose non gli andavano benissimo. Non era proprio una cima. A casa però era tutto a posto, aveva una bella famiglia. Comunque so che gli è pesato parecchio quando hanno dato a me il coordinamento del... Sì, insomma, del progetto. In pratica gli ero passato davanti, anche come stipendio. È stato felicissimo quando è stato affidato a lui. Credo di non averlo mai visto così contento.»

Alzò lo sguardo su Wiking.

«E io non l'ho messo in guardia.»

Josefin si sporse in avanti, nel cono di luce, e gli appoggiò una mano sul braccio.

«Cos'avresti potuto dirgli? "Ho ricevuto una strana lettera, non accettare"?»

Markus divincolò il braccio e si alzò di nuovo.

«Qualcosa avrei potuto dirgli!» gridò. «Che il progetto era pericoloso!»

«Shhh» fece Josefin, ma troppo tardi: l'urlo assonnato di Elliot si mescolò al pulsare della lavastoviglie e lei marciò fuori dalla stanza con le mascelle contratte.

Per un po' la ascoltarono mentre cercava di tranquillizzare il bambino e gli cantava una ninnananna.

«Tu sai chi è, vero?» disse Markus. «Sai chi ha scritto quelle cose.»

«Dove stava andando Hans-Olov?» chiese Wiking. «Ne sei al corrente? Perché era diretto a sud?»

«Non hai risposto alla mia domanda.»

«Perché non lo so.»

«È stato qualcuno alla base? Perché? E come hanno fatto? Un aquaplaning? Non mentirmi.»

Il figlio lo guardò, le occhiaie profonde come fossati.

«Non so con certezza né chi ha scritto quelle cose, né com'è morto il tuo collega. Ufficialmente il decesso non presenta stranezze» spiegò Wiking. «Le indagini sono chiuse, ma io non sono convinto e sto cercando di scoprire cos'è accaduto veramente, però tienilo per te. Non è il caso di parlarne in giro, per nessuno di noi due.»

Markus lo fissò allibito.

«Cosa vuoi dire?»

Wiking fece un respiro silenzioso.

«Se non è stato un incidente» sussurrò, «sarebbe da stupidi dire ai quattro venti che lo sappiamo, no?»

Markus deglutì a fatica.

«È lei, vero? La mamma. Non è morta.»

«Non lo so» rispose Wiking.

«E che diavolo, non sai niente! Nemmeno se tua moglie è viva, cazzo. La conoscevi o no? Perché voleva stare con te? Perché è venuta a vivere quassù, in questa ghiacciaia di merda persa nel nulla?»

Wiking rimase immobile, lasciandosi trafiggere da quelle parole.

«Perché Hans-Olov stava andando a sud?» chiese di nuovo.

«Doveva partecipare a una riunione giù all'F21 di Luleå, sui Qats.»

«Chi ne era al corrente?»

«Tutti. Tutti quelli che sanno del progetto.»

Wiking si alzò, andò nell'ingresso, si mise le scarpe e la giacca. Quando tornò in cucina, Markus aveva stappato una birra e la stava bevendo appoggiato al bancone.

«Un'ultima domanda. Chi avrà il coordinamento del progetto?»

Markus finì di scolarsi la birra e mise la bottiglia vuota nell'acquaio.

«Non posso dirlo. È un'informazione riservata.»

«Lo capisco. Dimmelo lo stesso.»

«Anja Berglund.»

Autunno 1987

Il viaggio in macchina fino a Stenträsk era durato quattordici ore, ma si erano fermati tre volte a rifocillarsi lungo la strada. Anche se Helena non aveva la patente, guidavano a turno. Potevano sempre dire che stava facendo pratica. Markus non aveva problemi di nausea in macchina, ed era una bella fortuna. Wiking invece da piccolo ne soffriva.

Quando svoltò sul vialetto d'ingresso di mamma Karin e spense il motore, sia il bambino che Helena stavano dormendo sul sedile posteriore. Sul mondo calò il silenzio. Qualche schiocco del motore. Gambe rigide, spalle doloranti. Fuori faceva quasi buio, a eccezione di una striscia sottile di cielo che bruciava ancora, rosso sangue, dietro Pålberget.

Aprì la portiera. Fu investito dall'odore intenso di foglie in decomposizione e per un attimo venne colto da un rimpianto violento e inaspettato.

Erba e alberi erano ancora verdi, giù a Stoccolma. Si era lasciato alle spalle un'estate che aveva imparato ad apprezzare per finire in un freezer con il coperchio abbassato per la maggior parte dell'anno: nero come la pece e con un freddo insopportabile.

«Oh, siamo arrivati!»

Helena aveva la capacità di stirarsi come un gatto, con la stessa flessuosità e fiducia nella vita. Saltò giù dall'auto e aprì la portiera al lato opposto, sganciando il piccolo dal seggiolino.

«Ehi, Markus, hai visto dove siamo? Dalla nonna! Da nonna Karin e zio Sven!»

Il bambino cominciò a piagnucolare, ancora assonnato, ma smise appena Karin uscì dalla porta.

«Markus! Tesorino della nonna!»

Lo sollevò verso il cielo nuvoloso.

«Che bello averti qui! Vuoi le polpettine?»

«Poppettine» ripeté Markus con una risata gorgogliante.

«Non è precoce?» disse Karin facendolo rimbalzare sul braccio. «Non parla benissimo per la sua età?»

Wiking non lo pensava, ma non fece commenti e si limitò a scaricare le valigie e il fasciatoio. Quando tornò fuori a chiudere la macchina si mise a piovere, grosse gocce bagnate che rimbalzavano sull'auto e sulla terra.

Rientrando, trovò Sven indeciso sulla porta della sua camera, lo sguardo rivolto in basso e una macchinina in mano. I lunghi riccioli biondi gli arrivavano alle spalle. Aveva paura delle forbici e non voleva mai farseli tagliare.

«Ciao, campione» disse Wiking, avvicinandosi e stringendolo a sé. Sven rispose all'abbraccio e gli nascose il viso contro la spalla.

«Adesso il bebè abiterà qui?» mormorò.

Wiking gli scompigliò i capelli.

«Ma no, sciocchino, Markus starà con me e Helena. Qui ci vivete tu e la mamma, no? Che macchina hai lì? Vuoi farmela vedere?»

Sven gli tese l'automobilina in metallo, una copia in miniatura abbastanza fedele di una Ferrari rossa.

«Perché tu non abiterai qui? Con me?»

«Che bella macchina. Perché starò in un appartamento giù in Kvarndammsvägen. Vedrai casa mia dalla tua finestra. Vieni, guardiamo.»

Entrarono nella camera di Sven. Le sue automobiline

preferite erano sulla libreria, le altre in un cassetto sotto il letto. Ormai i giocattoli non gli interessavano più. Tutti i peluche erano stati accolti da nuove famiglie grazie al mercatino delle pulci della Croce Rossa.

«La vedi quella palazzina? Ecco, abiterò lì. Potremo quasi salutarci dalla finestra.»

Sven si dondolò sui talloni e agitò le mani.

«E lei? Ci abiterà anche lei? In quella casa? Con te?»

Helena comparve sulla soglia della camera.

«Ciao, Sven» disse. «Che bello poter venire a trovarti. Hai una macchina nuova?»

Sven si girò verso di lei lanciandole un'occhiata veloce. Poi le tese la Ferrari. Helena trattenne teatralmente il fiato.

«Oh, ma è stupenda, così rossa! Posso tenerla un attimo?»

Sven gliela mise tra le mani e lei la sollevò vicino al viso con aria ammirata.

«Che modello è?»

«Una Ferrari Testarossa coupé» dichiarò lui in un tono condiscendente da cui risultava chiaro che Helena non sapeva proprio niente.

«Va forte?»

«Fortissimo» disse Sven, riprendendosela.

«A tavola!» chiamò Karin.

Aveva fatto polpettine di alce e purè di patate con burro e noce moscata. Markus mangiò di buon appetito, ma Wiking faceva fatica a masticare. I bocconi non volevano andare giù.

«Gustav dov'è?» chiese Helena.

«È cominciata la caccia all'alce» rispose Karin.

«Stanno nel capanno da caccia su a Pålberget finché non hanno quasi raggiunto la quota assegnata alla squadra» spiegò Wiking.

Dopo mangiato, Helena mise a dormire Markus nel vecchio lettino con le sponde che era stato sistemato nella taverna. Sven andò in camera sua mentre Wiking e sua madre guardavano la pioggia dal divano.

«Domani alle nove potrete andare in comune a firmare il contratto per l'appartamento e ritirare le chiavi» disse Karin.

Wiking annuì con la sensazione inesorabile di cadere lentamente.

«Ottimo.»

«Siamo sicuri?» domandò la madre.

Lui sospirò.

«Non potevamo restare nel minuscolo bilocale di Helena. Era insostenibile. E trovare qualcosa di più grande si è rivelato impossibile.»

«E comprare una villetta?»

Gli venne da ridere, ma strinse i denti. Chi viveva nel Norrbotten non riusciva a capire che un appartamento a Stoccolma potesse costare diversi milioni di corone.

Dopo il superamento dell'esame finale aveva continuato a lavorare a Norrmalm, e gli avevano offerto un posto a tempo indeterminato nella squadra. Il massimo per un poliziotto svedese. Aveva rifiutato.

«Qui si sta più tranquilli» disse. «Ed è meglio per Markus. Oltretutto per Helena significa smettere di girare come una trottola a servire di qui e di là e passare a qualcosa di molto più stabile...»

Smise di parlare.

«Potete sempre tornare sulla decisione» commentò Karin.

Aveva usato la formula che prediligeva in casi simili: secondo lei suonava più ottimistico rispetto a "cambiare idea".

Gustav era andato in prepensionamento, e quello era stato lo spartiacque. L'ultimo pretesto di Wiking per non ritrasferirsi a nord, cioè il fatto che non poteva lavorare con suo padre, era caduto.

«Sono riusciti a capirci qualcosa su quell'uomo trovato morto nella rapida a Storforsen?» chiese.

Karin scosse la testa.

«Non credo. Mi sa che sarà il primo caso di cui dovrai occuparti.»

Wiking si alzò.

«Vado a letto.» E diede alla madre un bacio sulla fronte.

Helena entrò nell'appartamento trattenendo il fiato. Ottantasette metri quadrati, tre locali più cucina e bagno dotato di vasca, con la luce che inondava il soggiorno attraverso la parete in vetro.

«Oddio!» esclamò. «È molto più bello di quanto immaginassi.»

«Appena ritappezzato, pare» rispose Wiking, andando a mettere il fasciatoio nel bagno.

Mentre Helena attraversava le stanze vuote si sentirono echeggiare i suoi passi. Accarezzò con la mano davanzali e stipiti. Andò in cucina e provò il rubinetto.

«Frigo e freezer!» esclamò entusiasta. «E c'è il posto per la lavastoviglie!»

Gli andò incontro nell'ingresso, gli infilò le mani sotto la maglia e lo baciò.

«Staremo bene, qui» disse.

Lui annuì, anche se gli veniva da piangere.

«Vieni» sussurrò lei. «Facciamolo sul bancone della cucina.»

Giovedì 27 agosto 2020

Un tempo, o meglio, fino alla fine dello scorso millennio, c'erano un grande ospedale a Boden e un grande ospedale a Luleå. Dato che le due città distano solo trenta chilometri, significava che c'era un ospedale di troppo, e su questo erano d'accordo tutte le parti in causa e tutti i partiti politici.

Restava da decidere quale dovesse chiudere e quale restare aperto. Per molti anni si litigò aspramente sulla questione e alla fine il disaccordo all'interno dell'inoppugnabile partito al potere nel Norrbotten, quello socialdemocratico, arrivò al punto che il distretto stava andando a rotoli.

Fu allora che scese in campo l'uomo forte del partito e risolse il problema. All'epoca era sindaco di Piteå e aveva una fiducia sconfinata nelle proprie capacità. Al costo di due miliardi di corone, finanziati dai contribuenti, decise di punto in bianco di smantellare entrambi gli ospedali e costruirne uno nuovo a metà strada. Un'idea geniale per tenere insieme il partito e una catapulta per la sua carriera personale: ministro, presidente di vari consigli d'amministrazione, banchiere.

Fu così che l'istituto ospedaliero più moderno d'Europa sorse in mezzo ai campi alle porte di Södra Sunderbyn, un piccolo centro abitato che fino agli anni Ottanta aveva assistito a un calo demografico costante ed era andato incontro a un futuro molto grigio.

La propensione svedese al compromesso nella peggiore delle sue espressioni, pensò Wiking quando spense la macchina davanti al reparto di oncologia. Se tutti restano senza, trionfa la giustizia.

Il parcheggio dell'ospedale costava otto corone l'ora, oppure settanta al giorno o centottanta alla settimana.

Wiking non pagò ed entrò. Era in anticipo. Andò al bar interno e controllò cosa offriva: caffè, torte salate scaldate al microonde e rotoli farciti che restavano freschi per dieci anni. Prese una tisana, un trancio di pizza e del *knäckebröd*, e comprò entrambi i tabloid nazionali. Poi andò a sedersi in fondo alla sala, il più lontano possibile da porte ed esseri umani. Aveva dimenticato con quanto ardore odiava gli ospedali. C'era il rischio che morisse di pura autocommiserazione.

Scorse la prima pagina di uno dei due quotidiani. Il coronavirus si stava diffondendo in tutta Europa. Il film *Sällskapsresan* festeggiava il quarantennale. Un'amica della principessa ereditaria aveva celebrato l'addio al nubilato. C'erano anche consigli utili per far passare la micosi ai piedi.

Gettò i giornali nel cestino e andò nella sala d'aspetto su in reparto. Una dottoressa in affanno gli spiegò in cosa sarebbe consistita l'operazione del lunedì successivo. Esofagoscopia rigida, ipofaringoscopia con biopsia, rinofaringoscopia con biopsia e tonsillectomia. Gli toccò scendere in laboratorio e farsi prelevare un sacco di campioni di sangue.

Uscì dall'ospedale con la sensazione di essere rilasciato da una prigione.

Sotto un tergicristallo c'era una multa.

Wiking la gettò nel vano portaoggetti. L'avrebbe fatta annullare da Carina Burstrand il lunedì dopo.

Aveva detto a Roland Larsson che sarebbe stato operato, ma non di cosa. Ora doveva comunicarlo anche agli altri. Alla direzione della polizia regionale, a Roland, a mamma Karin, a Markus. Roland avrebbe potuto assumere il suo incarico. In zona non si poteva fare la radioterapia. Avrebbe dovuto trasferirsi a Umeå?

Partì per l'aeroporto di Kallax.

La fermata dei taxi all'aeroporto di Arlanda era un brulichio di conducenti non autorizzati. Wiking aveva letto di turisti ignari costretti a pagare decine di migliaia di corone per una corsa fino in centro. Ne scelse uno il cui logo gli era familiare e chiese che gli venisse applicato un prezzo fisso.

«Dove deve andare?»

«A Nybroplan.»

Il giovane uomo al volante inserì sul tassametro una somma più o meno accettabile e partì.

«Sta tornando a casa?» domandò sorridendogli dallo specchietto retrovisore.

Davvero gli sembrava uno che potesse vivere dalle parti del Dramaten, in una delle zone del paese più costose in assoluto?

«No» rispose, e girò la testa verso il finestrino. Vide sfrecciare di fianco alla macchina un cantiere. Ad Arlanda sembrava che stessero sempre ristrutturando qualcosa.

«Stoccolma è davvero una città fantastica» continuò il tassista con un accento che rivelava la sua provenienza dalla piana del Västergötland. «Io studio al politecnico, anno propedeutico. Interessantissimo. Lo spazio è la mia passione. Forse farò domanda per la Nasa.»

«Bello» mormorò Wiking.

«Comunque» andò avanti imperterrito il ragazzo, «devo dire che sono stracontento di vivere in Svezia, di questi tempi. Lei no? Non è stracontento?»

Wiking chiuse gli occhi e reclinò la nuca sul poggiatesta.

«Questo cosiddetto virus ha mandato in tilt il mondo» disse il tassista. «Meno male che la Svezia ha scelto di mantenere aperta la società e di stare alla larga dalla follia collettiva.»

Wiking sentì che l'auto curvava e raddrizzò la testa per evitare la nausea. Il taxi stava imboccando il raccordo per Stoccolma. Fuori dal finestrino, gli alberi sfrecciavano via simili a un tappeto verde.

«Solo un paio di capi di governo hanno mantenuto il sangue freddo senza perdere la testa. Bolsonaro in Brasile e Lukashenko in Bielorussia, e poi naturalmente Trump negli Usa. E infine Löfven. Che uomini. Loro sì che mettono la libertà al primo posto.»

Wiking guardò nello specchietto retrovisore per capire se l'autista stesse facendo dell'ironia, ma non sembrava. Associava il primo ministro svedese a folli e dittatori e sembrava anche tutto soddisfatto della prodezza. La pandemia aveva davvero scavato dei baratri tra le persone, e non solo fisicamente.

«Credo che ora mi riposerò un pochino» mormorò.

Il tassista lo guardò dallo specchietto.

«Non mi dica che è uno di quelli che intendono farsi vaccinare.»

Wiking richiuse gli occhi.

«Questa cosa del virus è tutta un'invenzione» insistette il tassista. «Sono le grandi imprese che tentano di schiavizzarci. Aspetti e vedrà: quel vaccino di cui parlano ci installerà un chip nel cervello e modificherà il nostro dna. Le multinazionali sono disposte a tutto pur di controllarci...»

L'istinto di fare proseliti è profondamente radicato negli esseri umani, rifletté Wiking. Ed evidentemente hanno anche la capacità di ingannarsi nei modi più assurdi.

«La verità trionferà» concluse il conducente del taxi. «Alla fine trionfa sempre.»

Wiking pagò la somma concordata e scese a Nybroviken, davanti allo specchio d'acqua. Si piazzò all'attracco del traghetto Cinderella e tenne sott'occhio l'ingresso dell'Hotel International dall'altra parte di Strandvägen. C'era un certo viavai: gente che andava a pranzo al ristorante al piano terra, turisti e uomini d'affari che facevano il check-out.

Cercò una panchina di legno e si sedette. La lisca di pesce gli pungeva la gola. Seduto al sole, guardò andare e venire le persone finché non gli arrivò un sms di Mats che gli comunicava che poteva uscire a pranzo. Decisero di vedersi alla Sture konditori in Karlavägen.

Mats era seduto a un tavolino in fondo alla sala, vicino ai bagni, con due bottigliette d'acqua e due grandi fette di pane di segale con uova e gamberetti.

«Non ne avevano con le polpettine di carne?» chiese Wiking.

«Non ti smentisci mai, eh?» commentò Mats. «Com'è andata a finire con il furto di armi?»

«Nel corso di un interrogatorio secretato sono venute fuori delle informazioni utili» rispose Wiking sedendosi. «Le abbiamo trasmesse ai colleghi di Järva, che hanno fatto diverse perquisizioni domiciliari.»

«Bene» disse Mats, con la bocca piena di gamberetti.

Wiking addentò la sua fetta. Maionese. Non proprio la sua passione.

Se qualche dato emerso durante un interrogatorio, o grazie a una soffiata attendibile, dava alla polizia motivi per ipotizzare un reato punibile con la detenzione, scattava la possibilità di eseguire perquisizioni domiciliari a uno o più indirizzi.

«Hanno trovato qualcosa di interessante?» domandò Mats dopo aver mandato giù il boccone con un sorso di Loka.

Wiking non si faceva scrupoli etici sulla possibilità di sfruttare le informazioni che gli arrivavano tramite l'amico. La polizia svedese, così come i politici e i legislatori, era di un'ipocrisia incredibile sul tema. Nella primavera di quell'anno la Gendarmerie francese era riuscita a hackerare EncroChat, una rete criptata usata da elementi criminali per comunicare senza essere intercettati, e l'apparato giudiziario svedese ne sfruttava allegramente e senza riserve le rivelazioni. Il ministro degli Interni Mikael Damberg si era addirittura vantato su Facebook definendo l'intercettazione segreta di dati «una svolta nella lotta alle bande criminali». Il problema era che i poliziotti svedesi che avevano imitato i colleghi francesi erano stati incriminati per accesso abusivo aggravato a un sistema telematico. Ecco perché bisognava agire di nascosto e con cautela.

«Hanno sequestrato un certo numero di cellulari» disse. «I fratelli Osman non si erano nemmeno presi la briga di cancellare i messaggi in cui pianificavano il furto. Grazie mille dell'aiuto. E ho un'altra cosa per te.»

Scostò il piattino e si mise sulle ginocchia lo zaino, da cui tirò fuori un oggetto rettangolare di metallo nero delle dimensioni di un libro tascabile. Lo appoggiò sul tavolino di marmo. Mats lo guardò inespressivo.

«Dovrebbe dirmi qualcosa?»

«Questa è l'unità di controllo elettronico di un'Audi Q3, il modello del 2018.»

Nuovo boccone al lato opposto del tavolino.

«Okay. E?»

«Si chiama anche Ecu, Electronic Control Unit, o centralina elettronica. Si trova all'interno del vano motore e controlla tutto quello che avviene nel veicolo a livello elettronico.»

«Cioè?»

«Il sistema motore, carburante, accensione, trasmissione alla scatola del cambio e trazione a quattro ruote motrici...»

Mats sollevò una mano.

«Capito. E cosa ci fa qui?»

«Era nella carcassa dell'auto che abbiamo ripescato dal Pite martedì.»

«E come hai avuto accesso a questa carcassa?»

«Era nel garage della stazione di polizia.»

Mats mise giù le posate e si guardò intorno, abbassando la voce.

«Wiking, per la miseria, non dirmi che hai sventrato quell'auto e ne hai portato via un pezzo. Rischi un'incriminazione.»

«Se ne rischiano tante. L'unità controlla anche carburante e freni, e io penso che questa non sia quella originale. È un'altra, manipolata.»

Mats aveva smesso di masticare. Wiking prese fiato e gli riferì che Markus aveva ricevuto una seconda lettera, con le foto dei bambini davanti alla scuola. Una vera e propria minaccia, o almeno un avvertimento. *Ti vedono. Devi rinunciare all'incarico, altrimenti morirai.*

«Si è dimesso dal coordinamento del progetto, che è passato al suo collega Hans-Olov Oskarsson, di Vidsel. La vittima dell'incidente nel Pite. Quest'unità viene dalla sua macchina.»

Mats lo scrutò per alcuni secondi.

«Posso tenerla per un po' e farla vedere dai ragazzi del reparto tecnico?» chiese tenendo la mano sospesa a pochi centimetri dalla scatola.

«Te ne sarei molto grato.»

Mats avvolse l'unità in un tovagliolo e la infilò nella cartella marrone.

«Era di questo che dovevi parlarmi?»

«No» disse Wiking. «Si tratta di una cosa personale. Ho il cancro.»

«Merda. Dove?»

«Carcinoma alla gola. Pensavo di avere una tonsillite.»

«Bel problema. È grave?»

Wiking non rispose.

«Hai un bravo medico?» domandò Mats.
«Il dottor Chang è in gamba, ma adesso dovrò andare a Sunderbyn. E forse a Umeå.»
Mats scosse la testa.
«È un vero schifo. A quanto pare non siamo fatti per durare. Quella la mangi o no?»
«Perché, la vuoi tu?»
«Se tu la lasci lì, sì. È costata centocinquanta corone.»
Wiking spinse il piattino verso di lui.

La donna alla reception dell'Hotel International non era quella della volta precedente, ma sembrava fatta con lo stesso stampino. Wiking chiese una camera per una notte senza prendersi la briga di farsi mostrare il registro degli ospiti. Pagò con la carta di credito, dato che l'hotel non accettava contanti.

Gli venne data una stanza al secondo piano, con vista sulla via sottostante e su Nybroviken. Si sedette sull'unica poltroncina e puntò lo sguardo sullo specchio d'acqua. *Elegante e di classe.* I rumori del traffico lungo Strandvägen penetravano attraverso le fessure tra cornice e telaio.

La carta da lettere. La stella. L'impronta del pollice.

Un indirizzo e una firma.

Telefonò a Elin, che rispose al primo squillo.

«Sei a Stoccolma? Di nuovo?»

«Per lavoro. Un'indagine collegata a Järvafältet. Sei a casa nel pomeriggio?»

«Oggi giornata libera, sono appena stata in palestra...»

In effetti stava ansimando.

«Possiamo vederci? C'è una cosa di cui vorrei parlarti.»

«Cioè? Sei malato? Hai un cancro?»

Wiking fece un respiro profondo.

«Non sono una veggente» continuò lei. «Hai avuto l'esito della biopsia, giusto?»

Lui buttò fuori il fiato.
«Carcinoma squamocellulare» disse.
«La forma più comune» constatò Elin. «Quella che hanno trovato è una metastasi?»
«Penso di sì.»
«Potresti averne altre.»
Wiking chiuse gli occhi.
«La terapia è parecchio pesante» aggiunse lei. «Vieni, così ne parliamo.»
Lui tirò fuori spazzolino e dentifricio, li mise in bagno, sistemò calze, maglietta e un paio di boxer in un cassetto dell'armadio.
Poi si avviò a piedi verso Söder.

Elin lo accolse mantenendo la distanza di sicurezza.
«Vuoi un tè?»
«Magari qualcosa di più forte, se ce l'hai.»
«Vino rosso?»
«Già meglio.»
Si lasciò cadere pesantemente sul divano di velluto blu. La portafinestra del balcone era aperta. Forse non la chiudeva mai. Fuori cantava un uccellino. Elin gli mise davanti un bicchiere da vino grande come una caraffa e si sedette sul bordo della poltrona di fronte. Aveva i capelli ancora umidi dopo la palestra e la doccia.
«La nonna e Markus sanno che sei malato?»
Lui bevve e scosse la testa.
«Devi dirglielo.»
«Lo farò, ma non so ancora quanto è grave.»
«Che esami hai fatto?»
«Solo la biopsia.»
«Quindi non sai quanto è diffuso?»
«Non so nient'altro, solo che potrei averlo da anni.»
Bevve un altro sorso.
«Nella peggiore delle ipotesi, cosa mi aspetta?»

«Pensare in negativo non serve. Ce ne sono molti che hanno una diffusione limitata e...»

«Ti ho fatto una domanda» la interruppe lui.

«La peggiore?»

«Lo scenario più catastrofico.»

Lei fece un respiro profondo.

«Sei certo di volerlo sapere?»

Lui annuì.

«Se dovrai sottoporti alla dose massima sia di radioterapia che di chemioterapia» disse Elin, «si tratta della terapia più difficile che mettevamo in atto a Radiumhemmet.»

«E in quali casi era necessaria?» domandò Wiking.

Lei esitò, poi si protese leggermente in avanti.

«Per esempio, se non riuscivamo a trovare il tumore primario. Se c'erano altre metastasi, in pratica se si era diffuso. Facevamo sei sedute di radioterapia alla settimana per sei settimane, accompagnate dalla chemio per potenziare al massimo l'effetto.»

«Okay. E cosa comporta?»

«La gola brucia, dall'interno all'esterno. Finisce che la pelle si stacca e il collo diventa una ferita aperta. Non si può mangiare per mesi.»

Wiking rimase senza parole. Non era possibile. Come si sopravviveva a una cosa del genere? Forse era meglio morire.

«Il paziente viene nutrito tramite flebo» continuò Elin, «o grazie a una sonda nasale, oppure si fa una Pet per far arrivare il cibo direttamente allo stomaco. In alternativa si inserisce con un'operazione un catetere venoso che dal braccio arriva vicino al cuore. È importante che il paziente si alleni a deglutire tutti i giorni. Se si perde il riflesso di deglutizione può essere difficile recuperarlo.»

Wiking si schiarì la gola e bevve un lungo sorso. Quando chiuse gli occhi sentì il vino entrare in contatto con le papille gustative e cercò di apprezzare il fatto di poter bere. Non gli riuscì troppo bene.

«A sentirti sembra una cosa... che fa male» disse mettendo giù il bicchiere.

Elin annuì.

«Il dolore è tale da mettere fuori combattimento il paziente.»

«Ma daranno degli analgesici, no?»

«Se nel tuo caso dovesse presentarsi uno scenario del genere, ti offriranno il Fentanyl, l'oppioide più diabolico che sia mai stato inventato. Non prenderlo. Ti diranno che devi, per evitare il dolore episodico intenso, ma tu ignorali. È un concetto che si sono inventati nel reparto marketing della Purdue Pharma per vendere più oppioidi. Ti diranno che non svilupperai dipendenza perché non prendi il farmaco per capriccio. Sono stronzate. L'assuefazione è inevitabile, e l'astinenza è anche peggio della terapia.»

Smise di parlare e sostenne il suo sguardo.

«Wow» fece lui.

«Sei stato tu a volerlo sapere.»

«E si viene messi in malattia per un anno?»

«È la procedura standard, se non sopraggiunge altro.»

Wiking vuotò il bicchiere.

«Ne hai ancora?»

Lei lo scrutò.

«A causa del Covid, al Karolinska hanno rafforzato il reparto di oncologia» lo informò. «Posso parlare con il primario e chiedere che ti seguano qui.»

«Io però sono residente nel Norrbotten...»

«Sei libero di scegliere dove farti curare in tutto il paese, e nel Norrbotten non fanno radioterapia. Dovrai spostarti in ogni caso.»

«Ne hai ancora di vino?»

Elin andò a prendere la bottiglia e stavolta tornò con un bicchiere anche per sé.

«È inutile fare previsioni catastrofiche, comunque» disse. «Non è detto che si arrivi a questo punto, nel tuo caso. Come hai preso la notizia?»

Gli versò il vino.

«In che senso come l'ho "presa"?»

«Alcuni hanno una reazione di tristezza, altri di rabbia. Provano un senso di ingiustizia o disperazione. Niente scatti d'ira incontrollata?»

Lui scosse la testa.

«Basta parlare di me. Tu come stai?»

«Ho conosciuto una persona» rispose lei, bevendo un lungo sorso.

Lui chiuse gli occhi per qualche istante, sorpreso della gioia che lo invadeva. Elin era sempre stata sola. In qualche modo si era convinto che il buio soffuso che la circondava venisse da Kallmyren, ma probabilmente si trattava di ombre dettate dai sensi di colpa per la propria inadeguatezza.

«Che bello» disse, sentendo che gli si incrinava la voce. «Congratulazioni.»

Sollevarono il bicchiere e brindarono.

«È un'agente di polizia, pensa un po'. Irachena. Si chiama Shamari.»

Forse fu per colpa del vino, ma l'informazione ci mise qualche istante a depositarsi. Lei lo guardava con occhi diffidenti, pronta alla fuga. Possibile avesse tanta paura del suo giudizio?

Wiking si alzò dal divano, girò intorno al tavolino e la tirò su dalla poltrona per poterla abbracciare davvero.

«Se sapessi quanto sono felice» sussurrò. «Quando me la farai conoscere?»

Sua figlia lo cinse con le braccia, dapprima esitante, poi forte, più forte. Wiking sentì che le sussultavano le spalle e che le sue lacrime gli bagnavano il collo. I capelli sottili contro la guancia. Uguali a quelli di sua madre.

«Questo fine settimana lavora» disse Elin, e si asciugò gli occhi. «A Norrmalm, come te una volta. Magari la prossima volta che vieni giù?»

Finirono la bottiglia e ne aprirono una seconda, seduti vicini sul divano. Elin gli mostrò delle foto sul cellulare. Shamari in spiaggia, Shamari in uniforme.

Quando gli arrivò un sms di Mats Vikander erano le sette e un quarto.

Aveva la risposta sull'analisi della centralina elettronica.

Wiking prese la metropolitana fino a Mälarhöjden, un po' annebbiato dal vino.

Mats era nel giardino sul retro, di fianco all'altissima e quasi impenetrabile siepe di tuia, con due tazze di cioccolata calda.

«Possiamo correggerla con un po' di whisky?» chiese Wiking.

Mats andò a prenderlo e ne versò un goccio in entrambe.

«Avevi ragione» disse. «Qualcuno aveva manomesso la centralina.»

Wiking bevve un bel sorso di cioccolata. Non proprio come il Baileys, ma quasi.

«C'era dentro anche un trasmettitore, come pensavi. E questo solleva una serie di domande.»

Al lato opposto della siepe, i vicini giocavano a *brännboll*.

Mats assaggiò la cioccolata al whisky.

«Chi sapeva che la vittima sarebbe passata in quel punto e in quel momento?» domandò. «Chi ci ha guadagnato a farlo fuori? A chi è stato affidato l'incarico?»

Wiking chiuse gli occhi e vide la sua cucina. Il giardino con i sorbi sparsi, il muro di mattoni un po' sgretolato.

«Ad Anja Berglund, la mia vicina di casa. Tutte le persone della base al corrente del progetto sapevano della riunione a Luleå a cui doveva partecipare Hans-Olov.»

«La tua vicina di casa? Vi frequentate?»

«No, però dalla mia finestra vedo dritto nel suo soggiorno. Vive da sola e lavora alla base da secoli. Markus la chiama Sbronza-Stronza.»

«Dal soprannome, non sembra particolarmente apprezzata.»

«È asociale e beve troppo. Non credo sia stata lei a sostituire la centralina.»

«Il trasmettitore è russo» disse Mats. «Non significa per forza che lo sia anche chi l'ha installato, ma è probabile. La domanda successiva è: come diavolo hanno fatto a sostituirla?»

«Nella notte tra lunedì e martedì. Era buio come la pece e pioveva a dirotto. La porta del garage di Oskarsson non era chiusa a chiave, quindi bastava entrare. Nessuno chiude le macchine in garage. Hans-Olov si è svegliato verso le quattro. Può darsi che avesse sentito qualcosa.»

«E per finire: capisci cosa comporta tutto questo?» chiese Mats.

Wiking annuì.

«Che una potenza straniera ha qualcuno dentro la base da più di vent'anni.»

«Possono averla tenuta lì per questo scopo, per un incarico di questo rango.»

Mats lo scrutò.

«Sei preoccupato per il cancro?»

Wiking deglutì.

«Non lo so. Dipende. Se è grave, a quanto pare la terapia è un calvario.»

«Hai parlato con un counselor o uno psicologo?»

Wiking scosse la testa e bevve un lungo sorso.

«Secondo me dovresti farlo. In ospedale ci sono entrambe le figure. Devo fare una telefonata, ma resta qui. Ho detto a Frank che saresti venuto e gli ho promesso che saremmo passati da lui. Ci sta aspettando. Vuoi dell'altro whisky?»

Wiking sprofondò nel divanetto di vimini.
«Sì, grazie.»
Dall'altra parte della siepe, qualcuno fece un fuoricampo e venne acclamato da tutti.

Frank Nilsson viveva in un appartamento adattato per i disabili al quinto piano di un palazzo di Axelsberg. Quando aprì era leggermente brillo, ma valeva anche per Wiking.

«Ciao» li salutò, arretrando con la sedia a rotelle contro l'attaccapanni. «Che bello vedervi, per la miseria.»

Anche se stava sorridendo, aveva il viso sciupato e i capelli avrebbero avuto bisogno di una lavata e di una sforbiciata.

«Come vanno gli allenamenti per la maratona?» domandò Mats mentre andava a sedersi in cucina.

«Alla grande. Conto di essere selezionato per le paraolimpiadi» rispose Frank.

«Hai in casa qualcosa di bevibile?» chiese Wiking.

«Secondo te?» disse Frank, andando verso il mobile bar.

Mats tirò fuori dei bicchieri, ma prima di metterli sul tavolo li lavò e li asciugò con la carta da cucina.

L'elegante appartamento della nonna di Frank a Kungsholmen, il cui contratto era passato a lui, dopo il divorzio era andato a Pernilla, la moglie numero due. La villa di Enskede che aveva comprato con Linda, la moglie numero tre e – per la cronaca – la stessa Linda con cui Wiking non era uscito la vigilia di Pasqua, se l'era tenuta lei. Quando la numero quattro aveva scoperto che lui l'aveva tradita, aveva venduto l'appartamento a Järfälla di cui erano comproprietari, si era presa i soldi e si era trasferita in Croazia. Lui avrebbe potuto denunciarla, ma aveva deciso che il sarcasmo dei colleghi avrebbe bruciato più della perdita dei soldi e aveva lasciato perdere.

Dopo che era stato dimesso dall'ospedale con la spina dorsale massacrata, la circoscrizione di Hägersten-Liljeholmen si era messa una mano sul cuore e gli aveva assegnato l'appartamento in cui stava ora, un monolocale più cucina senza barriere architettoniche. Ogni volta che veniva aiutato a uscire dal palazzo passava davanti alla banca in cui era stato ridotto in quello stato.

«Sono proprio contento di vedervi, cazzo» esclamò. Versò il Brännvin Special nei bicchieri, e anche un po' fuori.

Brindarono.

«Hai un aspetto orribile» disse a Wiking dopo aver mandato giù l'acquavite. «Sei stato mollato da qualche tipa?»

«Niente di così tragico. Ho il cancro.»

«Ah, ecco» commentò Frank. «Stai per morire?»

«A livello puramente statistico, ho dal sessantacinque al settanta per cento di possibilità di essere vivo tra cinque anni» rispose Wiking, scolando il bicchiere.

Puntò lo sguardo oltre la finestra e vide solo nuvole grigie e pesanti. Presto si sarebbe messo a piovere. La vita di Frank era così, fatta di frammenti di realtà. Quei metri quadrati, quel cielo. Il personale dell'assistenza a domicilio che faceva le pulizie una volta alla settimana, il servizio di trasporto protetto per andare al centro di riabilitazione.

«Se poteste ricominciare da capo, quali decisioni cambiereste?»

«Ed eccoci arrivati a quel programma radiofonico» commentò Frank. «*La stanza psicologica*.»

«Si chiama *La stanza filosofica*» gli fece notare Mats.

«Entrereste in polizia?» domandò Wiking.

Le prime gocce di pioggia colpirono il vetro.

«Assolutamente sì» rispose Mats.

«Certo» disse Frank. «Però mi terrei Anna. Non la caccerei via.»

Anna Månsson, la loro compagna di accademia, era stata la moglie numero uno. Durante una festa della polizia era stata sorpresa a pomiciare con un ufficiale di turno a Södermalm. Entrambi avevano sostenuto che era stato un errore commesso a causa della sbronza e che non avevano una relazione, ma Frank non aveva voluto saperne: l'umiliazione pubblica lo aveva indotto a buttare in mezzo alla strada sia lei che i due figli, e poi aveva perso ogni contatto con loro.

«Io sarei meno rigido con i ragazzi» continuò Mats. «Permetterei loro di alzarsi da tavola anche se non finiscono tutto quello che hanno nel piatto, e pure di mangiare dolcetti e caramelle senza un motivo particolare.»

Wiking rimase in silenzio. Cos'avrebbe cambiato? Non lo sapeva. Avrebbe amato Helena? Ma era una scelta, poi?

«L'acquavite è finita?»

Frank riempì i bicchieri.

Rimasero finché non ebbero scolato la bottiglia e fuori non fu calato il buio.

Dopo aver salutato il padrone di casa, si separarono alla metropolitana di Axelberg, una delle stazioni di superficie sulla linea verso Norsborg. Mats si avviò a piedi sotto la pioggerella: casa sua distava solo un chilometro o poco più. Wiking rimase in piedi, ondeggiante, nella penombra della banchina male illuminata, sentendo l'umidità penetrare sotto i vestiti.

Una volta aveva letto un racconto in cui l'universo era in realtà un uovo. C'erano solo due esseri, Dio e un uomo morto, e l'uomo sarebbe rinato, una volta dopo l'altra, finché non avesse vissuto la vita di tutti gli esseri umani su tutta la terra. Sarebbe stato Gesù, Hitler, Abraham Lincoln. Tutto quello che avrebbe fatto agli altri lo avrebbe fatto anche a se stesso. Lo scopo era che maturasse. Al momento era un feto e l'universo era, appunto, un uovo.

Quando si fosse rotto il guscio, anche l'uomo sarebbe diventato Dio. Come diavolo si chiamava lo scrittore?

Si appoggiò a un pilastro di cemento e si chiese come sarebbe stato essere Frank. Tutte le sue donne, e poi la sedia a rotelle. Oppure Karin, con i suoi stufati e l'infanzia su a Stormberget. O Helena. Cosa si provava a essere inghiottiti dalla torbiera, sempre che fosse andata così, mentre la bambina strillava vicino alla cesta delle more? Cosa si provava ad abbandonarla? Perché era questo che aveva fatto, innegabilmente. Se aveva ragione l'autore dell'*Uovo*, aveva abbandonato se stessa. Wiking sapeva benissimo come si chiamava quello scrittore, solo che non gli veniva il nome.

Quando finalmente il treno entrò sferragliando in stazione, per poco non cadde e dovette aggrapparsi al pilastro.

Il vagone era quasi vuoto. Per qualche motivo gli venne in mente Tilda Göransdotter, la povera ragazza raggirata che lavorava al bar del Laponia di Arvidsjaur. Era poi così diverso da lei? Si appisolò, ma si svegliò a Gamla stan quando una banda di skinhead salì urlando a squarciagola l'inno nazionale.

Scese a Östermalmstorg e si diresse verso l'uscita concentrandosi sull'atto di mettere un piede davanti all'altro. Non avrebbe dovuto bere quegli ultimi bicchieri.

La pioggia cadeva più fitta. Percorse Birger Jarlsgatan verso Strandvägen tenendosi rasente ai muri. In giro non c'era molta gente, solo una breve coda davanti al Riche. Una donna con un soprabito leopardato, probabilmente una prostituta, gli rivolse la parola.

La reception dell'hotel non era presidiata. Evidentemente nel concetto di *elegante e di classe* non rientrava l'assistenza del personale nelle ore notturne. Dopo un paio di tentativi con la tesserina magnetica riuscì ad aprire il portoncino.

Cavolo, qual era il numero della camera? In genere per non dimenticarselo fotografava la porta, ma stavolta non l'aveva fatto. Scrutò la chiave magnetica, bianca con una banda azzurra. Sì, buonanotte. In ogni caso era al secondo piano, da qualche parte a destra.

Vabbè, tanto quella cazzo di tesserina funzionava sicuramente solo con una porta. Andò alla 204 e la appoggiò sul lettore. Spia rossa.

Andy Weir! Ecco come si chiamava! *L'uovo* di Andy Weir, un vero e proprio classico.

Proseguì, puntando alla 206. Rosso, neanche quella. Però gli era tornato in mente lo scrittore, sempre meglio di niente. Avanti verso la 208. Spia verde, scatto della serratura. Evviva!

Un secondo dopo ebbe la certezza di una presenza estranea: la avvertì subito. I sensi si acuirono, i capelli gli si rizzarono sulla nuca. La sbronza si attenuò. Sebbene le finestre fossero chiuse, con le tende avvolgibili abbassate, si percepiva una corrente gelida, come uno spiffero da una porta che non chiudeva bene o da un frigo aperto. La luce del corridoio, che aveva proiettato un triangolo irregolare sulla moquette oltre la soglia, si spense con un guizzo. Wiking avanzò di un passo, incerto sulle gambe, cercò tentoni l'interruttore e lo premette. Non successe niente. Il buio come un muro compatto davanti a lui, il suo respiro affannoso nelle orecchie.

Cos'aveva la luce che non andava?

Ah, ma certo, per attivare l'elettricità bisognava inserire nel supporto quella stupida tesserina.

Mancò la fessura e dovette riprovare più volte. Alla fine la centrò e spinse verso il basso, sentendo un clic. L'intero ambiente fu inondato dalla luce intensa delle lampadine a risparmio energetico.

Wiking sollevò la testa e guardò verso l'interno della camera.

Sulla poltrona era seduta una donna vestita di nero, le gambe accavallate e le mani in grembo. I capelli chiari e sottili, impalpabili, le arrivavano alle spalle, gli occhi erano azzurri e limpidi.

«Ciao, Wiking» lo salutò.

Lui restò sulla soglia, tenendosi allo stipite. Sentì il petto riempirsi d'aria per poi svuotarsi lentamente. Trent'anni, ma non c'erano dubbi. Neanche uno. L'avrebbe riconosciuta ovunque. In mezzo a una folla, su un treno, in una macchina ferma al semaforo rosso accanto a lui.

«Chiudi la porta e vieni qui» gli disse lei.

Lui ubbidì senza staccarle gli occhi di dosso, senza un battito di palpebre. Cercò alla cieca la maniglia e la serratura scattò alle sue spalle. Aveva bisogno di rinforzi? Doveva girarsi e scappare? Era tutto vero?

«Siediti.»

Lei accennò al letto con la testa e allacciò le mani.

Wiking si avvicinò cauto. Aveva perso la ragione? Si sedette sul bordo, i piedi ben piantati a terra. Lei abbassò gli occhi.

«Se vuoi puoi chiamare la polizia» mormorò.

Lui si schiarì la gola.

«Per dire cosa? È venuto a visitarmi il fantasma di mia moglie?»

La voce era impastata.

Lei fece un gesto di scuse con le spalle.

Il silenzio tra loro si riempì dei rumori del traffico lungo Strandvägen, del fruscio del condizionatore, del televisore nella stanza adiacente. Wiking la scrutò. Fisico ancora asciutto, ma non più magrissima. Spruzzi argentati tra i capelli.

«Esisti davvero?» chiese.

Lei deglutì e lo guardò, gli occhi lucidi.

«Mi dispiace, Wiking.»

Lui si alzò di scatto e andò a grandi passi verso la porta. Lei balzò in piedi e gli si parò davanti, le braccia spalancate nel piccolo ingresso, sbarrandogli la strada. Lui sbatté contro di lei e si bloccò. Era reale, non uno spettro. Arretrò barcollando.

«Ti meriti delle risposte» disse lei, e lui scoppiò a ridere. Si girò e tornò barcollando verso l'interno della camera. Sentiva risalire il pianto dalla gola. Strinse i pugni. Sarebbe stato capace di ucciderla. Si lasciò cadere sul letto e nascose il viso tra le mani. Avvertì il dondolio del materasso quando lei gli si sedette di fianco. Una mano sulla schiena.

«Non c'è niente che io possa dire per farmi perdonare» continuò lei, «quindi non ci provo neanche.»

Percepiva il calore della sua mano attraverso giacca e maglietta. Nella stanza accanto, un pubblico americano rideva e applaudiva. Per qualche motivo il pensiero gli corse alla star televisiva Bill Cosby, il papà adorato da tutti negli Stati Uniti che stava scontando una pena detentiva pluriennale per abusi sessuali. Fece un respiro profondo e abbassò le mani.

«Indipendentemente da quello che deciderai di fare» continuò lei, «devi sapere che parlare di me non è esente da rischi. Se mi permetti di spiegare, capirai il motivo.»

«Perché dovrei ascoltarti?» chiese Wiking lanciandole un'occhiata.

«Per capire le conseguenze e non esporre a pericoli te e i ragazzi.»

Dovette trattenersi per non darle una sberla. Si alzò e si sedette sulla poltrona di fianco alla finestra, che conservava ancora il calore del suo corpo. Wiking rabbrividì.

«Qual è il tuo vero nome?»

«Vladlena Ivanova» rispose lei a bassa voce.

Il nome sul registro degli ospiti. Vladlena Ivanova, nata nel 1959. Un nome che dava oltre mille risultati in rete. Helena Isaksson. Abbastanza simile. Se devi mentire, tieniti il più possibile vicino alla verità.

«Sei nata nel '59?»
Lei annuì.
«Di tutto quello che hai detto, c'è mai stato qualcosa di vero?»
Lei scosse la testa.
«Molto poco.»
Wiking chiuse gli occhi per qualche istante. Gli veniva da vomitare.
«Cosa sei? Una specie di spia?»
«Dipende da cosa si intende per spia» rispose lei. «Comunque lavoro per il Gru.»
Lui rise forte, rise fino a farsi dolere gli addominali. Lei aspettò in silenzio.
«Che spreco assurdo» disse Wiking quando si fu calmato. «Mettermi alle costole un'agente del Gru. Che incarico di merda. Dovevano proprio avere risorse inesauribili.»
La guardò. I lineamenti familiari, i capelli che non stavano a posto, le mani irrequiete. Una perfetta sconosciuta.
«Dove sei finita quando sei "morta"?»
Lei chiuse gli occhi.
«A Washington.»
In America, nella capitale degli Stati Uniti. Tutta un'altra cosa, molto più sfarzosa e affascinante di Stenträsk, un buco di culo al circolo polare. Che patetico imbecille era stato a illudersi di significare qualcosa! Trent'anni di nostalgia, i figli orfani... Invece la loro mamma li aveva piantati in asso per dei cocktail party a bordo piscina.
«Elin» disse. «L'hai lasciata da sola ai margini della torbiera. Cos'hai che non ti funziona nel cervello, porca puttana?»
«Wiking, devi ascoltarmi. Non avevo scelta.»
«Capisco che ti fossi stancata di me, ma come hai potuto abbandonare i nostri figli?»
«L'unico modo per tenervi al sicuro era andarmene.»
Lui si premette i palmi sulla fronte.

«Taci.»

«Tu e i bambini sareste stati risparmiati, se solo...»

Wiking si alzò e le girò le spalle.

«Non voglio ascoltare.»

Lei gli andò vicino, gli mise una mano sulla spalla.

«Se mi fai spiegare, capirai. Vengo da Udačnyj, nella Siberia settentrionale...»

Lui si voltò di scatto e la spinse via, facendola finire lunga distesa sul letto.

«Wiking...»

«Taci!» urlò. Lei tentò di tirarsi su, ma Wiking aveva sentito abbastanza. La afferrò per la gola e le premette la testa all'indietro. Lei aprì gli occhi senza opporre resistenza mentre le grandi mani di lui la stringevano furiosamente. La pelle era calda e morbida. Wiking vide intensificarsi il colore del viso, ma non smise di fissarla. Sotto le sue mani qualcosa cedette, si era rotto qualcosa? Poi gli occhi si girarono in su mettendo a nudo il bianco, il corpo si rilassò.

Wiking la lasciò andare e lei si afflosciò sul letto, incosciente. L'odore di urina gli arrivò alle narici. Le si era svuotata la vescica. La fissò.

«Helena?»

Nessuna reazione. La chiamò di nuovo, più forte.

Dio santo.

Cos'avrebbe fatto se fosse morta? Cosa succedeva se si uccideva una persona deceduta trent'anni prima?

Barcollò fino alla porta, sfilò la tesserina dal supporto e si lasciò alle spalle la stanza d'albergo immersa nel buio.

PARTE 2

VLADLENA

Mosca
Giovedì 6 agosto 2020

Tre settimane prima

Emerse dal sottosuolo alla stazione di Dinamo. Il sole si rifletteva rosso e obliquo su Leningradskij prospekt. Il nuovo stadio che ospitava sia il calcio che l'hockey sembrava una navicella spaziale sospesa nell'aria alle sue spalle. Si diresse a passo veloce verso la fermata dell'autobus. La metropolitana aveva avuto un po' di ritardo e il 322, che passava solo ogni mezz'ora, in genere era puntuale.

La mattina era fresca e umida. I gas di scarico le si appiccicavano alla pelle, ma non importava.

Salì sull'autobus, arrivato all'ora stabilita, e per otto minuti procedette sobbalzando tra gli alti palazzoni di cemento fino alla fermata di Proezd Berëzovoj Rošči. Come al solito la via era molto trafficata, ma riuscì ad attraversare quasi subito. La città non aveva ancora ripreso la piena attività dopo le vacanze estive.

Arrivò in sede, al numero 3 di ulica Grizodubovoj, alle sette e un quarto. Salutò con un cenno il ragazzo ai controlli di sicurezza, anche se lui rimase impassibile. Perquisendola non le toccò il seno, ma non per ragioni che avessero a che fare con il #metoo o con un cambiamento di mentalità sul posto di lavoro. Semplicemente, lei aveva sessant'anni compiuti e di conseguenza non aveva nessun sex appeal. La cosa non la disturbava affatto.

Il suo ufficio al quinto piano era vuoto, quando ci entrò, ma il colonnello Jegorova, con cui lo divideva, doveva essere già in sede, dato che la sua cartella e il soprabito erano gettati sulla poltroncina al lato opposto della scrivania. Probabilmente stava nuotando nella piscina al piano interrato dell'edificio. L'odore di asciugamano bagnato avrebbe aleggiato nella stanza per tutta la giornata.

Vladlena Ivanova avviò il computer e si collegò alla rete. Notò la convocazione alla tradizionale riunione di coordinamento della direzione, che si teneva ogni giovedì alle undici. Premette il bottone dell'interfono.

«Igor» disse, «mi porteresti un tè, per favore?»

Si sentì qualche crepitio. Il segretario non era al suo posto. Vladlena aspettò alcuni secondi prima di alzare leggermente la voce.

«Igor?»

«Subito, colonnello.»

Il giovane uomo che svolgeva le funzioni di segreteria per lei e la collega Jegorova non era un fulmine di guerra, e ne era beatamente inconsapevole. Il ruolo di tuttofare per due signore attempate non era proprio quello che sognava quando era stato reclutato dal Gru, e Vladlena sfruttava senza scrupoli il suo atteggiamento ambivalente.

Aprì sullo schermo il documento su cui stava lavorando il giorno prima, un'analisi continuativa della sfida finale per le imminenti elezioni presidenziali americane. Fonti all'interno del partito democratico sostenevano che la senatrice Kamala Harris, ex ministro della Giustizia della California, sarebbe stata la vice del candidato alla presidenza Joe Biden. All'interno dell'organizzazione era opinione comune che la scelta di una donna sarebbe stata vantaggiosa per la Russia, perché avrebbe dimostrato la debolezza di Biden. Inoltre prevaleva la convinzione, se non la certezza, che avrebbe vinto Donald Trump. Vladlena Ivanova non era sicura né dell'una né dell'altra cosa.

Kamala Harris non aveva mai perso un'elezione, e non vinceva a causa della sua arrendevolezza ma della sua inflessibilità. Di fatto era molto più solida, e probabilmente più intelligente, del candidato alla presidenza. In qualità di procuratrice capo di San Francisco aveva portato l'ottantasette per cento delle incriminazioni per omicidio a una sentenza di condanna, il novanta per cento di tutte le sparatorie. In diversi casi si era chiaramente arrivati a un giudizio non corretto, cosa di cui non le interessava discutere. Era contraria alla pena capitale, a prescindere dal tipo di reato, non per ideali umanitari o per eccesso di senso di giustizia ma perché riteneva il carcere a vita senza possibilità di rilascio una punizione più dura ed efficace della morte, e si rifiutava ostinatamente di cambiare punto di vista nonostante le continue pressioni.

Igor, il segretario, le portò il tè e lei lo ringraziò senza alzare gli occhi. La collega Jegorova tardava. Evidentemente non era stata convocata alla riunione e stava ancora sguazzando in piscina.

Per fortuna nel trantran quotidiano c'era sempre qualcosa di cui rallegrarsi.

Alle undici in punto il colonnello Ivanova si presentò davanti alla sala riunioni in fondo al corridoio con vista sul grattacielo di diciassette piani di fronte, e salutò con un breve cenno i colleghi già sul posto con fascicoli e portatili sotto il braccio, tutti con nulla osta sicurezza ai massimi livelli. Quando il generale Gagarin, capo della recentemente costituita Seconda direzione, entrò nella sala con la sua grossa pancia, gli altri lo seguirono come la scia di una cometa, Vladlena in penultima posizione. In effetti il direttore era parente del cosmonauta, anche se abbastanza alla lontana.

La porta si richiuse alle loro spalle con un pesante sospiro fonoisolante e subito le sembrò che l'ossigeno scarseggiasse. La ventilazione era un concetto che non avevano mai compreso a fondo, in quel paese, né nelle abitazioni né nelle auto.

Alla Seconda direzione, responsabile per America del Nord e del Sud, Gran Bretagna, Australia e Nuova Zelanda, era stato assegnato un ampio spettro di materiale da analizzare e approfondire. Oltretutto, spesso arrivavano all'ordine del giorno dei punti dalla Prima direzione, che seguiva l'Unione Europea, dato che molte aree di interesse si sovrapponevano. Gagarin dichiarò aperta la riunione e invitò Vladlena a parlare per prima. Lei fece un resoconto breve e schematico sui preparativi dell'imminente convention democratica, basato su dati raccolti da fonti aperte. Nessuno aveva domande o commenti da fare: non erano emerse questioni che toccassero altre sfere d'interesse.

Succedeva quasi sempre così: sospettava che i suoi rapporti in realtà servissero ai colleghi per evitare di dover seguire il flusso di notizie. Quando ebbe finito si appoggiò allo schienale della sedia di legno e si tolse gli occhiali da lettura. Il collega Petrov passò a riferire le informazioni intorno allo stesso argomento ma attinte da fonti riservate, spesso dubbie o infondate, di peso e qualità variabili. Vladlena alzò lo sguardo e lo puntò oltre i vetri antisfondamento, osservando le ombre nere proiettate dal sole sulla facciata irregolare del palazzo di fronte. Al piano terra c'era un ristorante non male, lo Yorkshir, e un salone di bellezza in cui la collega Jegorova si faceva fare le unghie finte. Magari avrebbe potuto andare fuori a pranzo, concedersi una passeggiatina al sole...

Petrov tacque e raccolse le sue cartelline. Prese la parola una collega più giovane che si occupava di Nato. Vladlena sospirò in silenzio e girò la testa nell'altra direzione, verso il caffè e la farmacia con il personale sempre immusonito.

«... le nuove testate a grappolo europee» disse la donna che stava parlando. «Gli americani sono molto interessati. Sono teleguidate e basate sull'IA, e...»

Nell'ultimo cassetto della scrivania aveva le scarpe da ginnastica e la roba da corsa. Avrebbe potuto fare un po' di jogging nel parco durante la pausa pranzo e prendersi un *syrniki* al caffè letterario lungo la strada del ritorno.

«... si è presentato un problema. I Qats dovranno essere testati in una base nel Nord della Svezia, a Steintrsk, ma l'incarico non è stato affidato all'agente sul posto. La Prima direzione ha preso provvedimenti?»

Stenträsk. Vladlena Ivanova tenne lo sguardo fisso sulla finestra concentrandosi sullo sforzo di non muovere un solo muscolo del viso. Era da parecchio che la base di sperimentazione non saltava fuori durante una riunione di coordinamento. Almeno due anni.

«Controlla con Kozlov se l'unità 29155 è stata avvertita» ordinò il generale Gagarin rivolgendo un cenno all'uomo alla sua destra, che si mise a scrivere freneticamente su un portatile senza alzare gli occhi. Poi Gagarin puntò gli occhi su Vladlena. Conosceva il suo passato e sapeva che era stata di stanza a Stenträsk. Nessuno dei presenti ne era al corrente.

«Cosa si dice dei Qats nelle fonti aperte?»

Lei inforcò gli occhiali, sentendo un leggero fruscio nella testa, e tirò fuori il documento giusto.

«Il sistema è stato discusso a una riunione dell'Onu a Ginevra a inizio settimana» disse mantenendo un tono distaccato e vagamente annoiato. «Gli Usa respingono la richiesta di vietare i "missili assassini", come li chiamano gli attivisti.»

«Niente di nuovo, quindi?» domandò Gagarin.

Per tutta risposta lei mise giù gli occhiali. La parola passò al collega che seguiva l'America del Sud. Vladlena non sentì niente di quello che disse.

Il reparto 29155 era addetto al lavoro sporco per risolvere i problemi all'estero.

L'inquietudine aumentò. Doveva per forza verificare meglio la questione.

Venti minuti dopo, la riunione si concluse e lei tornò nel proprio ufficio con un vago senso di vertigine. Daria Jegorova, che stava mangiando del kefir con gli occhi arrossati dal cloro e i capelli bagnati, la salutò allegra. Vladlena ricambiò in maniera piuttosto sbrigativa.

«Qualche problema?» chiese la collega.

«Devo aver mangiato qualcosa che mi ha fatto male» mormorò Vladlena. Poi, raccolte in fretta giacca e borsa, uscì.

Mentre andava verso lo Yorkshir, mandò un messaggio al collega Kozlov della Prima direzione e gli propose di vedersi a pranzo. Lui rispose prima ancora che si fosse seduta, e un quarto d'ora dopo era al suo tavolo. Risoluta, lei gli infilò un ginocchio tra le gambe e lo guardò negli occhi. Poteva anche non avere sex appeal per le guardie ventenni dei controlli di sicurezza, ma per il collega Kozlov ne aveva eccome. Professionalmente lui aveva un passato simile al suo: per molti anni era stato di stanza in Germania come *nelegal* ed era a conoscenza del suo lavoro negli Usa, ma non del periodo che aveva trascorso in Svezia.

Concordarono di vedersi quella sera stessa.

Nel pomeriggio la collega Jegorova era andata da qualche parte, lasciando solo l'asciugamano sulla poltroncina a diffondere l'odore di umidità e cloro. Vladlena poté quindi uscire prima limitandosi a comunicare a Igor che si allontanava dall'ufficio per una "questione di lavoro".

Prima di andare a casa di Kozlov mise nella borsa il lubrificante intimo. Sapeva che gli piaceva il sesso anale e non dovevano essere in molte ad assecondarlo. Ogni volta che lo chiamava, si mostrava esageratamente interessato. Oppure lei gli piaceva davvero: anche questa era una possibilità.

«Devo ammettere» gli disse quando lui si accese uno spinello, dopo, «che trovo molto frustrante la disparità tra la Prima e la Seconda direzione, a livello qualitativo. Non c'è confronto tra voi e noi.»

Lui le soffiò il fumo in faccia e lei gli sorrise.

«Siete troppo fissati sul digitale» spiegò Kozlov. «I mezzi analogici sono molto meglio. Nessuna possibilità di tracciamento. Piedi per terra e inchiostro sulla carta, ecco la soluzione.»

«Voi avete da anni un agente in quella base di sperimentazione nella Svezia del Nord e noi non riusciamo nemmeno a intercettare il traffico radio di Eglin.»

Kozlov scoppiò a ridere di cuore. Eglin era la grande base americana in Florida. Non era poi una gran battuta, ma il fumo faceva la sua parte. La risata fu interrotta da un accesso di tosse.

«Però la nostra agente» rispose dopo aver smesso di tossire, «non è granché. Sai, i Qats...»

Nuovo attacco di tosse.

«I missili assassini» disse Vladlena.

Kozlov aspirò un'ultima boccata e gettò il mozzicone in un bicchiere da vodka quasi vuoto.

«L'incarico è stato affidato a un giovane della base. Dovranno occuparsene quelli della 29155.»

Vladlena fece schioccare le labbra.

«Be', in ogni caso non capisco come fate ad avere una conoscenza della situazione così dettagliata.»

Si girò e gli mise una gamba sulle sue, seppellendogli il naso nel collo. Dopo meno di due minuti il respiro gli si fece affannoso. Venti minuti più tardi scivolò in un sonno profondissimo.

Vladlena si sciolse dal suo abbraccio e si portò il cellulare nel buio dell'ingresso. L'appartamento di Kozlov, più grande del suo, aveva una stanza adibita a studio.

La cartella era sulla poltroncina da ufficio, per metà nascosta sotto la scrivania. Vladlena fotografò mentalmente la posizione esatta e prese la cartella in cuoio marrone con la chiusura a doppia fibbia. Era sottile e leggera. La aprì, azionò la funzione torcia del cellulare e studiò la collocazione del contenuto, che era quello che si aspettava. Lo tirò fuori, posandolo senza rumore sul ripiano: il portavivande per il pranzo, che quel giorno non era stato aperto, l'astuccio della penna Montblanc e un'agenda. Quando la aprì, le mani le tremavano leggermente. Le guardie ventenni del controllo di sicurezza al quartier generale passavano al setaccio eventuali documenti dentro le cartelle dei funzionari, ma non sfogliavano le agende. Piegandosi in avanti sentì male al retto. Kozlov aveva un debole per tutto quanto era anale e analogico, appunto. Non si fidava dei canali digitali: i rapporti dovevano essere trasmessi di persona, oralmente o in forma cartacea. «È così che se l'è cavata per tanto tempo Osama bin Laden.» Qualche colpo di tosse dalla camera da letto. Vladlena sfogliò pagine di appunti infischiandosene di eventuali impronte digitali. Ecco!

Le informazioni sul sistema Qats erano brevemente annotate sul 4 agosto. Dati frammentari da fonti riservate, stime della potenza esplosiva. A quanto pareva si sapeva molto poco delle nuove testate a grappolo. Girò la pagina su mercoledì 5. L'ordine all'unità 29155.

Il target da togliere di mezzo, la persona nominata alla guida del progetto al posto dell'agente del Gru, era Markus Stormberg, residente in Tornvägen 12 a Stenträsk. Vladlena perse il contatto con il pavimento e all'improvviso si sentì sospesa nel nulla, incapace di respirare. L'agenda le cadde sulla scrivania. Solo due giorni prima aveva visto una sua foto su Facebook: Markus e il figlio Elliot che ridevano rivolti all'obiettivo. Somigliava tantissimo a Wiking. Kozlov ricominciò a tossire e le dita smisero di formicolarle. Vladlena prese l'agenda, la chiuse piano, rimise nella cartella tutti gli oggetti esattamente nello stesso ordine in cui li aveva trovati. Fece scattare le fibbie, la sistemò sulla poltroncina e accostò quest'ultima inserendola per metà sotto la scrivania. Spense la torcia, tornò a letto e si infilò sotto le coperte con la massima cautela, ma sentì che lui si stava svegliando. Finse di dormire, lasciando che da un angolo della bocca le uscisse un filo di saliva, e al momento di espirare russò leggermente. Avvertì il suo sguardo su di sé e si scostò un pochino.

Kozlov si riaddormentò.

Lei rimase sveglia fino all'alba, quando lui si riscosse e le chiese di fargli un pompino. Lei gli rivolse un sorriso allegro.

«Così mi mangio la mia merda?»

Si fecero una bella risata insieme. Poi si alzarono e prepararono la colazione.

Venerdì 7 agosto 2020

Il colonnello Vladlena Ivanova arrivò al suo posto di lavoro al numero 3 di ulica Grizodubovoj alle sette e un quarto. Superò rapidamente il controllo di sicurezza e, una volta preso posto nel suo ufficio, poté constatare che la collega Jegorova non era ancora arrivata. Pregò il segretario Igor di portarle un tè e contattò l'ufficio del personale per chiedere due settimane di ferie.

La risposta arrivò dopo pranzo. Nei mesi estivi era necessario un preavviso un po' più lungo rispetto al resto dell'anno, e di conseguenza le ferie vennero concesse solo a partire dalla settimana successiva, cioè da lunedì 17 agosto.

Vladlena telefonò a Sophiahemmet, una clinica privata di Stoccolma con sede in un elegante edificio d'epoca, e prenotò una serie di esami. Risonanza magnetica all'encefalo, all'addome superiore, con pancreas, fegato, reni e cistifellea, e all'addome inferiore, con utero, ovaie, linfonodi. Poi intestino crasso, arco aortico e polmoni. Biopsie su alcuni organi. Una visita medica completa, elettrocardiogramma a riposo e sotto sforzo. Tutte le analisi ematiche disponibili, cioè una cinquantina. Densitometria ossea, spirometria, ecocolordoppler cardiaco dei tronchi sovraortici e degli arti inferiori.

Per finire acquistò un biglietto aereo per Stoccolma, la sera di domenica 16 agosto.

Eseguì tutto con calma, senza esitazioni. Non aveva mai creduto che sarebbe stato necessario, che avrebbe dovuto mettere in atto il piano.

L'aspetto più complicato era quello dei contatti, ma avrebbe fatto come Kozlov.

Solo comunicazioni analogiche.

Martedì 18 agosto 2020

Fu svegliata dallo strepito delle centinaia di gabbiani che si levavano verso il sole sorvolando Nybroviken. Rimase immobile, lasciandosi inondare dalla luce che entrava dalla finestra. Il centro di Stoccolma si stirò sonnolento. I rumori provenienti da Strandvägen le arrivavano alle orecchie: le auto, le sirene dei vaporetti.

Non avrebbe mai creduto di risentirle.

Passò una mano sulle lenzuola, fresche e sottili. Percalle. D'altra parte, l'hotel era *elegante e di classe.*

L'aveva scelto sulla base della carta da lettere, fotografata sul sito internet come indice di una certa atmosfera. Logo ben chiaro, posizione centrale.

Guardò il suo cellulare, o meglio quello del suo datore di lavoro. Lì la mattina era ancora giovane, due ore di differenza di fuso da Mosca.

Si alzò, andò in bagno, si lavò i denti e indossò i guanti di cotone.

Si sedette alla scrivania e tirò fuori la carta da lettere. Scelse un foglio a metà del blocco, una busta abbastanza in fondo al mucchio. Meno impronte digitali c'erano, meglio era.

Scrisse le parole indispensabili.

Firmò con la stella, un tempo così familiare. Non venne fuori proprio uguale, nonostante si fosse esercitata.

Poi si tolse il guanto dalla mano sinistra e premette forte il pollice sull'angolo inferiore sinistro.

Probabilmente non sarebbe bastato. Markus non avrebbe rinunciato all'incarico sulla base di parole vaghe e dell'inquieto sbalordimento del padre. Si sarebbe resa necessaria anche la fase due.

Si vestì e si sedette per aspettare che aprisse la sala colazione. Passò in rassegna l'elenco degli esami prenotati.

Il materiale per la prima biopsia sarebbe stato prelevato alle undici. La risonanza magnetica all'encefalo alle due e mezza.

Aveva tempo.

Inverno 1986

Il gelo aveva formato cristalli di ghiaccio sulla finestra della camera, un disegno elaborato che le fece correre il pensiero ai sottotorta merlettati di nonna Elin. Fuori c'era vento e il cielo era nuvoloso, quel genere di inverno da lupi che odorava di fuchi e gas di scarico e non c'era né a Udačnyj né a Mosca. Là il freddo era buio e affilato come un rasoio.

Wiking era ancora a letto, le braccia allungate sopra la testa: una posizione che esprimeva una serenità totale. Lei preparò la pappa d'avena mentre cercava di ricordare le parole di *Snön faller*, Cade la neve, di Ulf Lundell.

En tredje är polis och samlar på falkägg
En fjärde kör in i bergvägg efter bergvägg
En femte är främmande och minns ingenting [4]

Si fermò e trattenne il fiato. Il bambino le stava puntando i piedi contro le costole. Erano mesi che nuotava dentro di lei come un pesciolino, scalciando ora qui ora là e facendo salti mortali da ginnasta, ma adesso cominciava

[4] Il terzo raccoglie uova di falco e fa il poliziotto / Il quarto sbatte contro le rocce e finisce di sotto / Il quinto è assente e non ricorda un bel niente... [N.d.T.]

a stare stretto. Si mise la mano sulla pancia e sentì il tallone attraverso la pelle.

La cosa più elementare, eppure... Un miracolo.

Preparò un vassoio con la colazione e si piazzò sulla soglia della camera.

«Hai fame?»

Lui si stirò. Gli erano cresciuti i capelli, folti come le setole di uno spazzolone.

«Solo di te» rispose lui.

«È finita la confettura di mirtilli rossi, quindi ci ho messo del burro di arachidi.»

«Burro di arachidi?»

Lei gli appoggiò il vassoio sul petto e gli si rannicchiò vicino inspirando il suo odore, terra e sale. Lui le appoggiò una mano sulla pancia avvertendo immediatamente un colpetto.

«È un calciatore» disse lei.

Wiking tolse subito la mano.

«Non puoi saperlo.»

La disabilità di cui soffriva suo fratello Sven, la sindrome dell'X fragile, dipendeva da una mutazione genetica ed era scientificamente provato che si ereditava per via materna. Il rischio che Wiking fosse portatore sano era pari al cinquanta per cento, e in questo caso lo sarebbero diventate anche tutte le sue figlie, ma non i maschi.

Helena gli soffiò piano nell'orecchio.

«Non importa» sussurrò. «Amerò questo bambino di qui alle stelle anche se dovesse avere tre teste.»

Wiking mangiò rapidamente la pappa d'avena, nonostante il burro d'arachidi, e appoggiò a terra il vassoio in modo che lei potesse metterglisi a cavalcioni: era la posizione che funzionava meglio, perché così non rischiava di compromettere il bambino e lasciava a Helena il compito di decidere tempi e modi.

Lei aveva orgasmi intensi e bagnati.

«Voglio conoscere Sven» disse, dopo.

«Gli sconosciuti lo mettono in difficoltà.»

«Sarò sconosciuta solo la prima volta.»

«Non è così semplice. A livello intellettivo ha un'età di sette o otto anni. Biascica ed è difficile capire cosa dice. È altissimo, esile, ha paura di tutto e non fa che muovere le mani.»

«Da quello che dici, secondo me è un ragazzo fantastico.»

Lui le fece una carezza sui capelli. La mano era grande e calda, gli occhi di un azzurro da far male. Probabilmente era l'uomo più bello che avesse mai visto.

«Non capisci. Non puoi immaginare come si vive lassù.»

E per l'ennesima volta le dipinse la notte polare, il buio perenne, il sole che non sorgeva mai. Poi, l'altro lato della medaglia: il sole di mezzanotte, la luce incandescente a tutte le ore della giornata. Il paesaggio scabro, il cielo basso. Il modo in cui tutto ciò segnava le persone, instillando dentro di loro una melodia tutta particolare.

Non poteva sapere, essendo cresciuta all'equatore.

«Proprio per questo» obiettò lei. «I tropici li conosco e il caldo non mi piace. Non sarebbe bello per il piccolo crescere vicino ai nonni?»

«A volte è un bene non avere i parenti troppo addosso.»

«Potrei lavorare alla pensione, magari in sala o alla reception. Mi faresti parlare con la proprietaria per sentire se ha bisogno di personale?»

«Kerstin è una vecchia rompicoglioni e ti assicuro che non vorresti lavorare lì.»

«Mi piacciono le vecchie rompicoglioni. Lo diventerò anch'io.»

Lui guardò l'orologio.

«Stamattina esco prima del solito» disse. «Devo vedere Matte e Frank.»

Era nel pieno del tirocinio e dall'inizio di febbraio prestava servizio nella squadra di Norrmalm.

Lei lo baciò e si tirò su, smettendo di parlare di Stenträsk. Meglio evitare di insistere troppo, poteva essere controproducente. Si diceva così?

«Io vado a bere un caffè con Marina» rispose. «Poi passo da Filip. Ho promesso di dargli una mano a sistemare lo scarico del lavandino.»

Notò il moto di stizza, intenso e immediato.

«Ma quel pigrone di tuo fratello non può chiamare un idraulico come tutte le persone normali?»

Lei liquidò la cosa con una risata e andò in bagno. Fece la pipì e si piazzò sotto la doccia, sentendo che Wiking lavava il pentolino in cucina. Poi, mentre si faceva la doccia lui, sistemò il letto e mise via la roba della colazione.

Dopo, nell'ingresso, lo guardò infilarsi i pantaloni dell'uniforme, una maglietta, la camicia e il maglione della polizia, e indossare infine una giacca normale, dato che doveva prendere la metropolitana.

Lo salutò sulla porta. Un bacio leggero, lui aveva già la mente altrove.

«Torna presto, ti aspetto» gli disse.

Il portoncino si richiuse. Lei si truccò e aspettò mezz'ora prima di andare a casa di Filip, a Sundbyberg, in Råstensgatan: una passeggiata di venti minuti. Suonò due volte senza che nessuno aprisse, poi usò le sue chiavi.

Angelov era sul divano con un bicchiere di vodka in mano.

«Ciao, Helena. Che pancia» disse, senza nemmeno tentare di nascondere il disappunto.

Lei si sedette sulla poltrona di fianco alla finestra.

«Come va con i progetti di trasferimento?» chiese l'agente di riferimento, il suo anello di congiunzione con Mosca. Era di stanza all'ambasciata, in un ruolo di secondo piano nella divisione rapporti commerciali. Era raro che la convocasse fisicamente: quelle riunioni si svolgevano soltanto quando Angelov voleva mettere pressione su di lei e su Filip. Chissà di quanti altri *nelegaly* si occupava. Di sicuro non solo loro due.

Lei si concentrò sul proprio respiro e sostenne il suo sguardo, l'unico modo efficace per mostrarsi attendibile. Funzionava allo stesso modo su tutti, a prescindere dal grado e dalla nazionalità.

«A Pasqua andremo su e conoscerò la sua famiglia.»

Non era vero: non aveva ancora convinto Wiking.

Angelov annuì e scolò il bicchiere di vodka. Non aveva l'aspetto di un colonnello del Gru: più che altro sembrava un giardiniere polacco. Gli stivali erano un po' infangati e il montgomery aveva uno strappo sulla manica. Non si era fatto la barba.

«Quanto gli manca per finire l'accademia?»

«Un anno e qualcosa.»

Uno schiocco contrariato delle labbra.

Stenträsk rappresentava la sua unica possibilità di restare con Wiking: l'accesso ai risultati dei test. Gli ordini di Mosca erano chiarissimi.

Rimase seduta con la schiena diritta, le mani rilassate sulle ginocchia.

«Appena arrivo vado a parlare con Kerstin. Chiederò di lavorare al pub e fare le pulizie.»

«Chi sarebbe?»

«La proprietaria della pensione. Una vecchia rompicoglioni.»

«Altro da riferire? Qualcosa che il caro poliziotto ha saputo da qualche parte?»

Il caro poliziotto.

«Gira su una camionetta insieme ad altri cinque» rispose calma. «Non penso che venga a conoscenza di qualcosa di valore tanto facilmente.»

«In realtà Mosca ti vuole su alla base di sperimentazione prima dell'estate. Dovete per forza aspettare che finisca la formazione?»

Angelov era insistente, ma faceva parte del suo lavoro. Lei sapeva che in realtà nessuno si aspettava da lei un contributo reale finché non si fosse trovata a Washington, sempre che qualche aspettativa ci fosse. Il gioiellino su cui puntavano era Filip. Lei fungeva da radio-operatrice e controllora, con il compito di dare l'allarme se lui avesse cominciato a deragliare. Non conosceva altre coppie inviate sul campo – ovviamente si assicuravano che non avessero contatti – ma dava per scontato che le condizioni operative fossero uguali per tutti.

In realtà la Svezia rappresentava la seconda fase della loro formazione. L'idea iniziale era che si fermassero nel paese un anno o due per poi tornare in patria in vista dell'incarico definitivo. Filip sarebbe rientrato a Mosca quell'estate, mentre a lei era stato ordinato di restare. Angelov non l'aveva mai detto chiaro e tondo, ma l'eccezionalità della decisione non le era sfuggita.

In parte dipendeva da come aveva agito fino a quel momento, o almeno voleva sperarlo. Faceva quello che le veniva detto senza protestare e aveva il divieto di prendere iniziative autonome. Tutte le idee erano concepite a Mosca, tutte le attività erano decise lì. L'ordine di avvicinare uno studente dell'accademia di polizia era stato eseguito alla perfezione. Falsificare passaporti e documenti d'identità in genere non era un problema per il Gru, ma piazzare agenti all'interno del corpo di polizia e ottenere per loro un numero di codice fiscale in paesi stranieri era molto più difficile. Grazie alla messinscena della rapina alla fermata dell'autobus, sia lei che Filip erano immediatamente entrati nei registri svedesi. L'unico problema era stato che per poco Wiking non aveva catturato Filip, e oltretutto si era rifiutato di mollare le indagini. Alla fine Filip era stato costretto a vendere la macchina e tingersi i capelli.

In ogni caso, non poteva più riposare sugli allori. Avrebbe dovuto entrare in possesso di dati concreti sui test, lassù alla pensione di Stenträsk.

Era anche consapevole che ai piani alti il fatto che lei e Filip non avessero avuto figli era motivo di scontento. Gli inviti a riprodursi si erano fatti sempre più espliciti, e lei sapeva perché: i bambini venivano tenuti in Unione Sovietica come garanzia mentre i genitori lavoravano all'estero. Di conseguenza la sua gravidanza, nonostante l'apparente disapprovazione, non era poi malvista, anche se non era scaturita dal rapporto con il marito russo.

Un ostaggio valeva l'altro.

Angelov si alzò.

«E Filip come se la passa?» chiese infilandosi i guanti. «Ha una donna?»

«Esce con l'infermiera di uno studio dentistico» rispose Helena. «Non la conosco.»

Naturalmente Angelov ne era al corrente.

«Fa' in modo che non si lasci coinvolgere troppo.»

Dopo che Angelov fu uscito, lei andò in cucina. Prima cercò di pulire lo scarico con la ventosa, ma non funzionò. Dovette passare alla soda caustica, che le fece lacrimare gli occhi. Poi fece scorrere l'acqua bollente così a lungo che la finestra si appannò.

Filip tornò subito dopo le quattro. La salutò con un abbraccio veloce e si lasciò cadere sul divano. Annusò il bicchiere di Angelov.

«Ti ha chiesto dell'infermiera?»

«Gli ho detto che non la conoscevo.»

«Dobbiamo procurarci qualcuno?»

«Non credo. Tra poco puoi scaricarla. Non vogliono che ti lasci coinvolgere troppo.»

«Okay.»

Lei si appoggiò allo stipite e lo scrutò con aria pensosa. «A proposito di lasciarsi coinvolgere, come sta Niklas?»

Lui si alzò contrariato e le passò davanti per andare in cucina.

«Hai sistemato lo scarico?»

«Si è fatto fare le analisi?»

Filip aprì il rubinetto per provare lo scarico del doppio lavandino e prese una lattina di birra dal frigo. Helena gli appoggiò una mano sulla schiena.

«Cerca di stare attento» disse. «Devi proteggerti.»

«Niklas non ha l'Aids.»

«Ma è stato contagiato?»

Lui si girò e la guardò.

«Perché, hai paura di prendertelo? Di contaminare l'idillio familiare con la peste dei froci?»

Lei lo guardò. Gli occhi stanchi, i capelli radi che lasciavano intravedere un inizio di calvizie. Nonostante la storia con Niklas, era solo. Il lavoro di verniciatore di auto gli rovinava i polmoni. Non era di Udačnyj come lei, quindi non veniva da condizioni così difficili, ma anche quelle in cui era cresciuto lui lasciavano parecchio a desiderare. Si erano conosciuti quando entrambi studiavano a Jakutsk, all'Istituto per le lingue straniere, dove frequentavano il Corso di svedese. Lei parlava già benissimo la lingua, essendo cresciuta con nonna Elin, di Söderhamn. Filip, che in realtà si chiamava Leonid, era di Mirnyj, il capoluogo del distretto, ed era un ragazzo sensibile con una capacità di apprendimento linguistico praticamente illimitata. Parlava correntemente sette lingue e ne leggeva un'altra decina. Sotto qualsiasi regime umano sarebbe diventato professore in un'università rinomata.

In Unione Sovietica non sarebbe mai stato altro che un paria, se avessero saputo.

«Puoi restare a cena?» le chiese lui.

Lei scosse la testa.

Marina la aspettava a un tavolino di marmo sotto la cupola di vetro al centro del caffè. Aveva davanti una cioccolata calda bevuta a metà e una *semla* identica a quella che aveva appena preso anche lei.

«Scusa il ritardo» disse Helena, appoggiando sul marmo la tazza di tè e il dolcetto alla panna.

Quando si sedette urtò il bordo del tavolino con la pancia.

«Come sta il calciatore?» domandò Marina, mangiando la parte superiore del dolce cosparsa di zucchero a velo.

«Protesta perché il campo di gioco si restringe sempre di più.»

Parlarono di gonfiore a polpacci e mani, di legamenti più morbidi a livello del bacino, di quanto mancava al parto. Marina, sinceramente interessata, era l'unica che sopportasse di sentire i dettagli sul suo stato. Lei e Mats avrebbero fatto un figlio appena avessero finito tutti e due di studiare.

«Guarda qui» disse tirando fuori un libro dalla borsa. «Il romanzo più bello che abbia letto da un sacco di tempo.»

Helena lo prese. *Le regole della casa del sidro* di John Irving. L'aletta posteriore infilata tra le pagine faceva capire che le mancava circa un quinto per finirlo.

Gli studi di medicina occupavano quasi tutto il suo tempo, ma uno o due libri al mese – «tanto per sgombrare la mente» – Marina riusciva a leggerli.

«Mi ha travolto» continuò. «Parla di un medico che negli Usa degli anni Trenta accoglie degli orfani e pratica aborti clandestini.»

Helena non lo aveva letto, ma adorava i romanzi precedenti di Irving, sia *Il mondo secondo Garp* che *Hotel New Hampshire*.

Finirono i dolcetti e fecero il bis di tè e cioccolata.

Lungo la strada del ritorno, a Fridhemsplan, passarono davanti alla libreria di fianco all'ingresso della metropolitana e Helena si comprò una copia del libro. Presero insieme la linea 11 in direzione Akalla, giù giù nel sottosuolo. Helena scese a Näckrosen e salutò Marina, che avrebbe proseguito fino alla fermata successiva.

Soffiava il vento e la temperatura era parecchio sotto lo zero. Nonostante il turbinio di fiocchi di neve affilati, non aveva freddo. D'altra parte, ci era abituata: in inverno, a Udačnyj, la media era sotto i quaranta gradi, e oltretutto la gravidanza aumentava la sensazione di calore.

Wiking avrebbe finito il turno intorno a mezzanotte ma non lo aspettava a casa prima dell'una, dato che i venerdì di paga erano spesso turbolenti.

Decise ugualmente di preparare una vera e propria cena, da riscaldare al momento. Quando rientrava, di solito Wiking aveva una fame da lupi. Fece la spesa lungo la strada: merluzzo, panna e gamberi surgelati da cucinare con aneto e limone, il tutto accompagnato da riso. Prese anche la confettura di mirtilli rossi per la pappa d'avena.

Scongelò rapidamente i gamberi sotto l'acqua fredda, li sgusciò e li mise in frigo. Fece cuocere il merluzzo con il limone, le spezie e la panna finché non fu quasi pronto e spense la piastra elettrica. Avrebbe completato la cottura al momento di riscaldarlo.

Poi imburrò qualche fetta di pane, fece una tisana e si rannicchiò sul divano con il libro appena comprato. All'inizio il bambino scalciava come un matto, ma dopo un'oretta si addormentò.

Le regole della casa del sidro era bello, solo che le riusciva difficile concentrarsi sul racconto.

L'incontro con Angelov la tormentava.

Wiking voleva davvero restare a Stoccolma. Qualcosa non andava nel rapporto con suo padre, ma lei doveva fargli cambiare idea. Chiuse gli occhi e si rilassò sul divano, appoggiando la testa al bracciolo e tirandosi su il plaid fino al mento. Era per il bene di tutti. Se si fossero trasferiti su a Stenträsk avrebbero potuto continuare a stare insieme. Lei stava facendo quello che doveva fare.

Nel sogno camminava mano nella mano con Wiking su un campo ghiacciato, o forse un lago coperto di neve. Si rendeva conto di essere scalza e di essersi tagliata sui bordi affilati del ghiaccio. Alle sue spalle correva una traccia di sangue rosso vivo. Wiking però non notava niente.

Fu svegliata dalla pressione del bambino sulla vescica. Si alzò barcollando, fece la pipì, andò in cucina e guardò l'orologio.

Le sei meno un quarto.

Le sei meno un quarto del mattino!

Wiking non era tornato.

La paura le attanagliò la pancia, una contrazione violenta che indusse il bambino a sferrare un calcio.

Era successo qualcosa. Perché non era ancora a casa? Possibile che gli avessero sparato?

Corse in soggiorno e accese la radio. Musica classica su tutti i canali, pessimo segno. Quando la sigla del notiziario risuonò nella stanza trattenne il respiro. Non dite che hanno ammazzato un poliziotto, non dite che durante la notte è stato ucciso un poliziotto.

«Il primo ministro svedese Olof Palme è morto. È stato assassinato ieri sera nel centro di Stoccolma. In questa edizione straordinaria riporteremo l'accaduto e la situazione che si è creata...»

Helena espirò e, per qualche motivo, scoppiò a piangere. L'ultima immagine del sogno con i piedi insanguinati le comparve per un attimo sulla retina e sparì subito.

Telefonò a Marina. Nessuna risposta. Telefonò a Filip. Niente nemmeno lì.

Il pesce si era disfatto. Lo buttò nella pattumiera.

Si sedette sul divano tirando su le gambe fino a dove arrivava e si coprì la testa con il plaid.

Durante l'addestramento aveva approfondito la figura di Olof Palme. Come figlia di un diplomatico ci si aspettava da lei una conoscenza dettagliata del leader del paese e della sua impostazione di governo. Sapeva che, pur venendo dall'alta borghesia, aveva scoperto la propria vocazione politica negli anni Cinquanta, negli Stati Uniti. A differenza del socialismo dittatoriale dell'Unione Sovietica, propugnava la socialdemocrazia. Quest'ultima cosa non gliel'avevano insegnata al Gru: ci era arrivata da sola.

«Odiare non porta a niente» diceva nonna Elin. «Non siamo noi a decidere i nostri presupposti di partenza: possiamo solo viverli. Ognuno fa quel che può.»

Lei e Leonid erano stati i migliori tra i diplomati del 1982 all'Istituto per le lingue straniere di Jakutsk. Venivano dallo stesso distretto, quello di Mirninskij, ed erano tutti e due orfani, cosa che li aveva molto uniti.

Non era strano che il Gru li avesse trovati. Si era resa conto che rappresentavano il prototipo del materiale grezzo da inviare all'estero come agenti infiltrati, i cosiddetti *nelegaly*. Il loro compito era condurre una vita normale in un paese straniero sotto falsa identità, pronti a eseguire gli incarichi che gli agenti di stanza presso l'ambasciata non potevano portare a termine di persona.

Finalmente alle sette e un quarto sentì la chiave nella serratura. Gettò via il plaid e andò incontro a Wiking nell'ingresso.

Era livido per il freddo e completamente esausto. Non essendosi nemmeno cambiato a fine turno, indossava ancora l'uniforme completa. Helena lo aiutò a sfilarsi spallaccio e giacca di pelle, poi appese tutto ad asciugare.

«Siamo arrivati mentre lo caricavano in ambulanza» disse Wiking. «La moglie era fuori di sé per la disperazione. Mats e la squadra di Södermalm erano già lì. Il sangue colava tra i cubetti di porfido del marciapiede.»

Lei lo tenne abbracciato a sé, piangendo.

«L'ho incontrato, una volta» sussurrò. «Era a Nairobi in visita di stato.»

Neanche stavolta Wiking notò la contraddizione. Le visite di stato le facevano il re e la regina, non il primo ministro.

Si sedettero insieme sul divano. Wiking tenne a lungo lo sguardo abbassato sulle mani. Poi le raccontò della collega Lena, che aveva rincorso un testimone che stava per andare via, di Christer, che gli aveva chiesto di delimitare l'area, del commissario che aveva approvato il suo operato. Le spiegò che la squadra di Södermalm era arrivata per prima sul posto perché uno dei membri abitava proprio sopra il luogo dell'omicidio e aveva appena spostato la macchina per non beccarsi una multa per divieto di sosta. Due tipi in giacca e cravatta avevano cercato di pisciare oltre il nastro segnaletico, che deficienti. Helena ascoltò quel resoconto frammentario ma ricco di dettagli, tipico di chi era sotto shock.

Lui alzò gli occhi.

«A proposito, sai cos'è *Così fan tutte*?»

Lei si soffiò il naso in uno strappo di carta da cucina e lo guardò.

«È italiano» disse. «Un'opera di Mozart. Perché?»

Lui sussultò.

«Di Mozart? Ne sei certa?»

«Sì. Un'opera buffa in due atti. Una commedia, insomma.»

Wiking si alzò dal divano con gli occhi stravolti.

«Palme ha visto *I fratelli Mozart*, ieri sera. È stata l'ultima cosa che ha fatto prima di essere assassinato.»

Si mise ad andare su e giù, incapace di stare fermo.

«Hai mangiato qualcosa, stanotte?» gli chiese lei.

Lui si risedette, gli occhi arrossati dalla lunga veglia e dall'adrenalina.

«Sia io che Mats abbiamo visto parecchi uomini con dei walkie-talkie sparsi per la città, subito prima dell'omicidio» mormorò. «Il mio caposquadra ha detto che era la

Säpo impegnata nell'operazione Così fan tutte. A Mats il suo capo ha spiegato che la divisione Russia doveva arrestare un pezzo grosso. Capisci cosa significa?»

Helena sentì i capelli rizzarsi sulla nuca.

La divisione Russia della Säpo era, insieme al Must, l'organo che cercava di mappare le attività come la sua.

«La divisione Russia della Säpo mette in atto un'operazione per arrestare un pezzo grosso e la chiama Così fan tutte. Un'opera di Mozart! Nello stesso momento in cui Palme va a vedere *I fratelli Mozart*! Subito prima di essere assassinato! Che cazzo è questa storia?»

Lei aprì la bocca, senza sapere cosa dire.

«Perché hanno chiamato così l'operazione?» domandò Wiking. «Di cosa parla l'opera?»

Helena deglutì. Le si era seccata la bocca.

«Di due uomini che cambiano identità» rispose a voce bassa guardandolo negli occhi. «Si spacciano per stranieri, con nuovi nomi, per vedere se le loro fidanzate sono fedeli.»

Wiking la guardò, l'espressione sollevata o forse delusa.

«Se le fidanzate sono fedeli? Una storia d'amore?»

Una storia sulla vita in un paese straniero, sotto falso nome, allo scopo di scoprire cose che altrimenti non si scoprirebbero.

«Non può essere un caso» continuò Wiking. «*I fratelli Mozart* e un'opera di Mozart.»

Helena si alzò.

Angelov non aveva niente a che vedere con l'omicidio di Palme, ci avrebbe messo la mano sul fuoco. Non avrebbe programmato una riunione con lei a Sundbyberg lo stesso pomeriggio in cui doveva assassinare il primo ministro svedese.

«Posso preparare della pappa d'avena» disse. «Il latte c'è e ho comprato la confettura di mirtilli rossi.»

Lui si appoggiò allo schienale e chiuse gli occhi.

Le mani le tremavano, mentre contava i cucchiai di fiocchi.

Quando gli portò il vassoio con la colazione, Wiking la mangiò avidamente, per poi restare in silenzio a lungo. Si era convinta che si fosse addormentato quando lui la guardò.

«Lo sai che Mats è un luogotenente, nell'esercito?»

Sì, ne era al corrente.

Non avrebbe mai prestato servizio come poliziotto. Sörentorp era solo una parte della sua formazione. Era destinato al Must, il servizio d'intelligence militare, la cui sede era presso la Difesa, e Marina sapeva tutto del suo lavoro. Avevano un accordo. Se fosse successo qualcosa a Mats, Marina sarebbe stata informata. Non avrebbe mai dovuto restare nell'incertezza. Naturalmente era una pesante violazione delle regole, ma avevano stabilito che così sarebbe stato.

Helena si sporse a baciare Wiking.

«Sposiamoci» sussurrò. «Appena sarà nato il bambino. Una cerimonia per pochi, con i tuoi amici e familiari. Su a Stenträsk.»

Udačnyj (in russo: Удачный) è una cittadina del distretto di Mirninskij, all'interno della Repubblica di Sacha, in Siberia. Si trova a 508 chilometri dalla capitale Mirnyj, nei pressi del circolo polare artico.

Secondo i dati del censimento del 2010, la popolazione contava 12.613 abitanti.

L'attività economica principale è l'estrazione di diamanti. Udačnyj è il secondo luogo di produzione, in ordine di importanza, per il gruppo Alrosa.

Il clima è subartico e le temperature invernali variano tra i meno 35 e i meno 45 gradi. Le estati sono fresche.

Nel 1974, 98 metri sotto la superficie, venne fatta detonare una bomba atomica da 1,7 chili. Lo scopo era creare una cavità in cui immagazzinare gli scarti delle miniere di diamanti. Era la prima di una serie programmata di esplosioni atomiche non belliche che aveva assunto il nome di "progetto Kristall".

Il piano venne tuttavia sospeso in quanto la radioattività prodotta dalla bomba si rivelò molto superiore a quella prevista.

Il pozzo creato dall'esplosione fu chiuso solo diciotto anni dopo, con un sarcofago di cemento che misura venti metri.

(da: *Informazioni sui comuni russi*)

I luoghi più radioattivi al mondo dove non si dovrebbe andare. Morte invisibile. Le aree più radioattive del pianeta.

Giacimento di gas naturale condensato, Chrestyšče, Ucraina

In seguito all'esplosione si sono verificati una liberazione di radiazioni, un caratteristico fungo e l'inquinamento delle aree limitrofe.

Miniera e impianto di lavorazione di Udačnyj, Russia

Nell'ambito del progetto Kristall, il 2 ottobre 1974 ci fu un'esplosione all'aperto, purtroppo con forti emissioni.

Poligono di Tockoe, Buzuluk, Russia

Primo test sugli effetti delle conseguenze di un'esplosione nucleare sugli esseri umani.

Centrale nucleare di Černobyl', Pripyat, Ucraina

(estratto dall'elenco)
Traduzione automatica da https://santorpack.ru/

Venerdì 21 agosto 2020

Il treno filava verso nord. Le foreste di conifere che sfrecciavano fuori dal finestrino facevano parte della cintura della taiga, lo stesso tipo di vegetazione che circondava Udačnyj. Avrebbe potuto farsi trasportare per tutta la strada fino alla casella di partenza con il costante accompagnamento dei pini.

Era un'esperienza strana, questa di procedere in avanti tornando sulle proprie tracce.

Aveva già percorso quella stessa tratta ferroviaria la prima volta che era stata a Stenträsk con Wiking. Per principio lui preferiva usare l'auto ma avevano deciso che, con un neonato, era più pratico il treno. All'epoca lei era Helena Isaksson, in procinto di diventare Helena Stormberg. Quella che era ieri, Vladlena Ivanova, riposava nella stanza d'albergo di fianco alla tangenziale a sud della city di Stoccolma. O almeno, il suo cellulare era lì.

Oggi era Nessuno. Qualcuno che non si vedeva.

Neanche allora, per la festa di Mezza estate del 1986, erano riusciti a prenotare le cuccette e di conseguenza avevano dovuto viaggiare seduti, in uno scompartimento piuttosto piccolo. Stavolta il treno era più moderno ma non per questo più comodo. Il suo posto era rivolto in direzione opposta a quella di marcia, in un vagone aperto con un centinaio di posti. Di fronte a lei c'era una donna che dall'aspetto avrebbe potuto essere russa e parlava in svedese con un uomo più anziano. Aveva uno strano accento. Spagnolo, portoghese, o forse italiano?

E se fosse stata una *nelegalka*, un'agente infiltrata che aveva avuto il Portogallo come paese di transito per poi essere assegnata alla Svezia, costantemente pronta ad accendere la radio a transistor e ricevere messaggi sotto forma di sequenze a cinque cifre?

Dio santo, che pensiero assurdo.

Si girò verso il finestrino, la cintura della taiga ridotta a uno sfarfallio verde scuro. La Svezia di oggi era un paese multiculturale con un sacco di lingue, e ormai i *nelegaly* non ricevevano ordini come li riceveva lei prima che cadesse la cortina di ferro.

Quanto era agitata quella volta, quell'estate. Quanto le pesava la consapevolezza che il loro futuro dipendeva dalla sua capacità di indurre Wiking a voler tornare al Nord. Era la condizione imprescindibile perché lei potesse fermarsi.

All'epoca non aveva le idee chiare su quanto fosse importante per il Gru accedere ai risultati delle sperimentazioni attuate alla base. La corsa agli armamenti in concorrenza con gli Stati Uniti e la Nato intera era in pieno svolgimento e i tentativi di intercettazione si sprecavano. Gli americani erano avanti di diverse lunghezze. Piazzavano vicino alle basi sovietiche ceppi artificiali che contenevano apparecchi ricetrasmittenti in grado di registrare e inoltrare tutto quello che succedeva. I colleghi sapevano che c'erano. Erano stati rasi al suolo boschi interi senza localizzarli.

Sotto molti aspetti, lei aveva avuto fortuna.

Quando finalmente era arrivata, era stato semplice. Stenträsk le era piaciuta subito. I marciapiedi e i negozi, il ghiaccio liscio e l'azzurrino delle montagne. L'acqua dei ruscelli di montagna, così pulita che si poteva bere senza problemi. I cristalli di neve che danzavano intorno ai lampioni. Udačnyj, come avrebbe dovuto essere.

La famiglia di Wiking l'aveva accolta a braccia aperte. Be', forse non Gustav, che aveva un carattere chiuso e parlava poco. Comunque non importava, visto che non evitava solo lei ma anche il resto della famiglia.

I bambini, i colleghi, gli amici. Le cene insieme, i libri che leggevano.

Si sorprese di quei ricordi, del proprio sentimentalismo. Dovette chiudere gli occhi.

«Questo è il mio posto.»

Un uomo sulla settantina si sporse verso di lei. Odore di *snus*. Gli sorrise.

«Certo» rispose, «tolgo subito la borsa.»

La prese e la infilò sotto il sedile. Anche la passeggera di fronte, quella che forse era portoghese, spostò la sua roba. L'uomo si sedette sbuffando. Non portava la mascherina.

«Se non altro questo Covid di merda ha portato qualcosa di buono» osservò. «I turisti se ne stanno a casa loro. Adesso sarebbe bello che sparissero anche tutti i musi neri.»

Vladlena incrociò lo sguardo della donna davanti a lei, che alzò gli occhi al cielo.

«Credo che andrò al vagone ristorante» annunciò a voce alta al suo compagno di viaggio. «Tutt'a un tratto qui si sta stretti e l'aria è irrespirabile.»

«Ha ragione» disse Vladlena. «Vengo.»

Prese la sua borsa e l'altra abbozzò un sorriso. Si spostarono nel corridoio tra i sedili e si diressero verso la coda del treno.

«Mi chiamo Graça» si presentò la donna quando si misero in fila nel vagone ristorante. Invece di stringersi la mano, si limitarono a sollevarla.

«Kristina.»

Il secondo nome di Helena, una variazione sul tema. E anche sua madre. In quel momento lei era entrambe.

Graça indicò un tavolo libero vicino al finestrino.

«Se occupa quello, io intanto prendo qualcosa anche per lei. Cosa vuole?»

«Solo un caffè, grazie.»

Si sedette al tavolo con cortese determinazione, provocando un certo disappunto in una famiglia con bambini che dovette tornare verso il vagone letto per consumare la colazione appena comprata.

Graça le mise davanti un vassoio con due caffè e due girandole alla cannella.

«Dov'è diretta?» le chiese sedendosi di fronte.

«A Piteå. Vado a trovare un'amica. E lei?»

«Jokkmokk. Mio marito ci è nato, e a me piace tantissimo andarci, ma ogni volta ce lo devo trascinare.»

Una vita che avrebbe potuto essere la sua. Reale, però.

«E lei di dov'è?» domandò Vladlena addentando la girandola.

«Faro. Algarve.»

Portogallo, quindi. La donna si mise a parlare dei figli e del nipote in arrivo, dei cognati che allevavano renne e delle montagne che adorava. A volte andava lassù senza suo marito, per partecipare alla marchiatura dei nuovi capi. Faceva la traduttrice freelance e poteva organizzare il proprio tempo come le pareva. Un racconto confuso, senza capo né coda, come spesso era la vita. Vladlena ascoltava, sorrideva e annuiva. Andò a prendere dell'altro caffè per giustificare l'occupazione del tavolo.

Quella donna avrebbe potuto essere una *nelegalka*. Avevano ancora persone sul campo, in Svezia, ma lei non sapeva chi. Difficile che fosse una di loro, comunque.

Alla fine Graça tornò al suo posto e Vladlena rimase sola. Ormai non mancava molto alla sua fermata. Lasciò che altri passeggeri si sedessero al suo stesso tavolo e tirò fuori il libro che aveva comprato alla stazione centrale prima di partire, *Fjärilsvägen* di Patrik Lundberg. Parlava di classi sociali e ruoli di genere attraverso la descrizione della madre single dello scrittore, morta precocemente. La lettura la toccò nel profondo. La Svezia non era un paese dove scorrevano soltanto latte e miele.

Il pensiero corse al suo addestramento, nella dacia da qualche parte non lontano da Mosca. Era stato minuzioso e rigoroso. Per anni lei e Leonid avevano vissuto isolati, immersi giorno e notte nei programmi di radio e televisione svedese. Leggevano quotidiani e romanzi svedesi, guardavano il Melodifestival su videocassette e ascoltavano la hit parade svedese. Usavano dentifricio Pepsodent, saponi della Lux e shampoo Timotei e nello stesso tempo venivano indottrinati sull'ignoranza e sulla decadenza del capitalismo.

Se lo dicevano spesso, lei e Leonid, che avrebbero potuto passarsela molto peggio. Facevano supposizioni su cosa ne sarebbe stato di loro se avessero rifiutato la proposta del Gru.

Niente di buono: su questo erano d'accordo.

Rifletté sulle scelte degli esseri umani.

L'uomo che si era seduto di fianco a lei sul treno era nato nel più libero dei mondi, con le più ampie possibilità nella storia dell'umanità, e aveva scelto di essere uno xenofobo pieno di pregiudizi.

D'altra parte, che ne sapeva lei del suo passato, delle sue esperienze?

Nessuno era in grado di decidere i presupposti di partenza della propria vita.

Giudicare era sempre troppo facile.

Il tratto di ferrovia che attraversava la parte più settentrionale della Svezia non correva lungo la costa. Al momento della posa dei binari era stato deciso che, da un punto di vista puramente militare, costruire un'infrastruttura così importante a portata dell'artiglieria navale fosse troppo rischioso. Per questo la linea principale si snodava a una ventina di chilometri dal litorale, e di conseguenza chi voleva proseguire per Skellefteå doveva cambiare a Bastuträsk, chi era diretto a Piteå scendeva a Älvsbyn e i passeggeri che dovevano andare a Luleå prendevano la coincidenza a Boden.

Vladlena comprò nel vagone ristorante quattro grossi panini e due tavolette di cioccolato, oltre a diverse bottigliette d'acqua e una di Coca-Cola. Quando il treno rallentò, era pronta.

L'edificio della stazione era una bella palazzina gialla di legno, con le cornici delle finestre rosse. Avrebbe potuto essere russa. Salutò con la mano Graça, che era di nuovo al suo posto nel vagone, e si diresse verso l'autonoleggio Rent-a-Wreck, Noleggia-un-Catorcio. Non aveva prenotato un'auto ma contava freddamente sul fatto che ne fosse rimasta una per lei.

C'era. Vladlena sfoderò il suo accento di Washington e la vecchia patente americana, per poi tirare fuori i contanti. L'impiegato s'impuntò. Voleva anche una carta di credito: e se avesse rubato la macchina? Lei gli chiese cosa pensava che se ne sarebbe fatta. Credeva che se la portasse dietro negli Stati Uniti? Alla fine lo corruppe con cinque biglietti da cento dollari. Noleggiò anche un gps portatile.

Al circolo polare artico il cosmo si comportava in modo diverso rispetto a qualsiasi altro punto della terra. Il cielo era piatto e il sole sempre obliquo. Non compiva il suo cammino tracciando un arco, ma un cerchio.

Quel giorno, però, brillava semplicemente per la sua assenza. A Älvsbyn pioveva. Vladlena si diresse a nord-est. Superato il ponte di Vitvattnet si fermò nel parcheggio dell'area picnic e tirò fuori lo scialle dalla borsa. Lo indossò coprendo bene tutti i capelli e se lo annodò sotto il mento e intorno al collo lasciandolo ricadere sulle spalle. Raddrizzò la schiena e si guardò nello specchietto retrovisore: l'hijab, l'attributo della musulmana. Poi impostò il gps sulla scuola dell'infanzia di Stenträsk "Humlan", Il bombo, in Föreningsgatan.

Rimase a fissare il Pite che scorreva verso valle sotto di lei.

Anche se non era in grado di fermare quello che stava per accadere, così come sarebbe stato impossibile arrestare la corrente del fiume, poteva influenzarne il corso, mutare i dettagli dell'esito finale. Non aveva niente da perdere.

Proseguì finché non fu al bivio che portava giù al Pantano. Si lasciò alle spalle la provinciale 374 e si diresse verso il centro, scivolando lentamente in un intenso déjà vu. Vie e edifici erano impressi dentro di lei. Quasi tutto era identico. Com'era possibile? Ogni colonnina pubblicitaria diversa da allora urlava la sua protesta. Fu costretta a fermarsi nel parcheggio davanti all'Ica per calmarsi e tornare a respirare normalmente.

Era una reazione inaspettata. Difficile che le capitasse.

Controllò il gps. Il bombo, l'insetto ignaro del fatto che non avrebbe dovuto essere in grado di volare. Ingranò la marcia con qualche difficoltà. La frizione era decisamente da catorcio.

Una ventina di bambini scorrazzava sotto la pioggerella. Erano tutti muniti di giacche e cappelli impermeabili. Vladlena seguiva il figlio di Markus sull'account Instagram di Josefin da quando era nato, ma aveva temuto di non riuscire a individuarlo.

Invece non c'erano dubbi: era la copia sputata di suo padre da piccolo, le stesse spalle dritte e gli stessi piedini veloci.

Essere di colpo così vicina le fece accelerare i battiti e le mozzò il respiro.

Tirò fuori dalla borsa la fotocamera polaroid e scese tenendola sotto l'ombrello. Camminò lentamente lungo la recinzione senza girare la testa verso il cortile. Il bambino giocava con palle e secchielli nella sabbiera, ridendo e cantando. Lei fece dietrofront. Poi si piazzò di fianco alla macchina e finse di cercare qualcosa nella borsa.

D'un tratto la palla rotolò via e rimbalzò contro la staccionata, proprio dalla sua parte. Il bambino la rincorse. Lei sollevò la polaroid e premette il pulsante. Subito dopo si sentì il ronzio della foto che veniva espulsa dall'apparecchio. Si avvicinò di un passo e lui la guardò sorpreso. Lei scattò una seconda volta.

«Ciao Elliot» disse. «Che bella palla che hai.»

Il bambino se la riprese senza rispondere e tornò di corsa alla sabbiera. Lei rimise velocemente la fotocamera nella borsa, salì in macchina e partì.

In un parcheggio dietro la stazione delle corriere aspettò che i contorni si delineassero. Entrambe le foto avrebbero svolto perfettamente la loro funzione, la seconda ancora più della prima. Elliot fissava l'obiettivo con gli occhioni sbarrati, un'espressione di sorpresa che poteva essere interpretata come paura.

Ripercorse lentamente le strade strette e si piazzò in modo da avere una buona visuale sulla scuola e sul vialetto pedonale verso l'area residenziale poco lontana. Una donna le passò accanto con un cane, gettò un'occhiata nella macchina ma poi distolse lo sguardo. Aveva indovinato: in Svezia la gente evitava di fissare le donne musulmane. Per rispetto, o forse come atto di negazione.

Aspettò, sentendo per tutto il tempo un fruscio distante. Magari era il ricordo del vento in montagna, o solo la pressione sanguigna leggermente più alta del solito. C'era un che di irreale in quella situazione: si trovava nel luogo immaginato tante volte da diventare un sogno.

Dopo mezz'ora vide arrivare Josefin a piedi con la carrozzina, passo elastico e impermeabile per proteggersi dalla pioggia. Una ragazza carina che non doveva essere proprio un genio, almeno a giudicare da quello che postava sui social. Però sembrava innamorata di Markus e dei bambini.

Nello specchietto retrovisore la osservò lasciare la carrozzina dentro la recinzione della scuola ed entrare a prendere il figlio.

Avviò il motore, girò la macchina e passò di nuovo lentamente di fianco al cortile, fermandosi all'altezza della carrozzina senza osare abbassare il vetro. Sollevò la polaroid e scattò una foto inquadrando la piccola oltre la staccionata.

Poi accelerò verso la zona residenziale, accostò davanti a un negozio di articoli elettrici e impostò il gps su Tornvägen 12. Raggiunse la casa a velocità moderata. Sapeva che era bianca, con spigoli e cornici delle finestre grigi.

La oltrepassò lentamente. Dalla cassetta delle lettere spuntava un volantino pubblicitario. Parcheggiò in una traversa e controllò se la foto della piccola era pronta. Sì, andava bene. Tirò fuori dalla borsa *Fjärilsvägen*, aspettò un'ora. Josefin arrivò con il bambino che, in piedi su una pedana agganciata alla carrozzina, sembrava stesse cantando. Nel portaoggetti c'era un sacchetto dell'Ica.

Vladlena girò la chiave per poter abbassare il vetro di un centimetro. La melodia sembrava quella di *Bä bä, vita lamm*, ma non si coglievano le parole. Si tenne pronta con la polaroid. Si concentrò sulla respirazione, attenta. Scattò una foto mentre Josefin tirava fuori il contenuto della cassetta delle lettere e un'altra quando lo appoggiò sul sacchetto sotto la carrozzina. Una terza quando aprì la porta ed entrò.

Restò nell'auto mentre la luce del giorno si scoloriva lentamente.

Markus rientrò verso le cinque. In cucina si accese la luce, ombre che si muovevano. Probabilmente stavano cucinando la cena del venerdì. Non sembrava probabile che uscissero ancora, quella sera. Aveva appena deciso di andare via quando vide accostare una Volvo e Wiking scendere dall'auto.

Le si mozzò il fiato. Dovette tapparsi la bocca con tutte e due le mani per non urlare. Era esattamente come lo ricordava. Lo avrebbe riconosciuto ovunque.

Paralizzata, lo osservò entrare, lasciar cadere a terra qualcosa e prendere al volo il bambino. Poi la porta si chiuse.

Pianse tanto che le si bagnarono tutti gli occhiali. Vedendo una coppia anziana avvicinarsi alla macchina cercò di ricomporsi, ma i due non guardavano dalla sua parte.

Poco dopo Wiking uscì, fermandosi sul portico con un cellulare premuto sull'orecchio. Aveva smesso di piovere. Parlò per un pezzo. Le parole non le arrivavano, ma l'intonazione della voce era la stessa di sempre. Alla fine chiuse la chiamata, infilò il telefono nella tasca interna della giacca dell'uniforme e rimase per un minuto o due con lo sguardo perso sul paesaggio, apparentemente lontanissimo con il pensiero. Poi, in maniera del tutto inaspettata, fece qualche passo nel prato davanti alla casa e si mise lungo disteso sull'erba, le braccia spalancate e lo sguardo puntato verso il cielo. Lei girò di nuovo la chiave e abbassò completamente il vetro per arrivare più vicina. Sembrava che stesse mormorando qualcosa, ma non si sentiva cosa. Le venne l'impulso improvviso di andare lì, sdraiarsi accanto a lui e fargli una carezza sulla guancia. Dovette chiudere il finestrino per creare una barriera.

Poco dopo lui si alzò, si spazzolò con la mano pantaloni e schiena e tornò dentro.

Lei rimase fuori a guardare la luce calda e gialla della cucina, cogliendo ombre e movimento. Frammenti di vita e quotidianità.

Erano quasi le nove quando la porta d'ingresso si spalancò e Wiking uscì a passo veloce, per poi salire sulla Volvo e imboccare rapidamente la salita verso Kvarndammsvägen.

Lei aspettò mezzo minuto, poi lo seguì.

Era andato a casa. La macchina era parcheggiata nello stesso posto di trent'anni prima.

Dalla finestra si intravedeva il debole chiarore di una lampada da qualche parte nella stanza.

Lei aspettò un'ora, e quando la luce si spense partì verso Kallmyren.

Parcheggiò sullo spiazzo nell'angolo nord-orientale della torbiera e si preparò alla notte. Tirò fuori uno dei panini comprati sul treno, bevve una bottiglietta d'acqua minerale. Poi si tolse soprabito e scialle, girò intorno all'auto e si sistemò sul sedile del passeggero, abbassandolo al massimo. Senza il volante, si stava più comodi. Si stese addosso il soprabito come coperta. Avrebbe avuto freddo, ma niente in confronto alla notte in cui era scomparsa. Guardò fuori dal parabrezza, poi sbatté le palpebre un paio di volte e si addormentò.

AREA INTERDETTA
Vietato l'accesso agli stranieri
RESTRICTED AREA
Entry prohibited for aliens
SPERRGEBIET
Zutritt für Ausländer verboten
ZONE PROHIBÉE
Accès interdit aux étrangers
SUOJA-ALUE
Pääsy ulkomaalaisilta kielletty
САНКТУАРЬ
Доступ запрещен для иностранцев

Sabato 22 agosto 2020

All'alba era già di ritorno a Stenträsk. Nell'appartamento di Wiking la luce era accesa. Non dovette aspettare a lungo prima che lui uscisse e andasse alla macchina.

Lo seguì nei suoi giri: alla stazione di polizia, a casa di sua madre, alla Stone Swamp Inn. Giù al Pantano e poi su alla base di sperimentazione.

Quindi Markus aveva ricevuto la lettera, quella che lei aveva imbucato martedì a Stoccolma. Wiking stava dando la caccia a chi l'aveva scritta, chi conosceva il loro marchio. Chi aveva informazioni sul lavoro di Markus.

Alla fine tornò in ufficio. Avrebbe controllato le impronte, cercato informazioni sull'hotel.

Una donna ben messa con zoccoli di gomma e i capelli tra il rosso e il castano entrò con un sacchetto dell'Ica. Doveva essere un'addetta alle pulizie. Rimase dentro solo qualche minuto e quando tornò fuori era a mani vuote.

Wiking uscì, inserì l'allarme e chiuse a chiave. Andò a casa, lasciò la macchina in folle e un minuto dopo ricomparve con un vecchio zaino che mise sul sedile posteriore. Si immise sulla statale 374 e lei lo seguì a debita distanza, oltrepassando Vidsel per poi proseguire in direzione di Älvsbyn e Luleå. Lo perse di vista allo svincolo di Gäddvik, ma ritrovò la macchina nel parcheggio dell'aeroporto di Kallax.

Se lo conosceva, stava andando all'Hotel International.

Fece dietrofront e tornò verso Stenträsk, accorgendosi di colpo di avere una gran fame. Si fermò a mangiare una porzione di *palt* in una tavola calda di Älvsbyn. Nel pomeriggio fece un giro a Storforsen lasciandosi sedurre dalle masse di acqua scrosciante.

Alla sera parcheggiò in Kvarndammsvägen, un po' più avanti rispetto all'appartamento, e poi salì in casa di Wiking.

In quella che era stata anche casa sua.

All'epoca le porte dei vicini non avevano lo spioncino. Si avvicinò cauta, fermandosi lungo le scale e sbirciando verso il pianerottolo. Tre porte. Niente spioncini nemmeno adesso. Tese l'orecchio, immobile, per diversi minuti. Da un lato silenzio assoluto, dall'altro rumori attutiti di televisione. L'odore era lo stesso di allora, un vago aroma di limone.

Mise piede sul pianerottolo. La serratura era del tipo vecchio e forse Wiking non l'aveva mai cambiata. C'era da sperare che avesse mantenuto anche lo stesso nascondiglio per la chiave di riserva. Fece un paio di gradini della rampa successiva e staccò con il dito un pezzetto della cornice di legno.

Era lì. Il tempo era rimasto fermo per tutti quegli anni.

La fece girare nella toppa, senza attrito. Entrò e chiuse la porta senza rumore.

Se fosse tornato quella sera, voleva dire che era destino, ma non pensava che sarebbe successo.

Rimase immobile nella penombra, sentendo il proprio respiro.

Lo specchio era il suo, quello che aveva nell'appartamento di Solna. Cornice in pino, come la cassettiera sotto. Aveva tenuto anche quella. Dovette sedersi per terra. Si sfilò lo scialle e scosse la testa per liberare i capelli. Si tolse gli occhiali. Li appoggiò sul ripiano. Slegò le stringhe delle scarpe, si liberò del soprabito. Lasciò tutto sul pavimento.

Essere lì. *Essere lì.*

Rimase a lungo seduta a respirare l'aria.

La sua aria.

Si alzò e andò in cucina.

Il tavolo che avevano comprato al mobilificio Blom di Öjebyn quando si erano trasferiti. Le sedie. La stessa vita.

Non accese luci.

Il soggiorno. I divani erano nuovi, una piccola scrivania per il computer contro la parete. La camera. La rete doveva essere stata cambiata – era pessima già allora –, ma la testiera era ancora quella.

La tappezzeria, il linoleum.

I trent'anni si dissolsero e lei tornò a essere Helena Stormberg che si spostava da una stanza all'altra in una realtà scontata e familiare.

Poteva esserci una nuova donna?

Andò in bagno. In ogni caso, nessuna che occupasse l'armadietto: vide solo dopobarba, filo interdentale e pillole per il mal di testa.

Prese il soprabito e si stese sul letto. Il materasso era chiaramente nuovo.

Si rannicchiò in modo che i piedi stessero sotto il bordo del soprabito.

Si addormentò.

A casa.

Domenica 23 agosto 2020

Preparò la lettera sotto la luce del lampione che filtrava dalla finestra. Infilò nella busta la foto di Elliot con l'espressione sorpresa, poi una di Josefin e i bambini davanti a casa e infine quella della piccola all'interno della recinzione della scuola. Scrisse un breve messaggio.

Ti vedono. Devi rinunciare all'incarico, altrimenti morirai.

Firmò con la stella. Sulla busta scrisse «Per Markus».

Poi uscì dall'appartamento. Silenzio, buio pesto. Chiuse, rimise a posto la chiave di scorta.

Scese di nuovo a Storforsen per aspettare che fosse pieno giorno.

Era costretta a spaventarlo. Sul serio.

Non doveva mettere in moto tutto troppo presto, dando a Markus modo di reagire e riflettere, ma nemmeno troppo tardi, altrimenti c'era la possibilità che non prendesse la decisione in tempo.

Dopo pranzo si piazzò dietro la villetta, in un punto da cui vedeva entrambi gli ingressi della via.

Quando lui uscì e salì in macchina con il bambino, lasciando a casa Josefin e la piccola, colse l'occasione. Si mise al margine del bosco con un binocolo e finse di osservare gli uccelli. Vide Josefin uscire sulla terrazza sul retro e sedersi sul dondolo ad allattare la figlioletta. Quanto durava una poppata, a sei mesi? Dieci minuti?

Aveva dieci minuti di tempo.

Si affrettò a fare il giro e a passi calmi e disinvolti si diresse verso la porta. Abbassò la maniglia. Non era chiusa a chiave. Sentì Josefin canticchiare qualcosa alla bambina sulla terrazza.

Piazzò la busta nel bel mezzo dell'ingresso, sul pavimento.

Per Markus.

Dentro casa.

Un'enorme violazione della privacy.

Una chiara minaccia.

Markus *doveva* rinunciare al progetto Qats.

Uscì e si chiuse la porta alle spalle. Nessun vicino in giro. Tornò alla macchina a passo sostenuto ma da passeggiata domenicale.

Andò fino a Älvsbyn e fece il pieno. Dato che l'ufficio della Rent-A-Wreck nel pomeriggio era chiuso, infilò le chiavi nell'apposita fessura della porta.

Il tragitto in treno per tornare a Stoccolma durava dodici ore e sette minuti, quindi sarebbe arrivata poco prima delle sei e mezza. Giusto in tempo per riprendere gli esami alla clinica Sophiahemmet.

La mattina dopo la aspettavano l'ecocolordoppler dei tronchi sovraortici e degli arti inferiori, la risonanza all'addome superiore e la densitometria ossea.

Autunno 1989

Gli appuntamenti diventavano sempre più problematici.

Le ultime coordinate portavano a un parcheggio dietro la casa delle missioni di Vidsel. Doveva trovarsi lì alle quattro e un quarto del pomeriggio.

Capiva benissimo che Angelov non poteva tenere conto degli orari del nido, ma sia il luogo che l'orario le complicavano davvero la vita. Alle quattro doveva andare a prendere Markus e oltretutto non aveva una macchina. Vidsel non era vicina.

Dalla reception andò in cucina per prendere una girandola alla cannella. Mangiare continuamente era l'unica cosa che la aiutava a non vomitare. Aveva dimenticato le nausee terribili di quando aspettava Markus, che anche stavolta si erano puntualmente ripresentate.

Urban entrò e cominciò a girarle intorno.

«Ho spalato il marciapiede» disse. «Adesso cosa devo fare?»

Lei gli sorrise e mandò giù il boccone a fatica.

«Ottimo. Spala anche il cortile sul retro, per favore, e togli la neve dai bidoni.»

«Okay» rispose il custode, uscendo di nuovo.

Lei prese un'altra girandola e tornò alla scrivania dietro la reception.

«Abbiamo finito» la informarono le ragazze delle pulizie affacciandosi da sopra il bancone.

Lei si alzò e si avvicinò. In realtà avrebbero dovuto lavorare un'altra ora, ma le camere erano prenotate per tutta la settimana e ci si metteva molto meno a sistemarle, se gli ospiti non cambiavano di continuo. Si era inventata qualche lavoretto di fino nelle sale riunioni, ma non ce la faceva a trovare sempre qualche nuovo compito per tenerle occupate. Lanciò un'occhiata eloquente al proprio orologio, si sporse all'indietro e finse di tendere le orecchie verso la cucina, anche se sapeva che Kerstin non c'era.

«Okay» bisbigliò. «Potete andare. Però preparatevi a darvi un po' più da fare quando ripartono i francesi, va bene?»

Le due ragazze si illuminarono e si affrettarono verso quel poco di luce pomeridiana che restava.

Helena mise in ordine alcune fatture e gettò un'occhiata al cortile sul retro, dove Urban sarebbe stato impegnato a spalare e ripulire i bidoni dalla neve per un'ora buona. Prese la chiave passe-partout e salì al primo piano.

Aveva impiegato qualche giorno a capire chi fosse il coordinatore della squadra. Di solito era il portavoce del gruppo, ma non in questo caso. Probabilmente dipendeva dalla scarsa propensione dei francesi per le lingue straniere: l'uomo incaricato di fare il check-in e ordinare la colazione per tutti era semplicemente quello che se la cavava un po' meglio con l'inglese. Nessuno, alla pensione, sapeva che lei conosceva benissimo il francese, e non avendo intenzione di rivelarlo aveva continuato ad ascoltare paziente le frasi stentate dell'uomo. Quando gli ospiti parlavano tra di loro, però, si intuiva che a prendere le decisioni era l'occupante della 15. Helena aprì la porta della stanza e se la chiuse alle spalle.

La camera era in ordine, con il copriletto ben teso. Niente risultati dei test in giro, ma era prevedibile. Solo gli americani erano così disattenti.

Tirò fuori la piccola torcia che teneva nel tascone laterale dei pantaloni e andò al guardaroba, illuminando velocemente la cornice per verificare se l'uomo avesse inserito qualcosa in grado di rivelargli che era stato aperto. Non trovò nulla.

La cassaforte, di un tipo leggermente superiore allo standard comune negli hotel, considerato che la maggior parte degli ospiti doveva chiuderci dentro del materiale classificato riservatissimo, era in basso a sinistra. Strinse i denti. Ora poteva solo sperare che l'avesse usata. I turchi non lo facevano: avevano conservato alla base tutte le carte fino al momento della partenza, cosa che aveva fatto infuriare Angelov.

Inspirò a fondo, esaminò il contorno dell'anta e... Guarda un po'! Sul bordo superiore era stato appoggiato un capello. Helena inserì il codice passe-partout e sentì lo scatto che indicava l'apertura. Il capello planò verso il pavimento, ma lei lo prese tra pollice e indice e se lo infilò tra le labbra. Studiò con attenzione la disposizione dei documenti, poi li tirò fuori e li depositò sul pavimento.

Il penultimo giorno era il migliore per controllare i risultati delle prove svolte alla base. La maggior parte dei test era stata fatta, anche se ne mancava sempre qualcuno. La documentazione su quelli effettuati l'ultimo giorno, di solito il venerdì, non veniva mai chiusa in cassaforte, dato che gli ospiti ripartivano, e di conseguenza per lei restava inaccessibile. Sapeva che veniva considerata una mancanza.

Appoggiò il capello sul ripiano più alto della cassaforte, tirò fuori la sua piccola macchina fotografica e inquadrò tutti i fogli con cura e metodo, nell'ordine in cui erano disposti. Si rimise il capello tra le labbra e, dopo aver sistemato la documentazione come l'aveva trovata, lo piazzò nel punto giusto. Chiuse l'anta. Il codice scelto dall'ospite della stanza non subiva modifiche dopo l'utilizzo di quello passe-partout.

Chiuse anche il guardaroba e gettò un'occhiata alla stanza. Ineccepibile. Uscì e tornò alla reception. Urban era ancora tutto impegnato a spazzare via la neve dai bidoni.

Restava l'appuntamento con le pessime coordinate.

Avrebbe dovuto inscenare un contrattempo che motivasse l'uso del furgoncino della pensione e inventarsi una scusa per andare a prendere il figlio più tardi del solito. Chiamò la stazione di polizia dal centralino della pensione. Fu Carina a rispondere.

«Puoi dire a Wiking che oggi rientro tardi? Devo andare a Älvsbyn per portare a lavare un tappeto.»

Nessun problema, la segretaria avrebbe trasmesso il messaggio.

Girò intorno alla reception e arrotolò il tappeto davanti al bancone. Poi raggiunse la porta sul retro in tre passi, la aprì e chiamò Urban.

«Potresti aiutarmi a caricare un tappeto sul furgone?»

Il custode arrivò di corsa e se lo mise in spalla.

«Grazie, Urban. Mamma mia, come sei forte.»

L'uomo arrossì.

Fuori il cielo era nero.

Si diresse cauta verso Vidsel. Veniva giù un po' di nevischio e la strada era scivolosa. Si fermò nel parcheggio buio dietro la casa delle missioni, spense la luce di cortesia nell'abitacolo, tirò fuori il rullino dalla macchina fotografica e aspettò.

I messaggi su appuntamenti e coordinate venivano trasmessi, criptati con codici sempre diversi, attraverso la sua vecchia radio a transistor, quella che Wiking era convinto fosse un ricordo di sua madre. Venivano inviati sotto forma di sequenze di cinque cifre direttamente da Mosca. La frequenza era adattata in modo che il messaggio si sentisse bene senza bisogno di antenne particolarmente sofisticate. Più Markus cresceva, più era difficile captarle. Una volta si era messa a ripetere i numeri a voce alta all'asilo. Per fortuna non doveva mai rispondere: era considerato troppo rischioso. Di solito consegnava i rullini in un punto prestabilito senza vedere nessuno, nel modo più semplice possibile: li lasciava cadere in una cassetta delle lettere abbandonata o in un tronco cavo. Gli incontri fisici venivano evitati, ma negli ultimi tempi si erano intensificati. Non era un buon segno.

Alle quattro e un quarto precise la portiera del passeggero si aprì e Angelov si sedette pesantemente sul sedile di fianco al suo. Lei gli tese il rullino e lui le consegnò una confezione che ne conteneva dieci nuovi.

«Dobbiamo predisporre la tua uscita di scena» la informò.

Ecco, era arrivato il momento. Helena sentì che le si stringeva la gola e rimandò giù un conato.

«Sono di nuovo incinta» disse.

Lui non sembrò prendersela.

«Non abbiamo fretta» disse. «Al momento c'è un gran fermento politico. Volevo solo avvertirti.»

«Quando, più o meno? Il bambino nascerà in aprile.»

Stavolta reagì con un moto di fastidio.

«Ti ho detto che ci vorrà un po'. Riceverai le istruzioni per tempo. Chissà come diavolo va a finire questa *složnost'*.»

Lei non capì cosa intendesse esattamente con quel termine, che descriveva una situazione complicata o problematica, ma sapeva che non era il caso di chiedere chiarimenti.

«Ci sono nuovi arrivi?» chiese Angelov.

«Gli americani hanno confermato che torneranno a marzo, come previsto, e i turchi hanno appena prenotato due settimane a giugno.»

«In quali date?»

«Dal 12 al 23.»

Angelov storse la bocca. Lei sarebbe stata in maternità e non avrebbe potuto consegnare niente.

«C'è qualcosa che posso fare per facilitare la mia uscita di scena? Cosa dico a Wiking?»

«Un bel niente. Non ora. Riceverai indicazioni precise su come agire.»

Non riuscì a fare a meno di insistere.

«Sì, ma quando, più o meno? Quando saprò qualcosa?»

Lui la guardò e sospirò. Gli occhi stanchi scintillarono nel buio.

«Mosca non ha comunicato niente» disse in tono quasi paterno. «Con *složnost'* di queste proporzioni forse ci vorranno anni.»

Le diede un colpetto sul braccio, aprì la portiera e scese. Una folata di nevischio turbinò sul sedile. Helena lo guardò mentre veniva inghiottito dal buio.

Cosa intendeva con *složnost'*? Forse la glasnost e la perestrojka. Probabilmente la nuova trasparenza e le riforme economiche stavano cambiando i presupposti del lavoro dell'organizzazione.

Dopo cinque minuti avviò il motore e tornò a Stenträsk. Arrivò proprio mentre i francesi rientravano dalla base di sperimentazione.

«Posso chiedervi un favore?» chiese a quello che parlava inglese. «Mi date una mano con questo tappeto? Sono appena andata a ritirarlo in lavanderia.»

L'uomo le fece un sorriso forzato, ma essendo stato preso alla sprovvista non trovò il modo di dirle di no. Portò dentro il tappeto e la aiutò a srotolarlo davanti al bancone. Lei lo ringraziò di cuore e si affrettò verso l'asilo nido.

Markus era stanco e piagnucoloso. Le ruote del passeggino slittavano e si incastravano tra i blocchi di ghiaccio sul marciapiede. Quando arrivarono al portoncino, Helena tirò un sospiro di sollievo.

Wiking era già a casa e rispose al suo bacio affettuoso.

«Tutto a posto con il tappeto?» le domandò.

Evidentemente il messaggio era stato consegnato.

«Urban mi ha aiutato a portarlo fino al furgoncino.»

«Poveretto, è pazzo di te. Ho preso due torte salate da Holmdahl.»

Indicò il bancone della cucina. Lei lo baciò di nuovo.

Cenarono davanti al televisore, dopo che Markus si era addormentato. Helena aveva messo i piedi sulle ginocchia di Wiking e stava mangiando un'arancia. *Rapport* era cominciato da un paio di minuti quando Bo Holmqvist annunciò all'improvviso che la Ddr aveva aperto il confine con Berlino Ovest. Lei pensò di aver capito male.

«Cos'ha detto?» chiese.

«Come?» disse Wiking, che stava sfogliando una rivista di auto.

«Ho sentito bene? La Ddr ha aperto il confine con Berlino Ovest?»

Lui lanciò un'occhiata verso lo schermo.

«Era solo questione di tempo» rispose. «Non si può tenere rinchiuso per sempre un popolo intero, lo capisce chiunque.»

Helena si rizzò a sedere, un rimbombo nella testa. Quando finì il telegiornale accese la radio.

Come segnale della nuova trasparenza, il comitato centrale della Germania Orientale aveva cominciato a tenere giornalmente delle conferenze stampa trasmesse dalla televisione. Quel giorno era stato il capo del partito di Berlino Est, Günter Schabowski, a condurla. Leggendo dal foglio che aveva davanti, aveva dichiarato: «Oggi abbiamo deciso di varare un regolamento che permette a ogni nostro concittadino di espatriare attraverso i passaggi di frontiera della Ddr.»

Un giornalista aveva chiesto quando sarebbero entrate in vigore le nuove norme.

Il capo del partito aveva esitato, ma poi aveva risposto: «Subito.» In diretta.

Nel giro di pochi minuti, gli abitanti di Berlino Est avevano cominciato ad assieparsi ai varchi di confine. Le guardie, che non avevano ricevuto istruzioni, si rifiutavano di far passare le persone senza il salvacondotto ufficiale.

Con il trascorrere delle ore la situazione si fece sempre più tesa.

Wiking andò a letto, ma Helena rimase vicino alla radio.

Alla fine a Berlino Est persero il controllo, in particolare al varco di Bornholmer Strasse. L'ufficiale responsabile Harald Jäger aveva solo due possibilità: respingere la massa di persone con la violenza o aprire il confine.

Scelse la seconda.

Intorno a mezzanotte, tutti i varchi furono spalancati.

Al buio, nel soggiorno a Stenträsk, Helena ascoltò il fragore della caduta del muro, sentendo echeggiare dentro di sé la consapevolezza di un nuovo inizio.

La cortina di ferro si era incrinata.

Le persone sarebbero diventate libere, per davvero.

Un'estasi più grande di quella che scatenavano in lei le montagne del Nord.

Avrebbe potuto restare a Stenträsk. Per sempre.

Venerdì 28 agosto 2020

Tornò in sé con la gola dolorante e i pantaloni bagnati. Per un attimo non capì dove si trovava. C'era un intenso odore di urina. Si era pisciata addosso.

La camera d'albergo di Wiking. Le sue mani ruvide intorno alla gola.

Immobile, tese le orecchie verso i rumori intorno a lei e quelli che venivano dalla strada. Pochi, quasi nessuno. La pioggia contro il davanzale. Ogni tanto, un mezzo solitario con le gomme che sfrigolavano sull'asfalto bagnato.

Lui c'era ancora?

Probabilmente no.

Doveva essere rimasta svenuta per parecchio tempo, perché l'urina era gelida e i pantaloni le si erano incollati alle cosce. Aveva un gran freddo.

Cercò di tossire, ma provò una fitta acuta. Che si fosse rotto qualcosa? Si tastò il collo. Era dolorante. Si sollevò contro la testiera del letto e tentò di accendere la luce. Non funzionava. Wiking doveva aver tolto la tesserina magnetica dal supporto che regolava la corrente elettrica.

Mandò giù la saliva con cautela. La gola consisteva solo di parti molli: trachea, corde vocali, tiroide, carotide. Osso ioide. Riusciva ancora a deglutire. Si schiarì la voce. Era rauca, ma funzionava. Si alzò piano, ondeggiando leggermente. Dovette appoggiarsi a mobili e pareti per arrivare alla borsa nell'angolo, dove aveva il portafogli e diverse tessere che avrebbero potuto attivare l'elettricità. Non era necessario che fosse la chiave della camera: ne andava bene una qualsiasi. Tirò fuori quella della palestra di Mosca e raggiunse la porta barcollando. La inserì nel supporto. La luce si accese, abbagliandola. La stanza era vuota. Una chiazza scura sul copriletto.

Andò in bagno e incrociò il proprio sguardo nello specchio. Occhi iniettati di sangue, capillari rotti tutt'intorno. Non aveva saputo valutare Wiking: non pensava che avesse dentro quella violenza. Su cos'altro si era sbagliata?

Aprì il rubinetto dell'acqua calda, si sfilò pantaloni e mutandine. Liberò dall'involucro di carta un piccolo sapone bianco e lavò tutto. Poi si sciacquò nella doccia, ripulendosi dall'urina che le bruciava l'interno delle cosce. Quando stava per rivestirsi si rese conto di aver sporcato anche la maglia e lavò pure quella. Poi indossò i capi bagnati. Non c'era altra soluzione: stare nuda ad aspettare che si asciugassero era da escludere, considerando che lui poteva tornare da un momento all'altro.

Prese un bicchiere d'acqua, tornò nella camera. Spense il lampadario, raccolse dalla moquette il soprabito, evitò la macchia di urina e si sdraiò stendendoselo addosso come coperta.

Qualcosa le diceva che non doveva avere paura.

Se Wiking avesse davvero voluto ucciderla, l'avrebbe fatto.

Fu svegliata dal clic della porta, che si aprì e si richiuse.

Era tornato. Lo sentì respirare. Nonostante fosse preparata, si sentì pervadere da una corrente di paura irrazionale. Un riflesso condizionato.

Lui non accese la luce. Attraversò la camera immersa nel buio e si sedette sulla poltrona di fianco alla finestra. La testa era una silhouette scura contro la luce del lampione bagnato di pioggia. Lei si sollevò contro il cuscino.

«Sei viva?» chiese lui.

Lei si schiarì la voce. La gola le faceva ancora male.

«Tu lo sapevi» disse Wiking nell'oscurità. «Di Markus, dell'incarico. E che sarebbe stato tolto di mezzo.»

Lei si issò a sedere e accese la lampadina sul comodino, un'isola di luce fioca nella stanza. Prese il bicchiere d'acqua, bevve un sorso cauto.

Wiking la stava fissando. Che folle assurdità, poterlo rivedere. I capelli quasi bianchi ma spettinati come trent'anni prima. Le spalle più magre, invece. Aveva un'aria sciupata. Lo sguardo era il suo, cupo.

«Il tuo avvertimento ha funzionato» continuò.

Lei cercò di incamerare aria.

«Ha rinunciato alla promozione e l'incarico è andato al suo collega, che martedì scorso ha avuto un incidente mortale. L'auto era stata manomessa.»

Le lacrime le salirono agli occhi e cominciarono a colarle sulle guance senza che riuscisse a trattenerle. Si mise a respirare a bocca aperta per frenare il pianto.

«Averlo messo in guardia non comporta dei pericoli?» chiese lui. «Cosa succederà a Markus se ti beccano?»

Non era in grado di rispondergli. Il silenzio della strada fu lacerato dalle sirene di un mezzo di soccorso. Lei si asciugò le guance con la manica.

«Pensavo di averti uccisa. Paradossale, eh?»

Si guardò le mani.

«Non sapevo di avere dentro questa cosa. Di essere capace di farlo.»

Si coprì il viso.

«"Non è sempre così. Lo fa solo se lo provoco."»

Lei non capì, ma non fece domande.

Wiking si alzò.

«Ora esci di qui. Non voglio vederti mai più.»

Andò a grandi passi verso la porta e la spalancò. I sensori fecero accendere le luci nel corridoio. Lui aspettò, incalzante. Lei si tirò su, vergognandosi della chiazza di urina sul copriletto. Maglia e pantaloni erano ancora bagnati, freddi. Prese l'impermeabile. Il timer del corridoio si azzerò e le luci si spensero. I fanali delle auto danzavano bluastri sulle pareti. Gli andò vicino, fermandosi proprio accanto a lui. Percepì il suo odore, terra e roccia. Il suo doppiofondo di luce e buio. Sfilò la tessera della palestra dal supporto dietro di lui, sfiorandogli il fianco con il braccio.

Tenne la testa bassa. Non voleva leggergli il disprezzo negli occhi.

Se ne andò senza voltarsi.

Vladlena prenotò un ultimo esame presso Sophiahemmet, da un otorinolaringoiatra che verificò la situazione. I capillari rotti avevano provocato lesioni alla pelle che il dottore valutò di scarsa rilevanza medica. Le venule che avevano ceduto a causa della pressione avevano causato sanguinamenti puntiformi nei tessuti delicati intorno agli occhi. Sul collo sarebbero affiorati grossi lividi. Sia l'osso ioide che le corde vocali, però, erano integri. Tutta l'area sarebbe rimasta dolorante per una settimana o due.

«Ha preso in considerazione una denuncia?» chiese il medico con aria preoccupata.

La legge non lo obbligava a mettersi personalmente in contatto con le autorità.

Lei fece un sorriso imbarazzato.

«Non si tratta di un reato.»

Istintivamente, lui arretrò un pochino con la sedia.

«Stia più attenta, in futuro.»

Pensava che si fosse spinta troppo in là con qualche giochino di asfissia erotica.

Lei uscì dalla clinica e prese la linea rossa della metropolitana da Stadion in direzione Norsborg, scendendo a Mälarhöjden. Aveva prenotato una camera in un albergo nei pressi della tangenziale, cinque chilometri a sud della city. Da lì poteva andare a piedi a casa di Mats e Marina.

Vivevano ancora nella stessa villa di sempre, e Marina era primaria nell'ospedale in cui aveva svolto il tirocinio, il Sankt Göran.

Una persona che aveva fatto certe scelte di vita non cambiava i propri schemi, quindi per andare e tornare dal lavoro prendeva ancora la metropolitana.

Vladlena passò il pomeriggio e la serata nella piazzetta all'angolo tra Hägerstensvägen e Slättgårdsvägen, dove c'erano un caffè, un alimentari, un chiropratico, un negozio di arredamento, un parrucchiere, un chiosco che vendeva cibo thailandese e la chiesa. Tutti i bisogni della società civile condensati in un solo incrocio.

Marina uscì dalla stazione della metropolitana subito dopo le sette. Per fortuna Vladlena aveva cercato su Google delle sue foto recenti. Era cambiata. Si era appesantita e i capelli grigi erano corti. Teneva a tracolla una grossa borsa e si avviò con andatura leggermente ondeggiante verso le costosissime ville sul lago.

Vladlena la seguì, con lo scialle avvolto intorno al collo. In giro c'era gente, un rivolo costante di persone ben vestite dirette dalla stessa parte.

All'altezza della fontana di Bellman colmò la distanza. Aveva settanta metri a disposizione per trasmettere il suo messaggio.

«Ciao, Marina» disse. «Sono io, Helena. Non spaventarti.»

Lei si lanciò un'occhiata alle spalle e continuò a camminare.

«Mats mi ha avvertita che forse ti saresti fatta viva.»

Quindi i coniugi Vikander si dicevano ancora tutto.

Proseguirono fianco a fianco lungo la discesa. Un uomo in bici le superò e salutò. Entrambe ricambiarono.

«Ho bisogno di vedere Mats» continuò Vladlena. «Camera 305, l'hotel vicino alla tangenziale.»

Aumentò il passo e si lasciò Marina alle spalle. Con la coda dell'occhio la vide entrare dal cancello. Proseguì lungo Pettersbergsvägen, la più stretta tra le vie a doppio senso di Stoccolma. Un vaporetto bianco fece suonare la sirena e attraccò al pontile di Fridhem. Sentì il profumo di costine grigliate e il rumore di tuffi in piscina. Risate infantili.

All'altezza di Båtsmansklevet svoltò a sinistra e tornò all'hotel.

Alla reception la aspettava un messaggio.

«Vieni da noi domani alle 16.»

Sabato 29 agosto 2020

Vladlena ricordava il giorno in cui Mats e Marina avevano avuto in mano le chiavi della loro nuova casa. Era un venerdì di primavera e si erano ritrovati nel tardo pomeriggio, quando il sole obliquo sul Mälaren proiettava strisce dorate sulle ville in muratura. Markus aveva appena imparato a camminare. Seduti su una coperta stesa nel bel mezzo dell'immenso soggiorno, avevano mangiato pane e polpettine fredde e bevuto vino rosso in bicchieri di carta. Era stato un momento magico. Non aveva mai messo piede in un'abitazione con un soffitto così alto. La scoppiettante aspettativa dei due amici: il miraggio di una vita che si era realizzata davvero. Figli, carriera, vicini, Natali, promozioni, delusioni, riunioni scolastiche.

La porta d'ingresso era ancora la stessa, in teak ben oliato. Erano le quattro meno un minuto.

«Benvenuta» disse Marina aprendole la porta. «Entra.» Non si strinsero la mano.

Vladlena entrò nell'ingresso con un senso di oppressione sul petto. L'ultima volta che ci aveva messo piede era stata la sera prima di trasferirsi a Stenträsk. Il camion dei traslochi era già per strada, l'appartamento era stato ripulito e le chiavi riconsegnate al padrone di casa. Lei, Wiking e Markus avevano passato la notte sui divani del piano interrato e la mattina presto erano partiti verso nord.

Si tolse il cappotto.

La casa era più piccola di come la ricordava. Gli edifici avevano la strana tendenza ad aumentare di dimensioni nel ricordo, o forse a rimpicciolirsi nella realtà.

«Caffè? Tè?» chiese Marina.

«Tè, grazie» rispose Vladlena.

Capiva perché Mats aveva voluto che l'incontro si tenesse a casa loro. Doveva essere un luogo scelto da lui, non da lei. Controllo e fiducia.

Avevano rifatto la cucina, aprendo un collegamento tra sala da pranzo e soggiorno: tutto il piano rialzato si era trasformato in un unico open space con un soffitto altissimo. I pensili erano di quercia, probabilmente fatti su misura, il piano cottura della Ilve. Era Marina a guadagnare. Gli stipendi dei servizi d'intelligence non pagavano fornelli a gas italiani con sportelli del forno smaltati, e questo a prescindere dal regime.

«Benvenuta, Vladlena» la salutò Mats materializzandosi dal nulla. «Vieni, andiamo a sederci in salotto. Immagino che tu non abbia con te un cellulare che devo chiederti di spegnere, vero?»

Lei sorrise e si sedette al centro del grande divano dando le spalle al lago. Entrambi i coniugi dovevano aver notato i segni bluastri sotto lo scialle, ma non fecero commenti. Marina mise sul tavolino tre tazze di tè e un piattino di biscotti. Lei e Mats si sedettero sulle due poltrone. A quanto pareva, non sarebbe stato un dialogo a quattr'occhi.

«Ho invitato Wiking a partecipare a questo incontro» disse Mats. «Spero tu non abbia niente in contrario.»

Massima trasparenza.

«Va bene.»

«Dunque, Vladlena, posso chiederti di fornirci nome, grado militare e data di nascita?»

La Russia non applicava la pena di morte, almeno non ufficialmente. L'alto tradimento comportava fino a vent'anni di reclusione, ma di solito ai defezionisti veniva riservato un trattamento meno convenzionale. Sergej Skripal e sua figlia, avvelenati a Salisbury, erano l'esempio più clamoroso degli ultimi anni.

«Vladlena Arina Ivanova» disse. «Colonnello del Gru. Nata il 21 gennaio 1959.»

«Sei ancora in servizio attivo?»

Al Gru, gli alti ufficiali avevano il diritto di andare in pensione a cinquantacinque anni, ma molti sceglievano di continuare a lavorare. Soprattutto i *nelegaly* rientrati non avevano molto altro con cui tenersi impegnati.

«Mi occupo della raccolta di dati da fonti aperte e relativa analisi, per verificare la corrispondenza, o la mancata corrispondenza, con il materiale della nostra attività di intelligence.»

La porta d'ingresso si aprì e si richiuse. Mats girò la testa verso l'ingresso e aspettò in silenzio.

Wiking si era tolto le scarpe e arrivò con lo zaino malconcio stretto in una mano.

«Ciao» lo salutò Marina. «Vuoi un po' di tè?»

Wiking scosse la testa, evitò di guardare Vladlena e rimase in piedi, indeciso. L'unica possibilità era sedersi sul divano di fianco a lei, che non aveva nessuna intenzione di scostarsi per fargli posto.

«Mi fa piacere che tu sia venuto» gli disse Mats. «Puoi spegnere il cellulare?»

Wiking si sedette, senza girare la testa.

«È spento» rispose.

«Ottimo. Stavamo definendo la qualifica di Vladlena e il suo lavoro.»

Lei guardò il parquet di quercia, che portava i segni del passaggio dei bambini e della vita, e avvertì il calore del corpo di Wiking accanto a sé.

«Quindi hai il grado di colonnello» riprese Mats. «In che sezione?»

«La seconda, però ora non si parla più di sezioni ma di direzioni.»

Mats annuì.

«Quindi ti occupi di America settentrionale e meridionale, non di Europa?»

A quanto pareva sapeva più di quanto desse a intendere. Aveva informazioni su come era strutturata la nuova organizzazione.

«Le mie mansioni sono ampie» spiegò Vladlena. «Ho accesso anche ai dati delle altre direzioni, soprattutto la prima. Quella che si occupa di Europa, quindi.»

In qualche punto della casa squillò un cellulare. Marina si alzò per rispondere e salì al piano superiore, dove c'erano le camere da letto. Mats non ci fece caso. Vladlena lo guardò calma. Era seduto con le spalle contro lo schienale, le mani in grembo. Niente taccuini né strumenti digitali per documentare l'incontro. Avvertì lo sguardo di Wiking su di sé, ma rimase girata di profilo.

«Puoi dirci qualcosa sulla tua formazione?»

«Sono stata addestrata dal tenente generale Gurenko.»

Un guizzo negli occhi di Mats. Si aspettava quel nome. Gurenko era una leggenda.

«Dove?»

«In una dacia nei pressi di Mosca. Non sono del tutto sicura di dove si trovasse, a essere sincera.»

Lui annuì pensoso. Non sembrava sorpreso nemmeno di quella risposta. A volte le capitava di parlare del periodo di formazione con i colleghi, cosa che non aveva mai avuto occasione di fare negli anni sul campo. Neanche loro sembravano conoscere con precisione la posizione del centro di addestramento.

«A quali paesi eri stata destinata?» domandò Mats.

«Prima la Svezia, poi gli Stati Uniti.»

Gli occhi di Wiking le bruciavano addosso.

«Forse avremo motivo di tornare su come si è svolto

esattamente il tuo periodo di addestramento» continuò Mats. «Per quanto tempo sei rimasta di stanza negli Usa?»

«Sedici anni, dal 1991 al 2007. Tutto il tempo a Washington.»

«Con che nome?»

«Lena Svensson.»

«Perché il tuo incarico si è interrotto?»

«È morto mio marito.»

Deglutì a fatica, senza guardare Wiking. Marina parlava a voce bassa, di sopra, ma non si coglievano le parole.

«Tuo marito, che era...»

«Ingvar Svensson, negli Stati Uniti. Faceva l'artista.»

«Era l'uomo che in Svezia aveva il nome Filip? Tuo fratello?»

Lei annuì e allacciò le mani sulle ginocchia.

«Esatto.»

«Di cosa è morto?»

«Di Aids.»

Mats sollevò un sopracciglio.

«Ufficialmente, di leucemia.»

Marina tornò e si sedette sulla poltrona.

«Tra poco devo andare in ospedale» disse.

«Dove sei stata assegnata, al momento del rimpatrio?» chiese Mats prendendo un biscotto dal piattino.

«Il mio ufficio è nel quartier generale, in Choroščëvskoe Šosse.»

La piattaforma di atterraggio per gli elicotteri sul tetto e la piscina nel seminterrato. Quando era arrivata, la sede era stata inaugurata da poco.

Mats sgranocchiò il biscotto e si ripulì le dita dalle briciole.

«Come ti sei riacclimatata in Russia?»

«È sempre difficile, per chiunque abbia vissuto all'estero a lungo» rispose lei.

I *nelegaly* di ritorno in patria venivano guardati con sospetto, all'inizio. Si comportavano in modo strano ed erano considerati inaffidabili e viziati. In pratica stavano tra loro: abitavano nella stessa zona, andavano alle stesse cene e agli stessi concerti. Chi riusciva a adattarsi veniva premiato con ruoli di rilievo nell'organizzazione.

«Oggi dove vivi?»

«Dalle parti della Majakovskaja.»

Mats emise un fischio, colpito, e si mise in bocca un secondo biscotto. Wiking si sporse in avanti.

«Come hai potuto abbandonarla?»

Lei girò la testa verso quegli occhi azzurri e cupi. Alla luce del giorno si vedevano tutte le rughe.

«Abbandonarla?»

«Elin, a Kallmyren. Sai in che condizioni era quando l'abbiamo trovata?»

Le more artiche, la cesta, il porte-enfant.

Si scostò i capelli dal viso. Lui si alzò, torreggiando su di lei.

«Sai quanto poco ci è mancato che morisse? Ha ancora il viso pieno di cicatrici per le punture degli insetti. Che cazzo di persona sei, me lo dici?»

Andò in cucina. Vladlena sentì scorrere dell'acqua. Il cuore le rimbombava nel petto, la bocca era secca. Bevve un sorso di tè.

«Perché sei tornata in Svezia proprio adesso?» domandò Mats.

«La valutazione del nuovo sistema missilistico della Nato si svolgerà alla base di sperimentazione di Stenträsk.»

«I Qats» disse Mats.

«Abbiamo un'agente all'interno della base e si contava sul fatto che il progetto venisse affidato a lei. Non è stato così e di conseguenza si è deciso di togliere di mezzo gli ostacoli, in modo che alla fine fosse lei a coordinarlo.»

Rimase in silenzio per qualche secondo, poi prese fiato.

«E ho scoperto che l'ostacolo in questione era Markus.»

«Come doveva essere tolto di mezzo?»

«L'unità 29155 ha del personale che se ne occupa. In questo caso, evidentemente, hanno manomesso un'automobile.»

Wiking tornò in soggiorno con un bicchiere d'acqua in mano e si risedette di fianco a lei. Aprì lo zaino e allineò sul tavolino le fotocopie di tre passaporti.

«Eccolo qui, il gruppo di valutatori ripartito dall'hotel di Storforsen martedì mattina sul presto. Tutti di Lipsia.»

«Ex Ddr» commentò Mats. «Che automobili si producono da quelle parti?»

«Sia Porsche che Bmw, ma non è questo il punto. I passaporti sono falsi. Non ho prove, ma lo so. Sono i tuoi colleghi.»

Accennò con la testa a Vladlena, che si chinò sul tavolino e studiò con attenzione i visi sulle fotocopie. Tre uomini di mezz'età con occhi morti ed espressioni chiuse.

«Li riconosci?» chiese Mats.

«Nessuno riconosce mai questa gente» rispose lei.

«Me le presti, le fotocopie?» domandò lui a Wiking, che spinse i fogli dall'altra parte del tavolino.

«Da quanto lo sapevi?» La stava guardando dritto in faccia. «Quando eri stata informata che dovevi sparire?»

«Non sapevo esattamente quando, solo che avrei dovuto farlo.»

Di notte piangeva, fingendo che fosse depressione post partum.

«Perché dovevi morire per forza? Non potevi chiedere il divorzio e basta?»

Lei si girò e gli puntò gli occhi addosso.

«Perché avevo altri incarichi e voi eravate gli ostaggi. Finché avessi ubbidito agli ordini, non vi sarebbe successo niente.»

Intorno al tavolino scese il silenzio. Wiking la fissò incredulo.

«Venire in Svezia non comporta grossi rischi, sia per te che per Markus?» domandò Mats.

«Non è detto» rispose lei a voce bassa. «Dipende da come mi muovo.»

«I tuoi superiori sanno che sei qui?»

«Certo. Ho comprato il volo apertamente e sto usando il mio cellulare. Non ora, naturalmente. È nella mia camera in albergo.»

«Come giustificherai il viaggio?»

«Con un motivo assolutamente legittimo che non è riconducibile a mio figlio.»

«Perché avevi un codice fiscale sbagliato?» chiese Wiking. «E perché hai detto di essere nata in Qatar?»

Quindi ci era arrivato, alla fine.

«Perché qualcuno capisse» rispose. «Perché tu notassi che qualcosa non andava.»

Wiking sbatté le palpebre.

«Hai intenzionalmente fornito un codice fiscale sbagliato?»

«All'inizio ero ingenua» disse lei. «Non potevo rivelare chi ero, quindi volevo essere arrestata e smascherata. Un'idiozia, naturalmente. Non sarebbe servito proprio a niente.»

«Ho esaminato il nostro registro degli agenti infiltrati noti negli anni Ottanta» intervenne Mats. «Non compare né tu né Filip.»

Lei non aprì bocca.

«Un'altra cosa» continuò lui. «Tu eri al corrente dell'operazione Così fan tutte che si è svolta la notte dell'omicidio di Olof Palme, perché Wiking te ne aveva parlato. Ti aveva detto che la divisione Russia della Säpo doveva arrestare l'uomo che gestiva gli agenti infiltrati, Vladimir Angelov. Era lui il tuo referente?»

Vladlena annuì.

«L'operazione fu annullata» continuò Mats, «e i russi non vennero mai a saperne nulla. Non trasmettesti l'informazione.»

Lei allacciò le mani sulle ginocchia.

«Un'ultima cosa» aggiunse Mats. «Il Gru non è al corrente della mia identità. Non mi hai mai smascherato.»

Vladlena avvertì lo sguardo di Wiking su di sé.

«Come vedresti la possibilità di fermarti in Svezia e lavorare per noi?» disse poi Mats.

Eccola, la proposta.

«Sarebbe molto difficile» rispose lei. «Ho ancora una famiglia come ostaggio.»

«Parli di Markus ed Elin?»

«Non ne ho altre.»

Lanciò un'occhiata a Wiking.

«Niente figli negli Stati Uniti?» domandò Mats.

Lei scosse la testa.

«Ingvar, o meglio Leonid, come si chiamava in realtà, era omosessuale. Si comportava in modo molto discreto e i nostri superiori non sospettarono mai nulla.»

«Come fai a saperlo?» intervenne Wiking.

«Se l'avessero fatto, ci avrebbero ordinato di rientrare immediatamente a Mosca.»

Per i *nelegaly*, essere richiamati in patria era il fallimento più grave in assoluto. Se fosse successo, non le avrebbero mai dato un incarico all'interno dell'organizzazione.

«I tuoi superiori non sanno che tuo figlio lavora alla base di sperimentazione?» chiese Mats. «E che il coordinamento del progetto Qats era stato affidato a lui?»

«Sì. Non era loro intenzione che lo scoprissi. Proprio per questo era più importante che mai farlo sembrare un incidente.»

Mats la guardò intensamente. Capiva.

Wiking si sporse verso di lei.

«Allora come l'hai saputo? Di Markus e dei Qats?»

Kozlov, il suo uccello puzzolente e la sua pancia pelosa.

Si scostò i capelli dal viso e si accorse che le tremavano un pochino le mani.

«Attraverso un contatto che coltivo da molti anni.»

«E il tuo contatto ne è consapevole?» domandò Mats. «Rischi di essere scoperta?»
«No. Non immagina niente.»
Wiking la fissò allibito.
«Quindi non puoi fermarti in Svezia a causa di Markus ed Elin?» domandò. «Una tua defezione li metterebbe in pericolo?»
Cominciava a capire.
«Potresti morire di nuovo e basta, no? Tanto sai come si fa.»
Dietro il sarcasmo c'era qualcosa di fragile, nella sua voce. Lei gli rivolse un sorriso pallido.
«Non posso annegare di nuovo in una torbiera. Capita che il Gru si lasci scappare qualche dettaglio, ma una cosa del genere non passerebbe inosservata.»
«Potresti morire pubblicamente» insistette Wiking. «Una sparatoria per strada, con un sacco di testimoni. Morta sul colpo.»
«In questo caso ci vuole un cadavere» obiettò Mats. «E tracce di sangue.»
«Ti fai cavare del sangue prima e lo si sparge sul posto. Il tuo sangue, con il tuo dna.»
«Il sangue coagula» gli fece notare Marina. «Anche nelle sacche.»
«Sul serio?» chiese Wiking. «E come si fa con le trasfusioni?»
«Si aggiunge del citrato, o dell'ossalato, ma se c'è un controllo lo trovano subito.»
«Allora vieni colpita in modo non grave, sanguini il giusto e muori durante il trasporto in ospedale» propose Wiking.
«Un omicidio, quindi» constatò Mats. «E chi conduce le indagini?»
«Possiamo organizzare la cosa» rispose Wiking. «Dovremo parlare con inquirenti e procuratori...»

«Impossibile» lo interruppe Mats. «Sarebbe un'operazione troppo grossa, con troppe persone coinvolte.»

Lei chiuse le mani a pugno e scosse la testa.

«Il ragionamento è corretto» disse rivolta a Wiking. «L'unica via d'uscita è morire, ma dev'essere colpa loro.»

«In che senso? Colpa di chi?» domandò lui.

«Dev'essere colpa dello stato se muoio, e lo stato non commette errori. Non è interessato a scavare nei propri panni sporchi.»

Probabilmente non era un modo di dire vero e proprio, ma il messaggio era abbastanza chiaro, le sembrò.

«Ma se lo sai, perché non hai agito?»

Lei lo guardò dritto in faccia.

«Non ne ho avuto motivo.»

Marina lanciò un'occhiata all'orologio, si alzò e salutò Wiking con un cenno della testa.

«Abbi cura di te» gli disse. Poi baciò Mats e andò verso la porta, ignorando completamente Vladlena. Sentirono la porta richiudersi alle sue spalle.

«Quando torni a Mosca?» chiese Mats.

«Domani pomeriggio.»

Deglutì e lo guardò.

«Come procediamo?»

«Se scegli di lavorare per noi, le strade da percorrere ci sono.»

«Quelle identità che stavano per essere smascherate dalla Motorizzazione?» domandò Wiking.

Lei non sapeva cosa intendesse con Motorizzazione, ma la maggior parte dei paesi con dei servizi di intelligence funzionanti avevano identità pronte per le persone che ne avevano bisogno. Indirizzi all'anagrafe, conti bancari, passaporti, carte di credito, sim per i cellulari, magari anche un'attività economica funzionante da anni.

Si girò leggermente sul divano per rivolgersi meglio a Wiking.

«Come stanno i ragazzi? E Karin?»
Lui si scostò verso il bracciolo.
«Cosa sai di loro?»
«Josefin ha una pagina Facebook e un account Instagram pubblici. Ho visto le foto di una festa. Karin aveva finito la riabilitazione dopo un intervento al cuore. C'era una specie di torta tramezzino...»
Wiking si alzò e lei lo imitò.
«Sto in un hotel di fianco alla tangenziale» gli disse. «Hai voglia di parlare un pochino?»
Mats rimase seduto a guardarli. Lei e Wiking, l'una di fronte all'altro, così vicini che le arrivava il suo odore. Terra e sale. Lui si grattò la testa, chiuse gli occhi e alla fine annuì.
Vladlena si rivolse a Mats.
«Grazie di avermi concesso il tuo tempo.»
«Di niente.»
Di nuovo a Wiking.
«Forse è meglio se esco io per prima» disse.
«Mi sa che è una buona idea» concordò Mats.

Vladlena percorse Slättgårdsvägen verso la E4. Le ville in legno che oltrepassava erano centenarie, con tetti di tegole patinate e grandi meli. Nella piazza vicina alla stazione della metropolitana aveva guardato gli annunci immobiliari in vetrina: da quelle parti non c'erano case in vendita sotto i dieci milioni di corone. Una famiglia con dei bambini in monopattino le stava venendo incontro. Lei si tirò su lo scialle per nascondere i segni sul collo.
Ogni tanto capitava che qualche agente del Kgb, l'altra organizzazione, defezionasse rifugiandosi in Occidente, o che dei *nelegaly* si smascherassero da soli per restarci. Naturalmente venivano considerati con immenso disprezzo, almeno a livello ufficiale.
La diserzione di membri del Gru, invece, era molto più insolita. Vladimir Bogdanovič Rezun, conosciuto con

lo pseudonimo Viktor Suvorov, era uno dei pochi noti al grande pubblico. La sua defezione risaliva al 1978, quando era passato al Regno Unito con moglie e figli, il che aveva riportato in auge la necessità di avere qualcuno da tenere in ostaggio. In Occidente era diventato una superstar, scrittore di bestseller sia di saggistica che di narrativa. All'interno dell'organizzazione era *persona non grata* all'ennesima potenza, innominabile. Tutti, al quartier generale, avevano letto i suoi libri. Vladlena sapeva che era condannato a morte in contumacia, per quanto la pena capitale fosse stata abolita.

La realtà era che lei non sapeva di nessuno che fosse riuscito a disertare senza che il Gru l'avesse capito. Non aveva mai sentito parlare di qualcuno che avesse lasciato l'organizzazione, con il proprio bagaglio di conoscenze intatto, all'insaputa della direzione centrale. Ovviamente non poteva escludere che fosse successo e che l'interessato fosse stato scoperto, ma le conseguenze avrebbero dovuto essere talmente clamorose che sarebbe stato difficile tenerle nascoste. Una catastrofe di proporzioni enormi.

Irreparabile.

Quel pensiero le fece contrarre lo stomaco.

Arrivò all'altezza di Bredängsvägen, al di là della quale cominciavano i casermoni del programma Milione, quelli che per gli svedesi rappresentavano l'esclusione sociale, la disoccupazione, la violenza tra bande. L'incapacità di mantenersi, una vita ai margini. Tra i due mondi c'erano meno di duecento metri.

Confini, pensò Vladlena. Enclave. Costruzioni immaginarie che definiscono la nostra vita.

L'albergo era un cubo di cemento con la facciata simmetrica che ricordava un po' un lanciarazzi sovietico, il cosiddetto "organo di Stalin". Salì le scale fino al terzo piano.

Wiking sarebbe venuto?

Girò nervosa per la stanza, si sedette sul letto, si alzò e si mise sulla poltrona.

Pensò all'agente alla base di sperimentazione a Stenträsk, la donna che si era adeguata al metodo del bastone e della carota. Kozlov le aveva raccontato tutto di lei. Il fratello si trovava in una prigione polacca e lei aveva grossi debiti in seguito alla crisi immobiliare dei primi anni Novanta. Il Gru aveva fatto sparire tutto con un colpo di bacchetta magica. Un gran sollievo, all'inizio.

Mats Vikander e la Difesa svedese l'avrebbero probabilmente lasciata dov'era, con un bel collare a strozzo. Avrebbe fornito al Gru dei risultati falsi. Per un po' avrebbe tenuto, ma poi i colleghi del quartier generale avrebbero mangiato la foglia e lei sarebbe morta. Un incidente, certo, o un suicidio.

Si alzò e guardò le auto che sfrecciavano lungo la tangenziale.

A Washington aveva vissuto allo stesso indirizzo per tutto il tempo: a Brookland, sulla 12th Street, vicino alla US Highway 1. Pur non essendo un'autostrada vera e propria, era molto trafficata. Per sedici anni si era addormentata e svegliata accompagnata dalle vibrazioni dei mezzi che sfrecciavano sull'asfalto.

Una vita tranquilla e monotona, proprio come previsto. I *nelegaly* non dovevano distinguersi, ma condurre un'esistenza il più semplice e modesta possibile. Mai fare carriera. Preferibilmente, avere un'occupazione "libera" che permettesse di lavorare e viaggiare in modo poco strutturato. A quanto pareva, gli artisti andavano per la maggiore. Si poteva essere scrittori o giornalisti, o revisori dei conti in proprio.

Guardò l'orologio. Wiking avrebbe dovuto essere lì, ormai.

Si risedette sul letto.

A Washington lei non aveva avuto nessun incarico, com'era nei programmi. Aveva lavorato part-time come cameriera in diverse tavole calde, e per il resto il suo compito era assistere Leonid nel tenere i contatti con l'agente di riferimento all'ambasciata, ma via via che passavano gli anni era diventato sempre meno necessario. Leonid si occupava anche di quello, e a lei non dispiaceva. Le dava inesauribili possibilità di cercare informazioni sulla Svezia e sul Norrbotten. Dopotutto era svedese: Lena Svensson, di Sundsvall. Non era strano che leggesse tutti i libri, i giornali e le riviste svedesi che riusciva a procurarsi, e nemmeno che ascoltasse Radio Sweden. In realtà però non rivelava a nessuno l'ampiezza delle sue ricerche: non c'era motivo di suscitare dei sospetti. Non teneva mai in casa quantità eccessive di materiale e portava il resto ai centri di raccolta della carta in posti diversi da Brookland.

Con l'avvento di internet le si erano spalancate tutte le porte e si era sentita come un cieco che avesse recuperato la vista. Il comune di Stenträsk aveva creato molto presto una pagina web, e anche i giornali locali erano consultabili online. Non poteva abbonarsi, dato che qualsiasi collegamento con il Norrland le era severamente proibito, ma niente le impediva di leggere i titoli.

L'assunzione di Markus alla base non era una notizia pubblica. A quel punto lei era già rientrata a Mosca – Leonid era morto –, ma sapeva che studi aveva fatto suo figlio e che dopo la laurea all'università di Umeå si era ritrasferito a Stenträsk, e lì non esistevano altri datori di lavoro che potessero sfruttare le sue competenze. Era una circostanza problematica. Da quel momento in poi aveva tenuto sotto controllo le sperimentazioni di armi che si svolgevano a Stenträsk e aveva ordito un piano, anche se in realtà non aveva mai creduto di doverlo mettere in atto.

Un colpetto discreto alla porta le fece balzare il cuore in gola.

Aprì subito.

Era Wiking. Arretrò e lo fece entrare.

«Grazie di essere venuto» disse, accorgendosi da sola che l'agitazione le traspariva dalla voce. Si sedette sul letto e lo invitò a occupare la poltrona.

Rimasero a guardarsi in silenzio. Il sole che penetrava attraverso il vetro sporco della finestra gli si rifletteva sui capelli mentre scendeva con gli occhi dal suo viso alla gola, per poi abbassarli sulle proprie mani. Vladlena non aveva paura di lui, forse perché non aveva paura di morire.

«Come sta Elin?» chiese a voce bassa. «Lavora ancora a Radiumhemmet?»

«L'hanno chiuso» rispose Wiking. «Al momento è in uno dei reparti di terapia intensiva per i casi di Covid.»

Lei annuì e si asciugò dalla guancia qualcosa che forse era una lacrima, oppure erano stati solo i capelli a solleticarle la pelle. Wiking aspettò in silenzio.

«E Markus?» domandò poi.

«Markus sta bene. Era arrabbiato con me. Prima perché non ha potuto coordinare il progetto Qats, poi perché è morto il suo collega. Adesso però penso che gli stia passando.»

Lei deglutì a fatica.

«Stenträsk si ricorda di te» continuò lui. «Urban Landén ha conservato tutti i foglietti che gli lasciavi. Carina Burstrand ha ancora in mente la data esatta della tua scomparsa. Eva-Lena Lindgren è diventata istruttrice di yoga e ti ha descritto come un coltellino svizzero, da utilizzare per qualsiasi cosa.»

Lei sorrise. Urban.

«Anch'io mi ricordo di Stenträsk» disse. «Ricordo tutto.»

«Perché l'hai fatto?» chiese lui. «Perché ci hai ingannato?»

Lei si nascose il viso con le mani per qualche secondo, poi alzò gli occhi.

«È una lunga storia.»

«Be', sono qui, no?»

Lei si alzò e si mise alla finestra, lo sguardo puntato sulle auto che correvano.

«La città in cui sono cresciuta...»

«L'esplosione nucleare, lo so.»

«Mio padre faceva il geologo, era nella direzione della miniera. Sapeva cosa sarebbe successo, e quando. Mia madre era medico. La sua migliore amica, Irina, lavorava come chirurga all'ospedale regionale giù a Mirnyi. Il giorno prima dell'esplosione mia madre mi diagnosticò un'appendicite e mi mandò da Irina perché mi operasse d'urgenza.»

«Quando hanno fatto scoppiare la bomba non c'eri» disse Wiking.

Lei annuì.

«Non tornai mai più.»

«I tuoi? E tua nonna?»

«Rimasero lì e morirono.»

«Per le radiazioni?»

«Non direttamente, e non ufficialmente.»

Il progetto Kristall era stato interrotto dopo la fallimentare esplosione sotterranea a Udačnyj, ma in giro per il paese erano state fatte scoppiare altre bombe atomiche, per altri scopi. Vladlena non sapeva se fosse mai stata fatta un'analisi precisa dei danni provocati su esseri umani, animali e ambiente. In ogni caso, la gente sapeva. Tutti sapevano.

«Quante persone morirono?» chiese Wiking.

«Stanno ancora morendo.»

Vladlena si risedette.

«Dovevi essere una ragazzina» disse lui. «Dove sei andata?»

«Avevo quattordici anni. Sono rimasta a lungo in ospedale per "complicanze". Poi Irina mi ha ospitata finché non ho potuto cominciare l'università a Jakutsk, dove c'è un istituto per le lingue straniere. Parlavo già molto bene lo svedese e lì studiai inglese e francese. Il Gru mi ha trovato quando ho finito il master.»

«Parlavi svedese perché la tua nonna materna era di Söderhamn?»

«Aveva conosciuto uno zatteriere venuto dall'Ingria e quando lui era ripartito lo aveva seguito.»

«Dall'India?»

Wiking non era mai stato interessato né alla storia né alla geografia.

«Non l'India, l'Ingria. Era territorio svedese, un tempo, anche se oggi fa parte della Russia. È la zona a sud della Finlandia.»

«Cosa intendi quando dici che il Gru ti ha "trovato"? Eri dispersa?»

Vladlena non riuscì a trattenere un sorriso.

«Forse» rispose. «Ero sola. Però avevo il mio amico Leonid.»

«Filip?»

Lei annuì, aprì la valigia, tirò fuori la fotocamera polaroid e le foto rimaste. Una di Elliot, una variante di quella che aveva inserito nella busta, e le altre di Josefin con i bambini.

«Mi dispiace essere stata costretta a spaventarli» disse. «Era indispensabile che rinunciasse all'incarico.»

Tese la polaroid e le foto a Wiking, che le prese.

«Sei stata a Stenträsk?»

Lei annuì.

«Il weekend scorso. Non eri a casa.»

«Come lo sai?»

«La chiave di riserva è ancora nello stesso posto.»

Vide che rifletteva e che capiva.

«Perché sei venuta nella mia camera in albergo?»

Lei si alzò, si avvicinò alla poltrona e gli si inginocchiò davanti. Gli appoggiò una mano sulla guancia, calda, barba lunga. Occhi impauriti.

«Mi dispiace tanto. Per tutto quanto.»

Si protese in avanti e lo baciò piano. Le labbra di Wiking erano fredde e dure. Lei gli mise la mano sulla nuca infilando le dita tra i capelli. Lui ansimò, la bocca socchiusa. La strinse a sé.

Poi la allontanò bruscamente.

«Di chi hai più paura?» gli chiese lei. «Di te o di me?»

«Ti ho fatto del male. È imperdonabile.»

Lei gli mise di nuovo la mano sulla guancia ma lui la scostò con delicatezza.

«Non mi faccio più trascinare» disse. «Ho smesso.»

Vladlena capì. Gli studi, la scelta della professione, i bambini, vivere a Stenträsk... Wiking aveva sempre e solo assecondato qualcun altro. Si alzò e andò al piccolo frigorifero incastrato nell'unico armadio della camera. Tirò fuori una bottiglia di vino.

«Verde. Portoghese. Ne vuoi?»

Lui scosse la testa.

«Be', io ho intenzione di bere» dichiarò lei.

Aprì il tappo e riempì il bicchiere dello spazzolino. Mandò giù un lungo sorso.

«Ho letto di quella ragazza trovata l'inverno scorso nella pila di fondazione del ponte» disse. «L'articolo diceva che eri padre di un uomo...»

«È stato fatto il test del dna» la interruppe lui. «Non è mio figlio.»

Lei sorrise.

«Non lo pensavo, infatti. Preservativo anche quando eri ubriaco fradicio.»

«Cos'è successo alla torbiera, il giorno in cui sei scomparsa?»

Lei bevve un altro sorso.

«Se morissi di nuovo» disse. «Se riuscissi a sparire, vorresti vedermi? Stare con me?»

Wiking si alzò.

«Come hai potuto lasciarla a morire alla torbiera?»

Lei chiuse gli occhi. Il nuovo agente di riferimento a Washington, un uomo con la faccia da topo che si chiamava Andropov, le aveva assicurato che Elin stava bene. Lei non gli aveva creduto nemmeno per un attimo. A lui non fregava un bel niente di cosa ne fosse stato della bambina. Diceva solo quello che lei voleva sentirsi dire.

Dopo poco più di un anno a Washington si era azzardata e contattare la redazione del *Norrbottens-Kuriren*. Era un mese che teneva da parte gli spiccioli e aveva chiamato da una cabina telefonica in un centro commerciale proprio accanto al Pentagono. Si era presentata come giornalista freelance, calcando sull'accento americano, e aveva detto che stava lavorando a un reportage su persone scomparse. Aveva chiesto se sapevano com'era andata a finire per la bambina lasciata ai margini della torbiera vicino a Stenträsk e aveva fornito la data dell'incidente. Un redattore sveglio era andato a prendere i fascicoli e aveva consultato i quotidiani in questione.

La madre non era mai stata trovata. La piccola, ricoverata in condizioni critiche, era sopravvissuta.

Aveva pianto tutta la sera. Un sollievo che superava qualsiasi cosa.

«Ti racconterò cos'è successo. Se torno.»

Quando lui la guardò, avvertì il peso di tutti gli anni che li separavano. Quegli occhi avevano un fondo diverso, adesso, e dentro c'era un dolore che forse non dipendeva solo da lei.

«Chissà se sarò ancora vivo.»

Poi uscì dalla camera, in silenzio. Lei premette l'orecchio contro la porta e ascoltò i suoi passi allontanarsi lungo il corridoio. Aspettò ad aprire la porta finché non sparirono del tutto, poi lo seguì. Si mise alla finestra di fianco agli ascensori, aspettò, lo vide spuntare dall'ingresso principale dell'hotel e dirigersi verso la metropolitana senza voltarsi. Lo zaino su una spalla, la giacca strapazzata dal vento. Passi pesanti.

Rimase a guardarlo finché non sparì dalla sua vista dietro una villa di Västertorpsvägen.

Stenträsk
14 agosto 1990

Trent'anni prima

Helena si portò la bambina al seno. La bocca si chiuse istintivamente intorno all'areola e cominciò a succhiare con forza. La reazione del corpo, la sensazione del latte che scorreva. La testolina appoggiata nell'incavo del braccio, calda e morbida. Con la mano libera le accarezzò i capelli lanuginosi.

Oggi avrebbe saputo.

Guardò fuori dalla finestra, respirando a bocca aperta, e lasciò che le lacrime le si asciugassero sulle guance. Il sole era ancora nuovo, obliquo. Non sapeva che ore fossero, ma Wiking dormiva e lui si svegliava sempre alle cinque e un quarto. A giudicare da quanto ondeggiavano le cime dei pini al lato opposto di Kvarndammsvägen, soffiava un vento abbastanza forte.

La piccola si staccò dal capezzolo e ruttò sonoramente. Helena la tirò su – cominciava a pesare – e le diede un bacino sulla bocca bagnata di latte. Poi l'attaccò all'altro seno, pieno e teso dopo una notte intera di sonno. Senso di sollievo via via che la pressione si allentava.

Per un po' si era illusa di poter restare, pensando che la nuova trasparenza e la caduta dei muri le avrebbero permesso di continuare a vivere come Helena, a Stenträsk. Una speranza vana e ingannevole, ovviamente: nella sostanza non era cambiato niente, se non per il fatto che il bilancio del Gru era stato dimezzato. Tutto, nell'organizzazione, sarebbe solo peggiorato.

Per lei, comunque, sarebbe stato meglio sapere. Potersi preparare. Qualsiasi cosa era preferibile a quell'incertezza.

Quando la bambina fu così sazia che il latte cominciò a risalirle gorgogliando dalla gola, le cambiò il pannolino e la rimise nel lettino con le sbarre.

Wiking dormiva con le braccia allungate sopra la testa. Lei gli si rannicchiò vicino, lo baciò e gli accarezzò la pancia e il petto. Si sfilò la maglietta, e lui si svegliò. Le sue mani, così grandi, asciutte e calde. La lingua, ruvida e dura. Nel momento dell'orgasmo dovette mordersi il labbro per non piangere. Dio santo, quell'uomo era troppo bello per essere vero. Sembrava impossibile poter amare qualcuno fino a quel punto. Era stata lei a battezzare Apollo il suo uccello. Forse non troppo originale, ma toccante. Incredibile che si concedesse di provare certi sentimenti.

Lui si mise a girare nudo nella luce del mattino, bevendo succo d'arancia e canticchiando. *I Samboronbon, en liten by förutan gata, den ligger inte långt från Rio de la Plata.*[5]

Sapeva che era un pezzo di Evert Taube. Ne aveva imparati diversi a memoria per poter partecipare quando si cantava tutti insieme in coro. *Så länge skutan kan gå, så länge hjärtat kan slå, så länge solen den glittrar på böljorna blå.*[6]

E chi lo diceva che lei era venuta al mondo «felice e baciata dal sole in ogni secondo», come continuava la canzone?

Wiking aveva un armadietto alla stazione di polizia, ma preferiva tenere a casa gli abiti da lavoro, uniforme com-

[5] A Samboronbon, paesino senza una strada non lontano da Rio de la Plata. [N.d.T.]

[6] Finché la barca andrà su e giù, finché il cuore non batterà più, finché il sole brillerà sulle onde blu. [N.d.T.]

presa. Mentre si vestiva, lei giocò e rise con Markus, che si era svegliato, e poco dopo cominciò a piagnucolare anche Elin. Helena si era seduta in cucina per riaddormentarla allattandola quando Wiking venne a salutarli facendo capolino dalla porta.

«Oggi vado a raccogliere un po' di more artiche» gli disse, riuscendo a mantenere salda la voce.

Lui si irrigidì.

«Non a Kallmyren, vero? Lo sai cosa...»

Quella sua sollecitudine. Teneva tantissimo a lei. Sempre preoccupato che potesse capitarle qualcosa.

«È solo superstizione, Wiking. Non esistono torbiere senza fondo.»

Le parole le uscirono troppo dure, ma era vicina al punto di rottura. Cercò di sdrammatizzare con un sorriso.

«Passa una buona giornata, dai.»

Lui se ne andò, chiudendo la porta d'ingresso un po' troppo forte.

Dopo che Elin si fu addormentata e Markus ebbe mangiato il latte fermentato con i cereali per colazione, fecero insieme un puzzle dell'orsetto Bamse sul pavimento del soggiorno. Mentre sceglieva le tessere e provava a incastrarle, il bambino parlava senza interruzione. Era un tesoro, e anche molto intelligente. Riusciva a comporre dei puzzle pensati per un'età molto superiore alla sua.

Telefonò a Karin.

«Pensavo di andare a vedere se sono rimaste delle more artiche» le disse. «Posso lasciarti Markus per qualche ora? Le zanzare gli danno troppo fastidio...»

«Certo, va benissimo» rispose Karin. «Volete pranzare qui? Pensavo di fare un po' di *pannkakor.*»

La piccola si svegliò.

«Andiamo dalla nonna a mangiare i *pannkakor*?» chiese Helena a Markus mentre allattava.

«Sììì!» esclamò il bambino.

Lei scrisse velocemente un biglietto per Wiking e lo lasciò sul tavolo in cucina, nel caso fosse rientrato prima di lei.

Tesoro,
sono andata a raccogliere un po' di more. Devo uscire di casa. Markus è da Karin.

Firmò con la sua stella, quella che somigliava alla cicatrice che aveva sulla pancia dal cesareo. Si infilò gli stivali di gomma e mise i cestini nel baule della macchina. Poi andò a piedi da Karin con la bambina nel porte-enfant e Markus che le saltellava accanto sul marciapiede. Sven non era a casa. Passava periodi sempre più lunghi nell'appartamento che gli era stato assegnato alla residenza protetta giù a Vidsel.

«Sta' attenta, mi raccomando» le disse Karin, girando un *pannkaka*. «Con tutta la pioggia che è venuta, alla torbiera c'è un sacco d'acqua.»

Helena diede un bacino a Markus e rimise la bambina nel porte-enfant, tornò alla macchina e la sistemò nel seggiolino. In realtà era in anticipo, ma non voleva rischiare di arrivare tardi.

Mentre guidava tenne lo sguardo fisso sugli alberi davanti a sé, con il vuoto che le echeggiava già nel corpo. Sua madre l'aveva abbandonata per il suo bene e prima o poi lei avrebbe dovuto fare la stessa cosa con Elin, per le stesse ragioni. Le parole della nonna: «Non siamo noi a decidere i nostri presupposti di partenza: possiamo solo viverli.»

Parcheggiò sullo spiazzo di fianco al cartello con la scritta AREA INTERDETTA, VIETATO L'ACCESSO AGLI STRANIERI. Mancava ancora più di un'ora all'appuntamento. Tanto valeva approfittarne. Wiking adorava la confettura di more artiche.

La bambina si era addormentata.

La mise nel porte-enfant, lo appoggiò su una zolla asciutta ai margini del terreno paludoso e la coprì bene con la zanzariera. Il vento scuoteva le foglie delle betulle. Si spruzzò addosso la lozione repellente finché non cominciò a tossire, mise la cesta più grande di fianco alla bambina e si addentrò nella torbiera con il cestino.

Le coordinate che le erano state inviate l'avevano portata nella parte nord-occidentale della zona umida, quella più lontana dal centro abitato, e chi era venuto a raccogliere le bacche non si era spinto fino a lì. I cespugli erano carichi di more mature e mentre le raccoglieva Helena si sentì colmare di gioia. Nel giro di pochi minuti riempì il cestino. Lo portò avanti e indietro, spostandosi a raggiera, per svuotarlo e controllare la piccola che dormiva tranquilla, cullata dallo stormire delle betulle e tonificata dall'aria fresca.

Helena perse la nozione del tempo. Continuò a spostarsi in mezzo a zolle e pozze cantando un pezzo di Ulf Lundell. *Jag trivs bäst i öppna landskap, nära havet vill jag bo.*[7] Quando la raggiunse il rumore delle pale dell'elicottero reagì con sorpresa, non con timore, e impiegò qualche secondo a identificarlo. Fissò incredula il piccolo apparecchio che comparve al di sopra delle cime degli alberi. Non ne aveva mai visto uno simile. Quando passò sopra di lei distinse chiaramente il pilota ai comandi. Lui le fece segno di spostarsi verso il centro della torbiera. Probabilmente cercava un punto in cui atterrare. Le pale del rotore sferzavano la vegetazione. Lei sollevò una mano per proteggersi dalla corrente d'aria. Lanciò un'occhiata verso il porte-enfant. Il rumore aveva sicuramente svegliato Elin. Era meglio andare a prenderla? No, non poteva portarla con sé in mezzo alle zolle di torba, erano troppo instabili. Alzò lo sguardo verso l'elicottero e vide che il pilota prendeva un microfono.

[7] Io sto bene negli spazi aperti, voglio vivere vicino al mare. [N.d.T.]

«AVVICINATI ALL'APPARECCHIO.»

Helena trattenne il respiro. Stavano usando una specie di altoparlante. Le parole, pronunciate in russo, avevano coperto il frastuono del motore ed erano ancora sospese nell'aria intorno a lei. Prima però doveva controllare la bambina.

«AVVICINATI ALL'APPARECCHIO, SUBITO.»

Merda, merda, merda! Bisognava sbrigare la questione il più velocemente possibile.

Si avventurò sulla torbiera seguendo un dosso, ma mise più volte il piede in fallo. Gli stivali le si riempirono di acqua fangosa. Rimase impigliata con un piede e finì lunga distesa per terra, infradiciandosi i pantaloni e la giacca.

Mentre si rialzava, una raffica di pensieri le attraversò la mente. Da dove veniva quello strano apparecchio volante? Il pilota non era Angelov: lo vedeva, nonostante casco, visiera e cuffie. Sarebbe stato lui a informarla? O a bordo c'era anche Angelov?

L'elicottero si fermò in aria al centro della torbiera, a una decina di metri da terra. Il pilota lanciò giù qualcosa. Sembrava una scaletta di corda. Quando ci arrivò, Helena ansimava ed era tutta bagnata. L'uomo le fece segno di salire sulla scaletta, che si torceva in balia del vento. Lei esitò.

Si guardò intorno, intuendo i contorni del porte-enfant al margine della torbiera. Il rumore delle pale aumentò d'intensità.

«AGGRAPPATI ALLA SCALETTA.»

Lei alzò lo sguardo. Il pilota gesticolava rabbioso, facendole segno di salire sulla scaletta strapazzata dalla corrente. Un respiro profondo, poi Helena riuscì ad afferrarla. Mise un piede sul primo piolo e l'elicottero si sollevò subito in verticale. Il terreno le sparì da sotto e i polmoni si svuotarono completamente. Gli stivali di gomma scivolarono sulla corda e lei si aggrappò con le mani girando la testa per cercare il porte-enfant: dov'era? Non lo vedeva, *non lo vedeva, non lo vedeva!* Non capiva da che parte stesse volando. Un attimo dopo urtò contro la cima di un pino e per poco non perse la presa. Un ramo le graffiò la guancia in profondità. Strinse forte le palpebre e per diversi minuti si tenne avvinghiata alla scaletta, finché non cominciarono a venirle i crampi alle braccia e il rumore del motore cambiò, mentre l'apparecchio perdeva velocità. Quando socchiuse gli occhi, le si riempirono di lacrime a causa della corrente d'aria.

Sotto di lei c'era una strada sterrata. Scorse un'auto, un tir e diversi uomini. Grazie a Dio uno di loro sembrava Angelov.

L'elicottero si abbassò finché non le fu possibile lasciar andare la scaletta. Quando atterrò, si fece male: la caviglia si piegò nella caduta. L'apparecchio risalì per poi atterrare poco più in là, dietro il tir. Il motore tacque, lasciandosi dietro un silenzio frusciante.

Helena si ritrovò in ginocchio sulla ghiaia, tremante di adrenalina e dolore. Sentiva il sangue caldo colarle sulla guancia dal taglio sotto l'occhio. Angelov e altri due corsero verso di lei. Uno la rimise in piedi, le tolse la giacca a vento bagnata e le gettò una coperta asciutta sulle spalle. Lei vide tre uomini caricare sul tir le pale dell'elicottero.

«Brava» le disse Angelov. «È andata bene, ma ora dobbiamo sbrigarci.»

Annuì. Capiva. Erano in una zona interdetta e non potevano trattenersi più a lungo dello stretto necessario, e aveva fretta anche lei. Elin era sola ai margini della torbiera. Dio santo, potevano esserci degli orsi da quelle parti?

Gli uomini dietro il tir fissarono dei cavi all'elicottero per caricarlo con l'aiuto di un argano.

«Il piano per la mia uscita di scena» balbettò, sentendo che il russo le usciva a fatica dalla bocca. «Veloce, dimmi quanto tempo mi rimane. Quando devo lasciare la mia famiglia? Come devo muovermi, cosa devo dire? Dove devo andare? Con chi mi metto in contatto?»

Angelov le diede un colpetto sul braccio.

«Risolveremo tutto nel migliore dei modi» disse.

Lei inspirò a fondo. *Ecco, ora arriverà la sentenza.*

Lui le cinse le spalle con il braccio e la condusse verso l'auto.

«Ne discutiamo lungo il percorso.»

Lei si bloccò istintivamente, i talloni piantati sulla strada sterrata.

«Cosa vuoi dire? Il percorso per dove?»

Sentì una mano dura sulla nuca, un'altra sulla bocca. Un dito le finì tra i denti e lei morse più forte che poteva. Un grido acuto, *Elin! Elin! Elin!* Si mise a mulinare le braccia, finì a terra, si beccò un calcio alla testa. Una mano la rimise in piedi prendendola per i capelli.

Angelov aprì la portiera.

«La tua uscita di scena è questa.»

Agosto 2020

Il colonnello Vladlena Arina Ivanova atterrò all'aeroporto Šeremet'evo, alle porte di Mosca, la sera di domenica 30 agosto. Aveva solo il bagaglio a mano e attraversò senza fretta il controllo passaporti e la dogana. Nessun impiegato reagì alla sua presenza. Non che l'avesse messo in conto, ma fu comunque un sollievo.

Fuori dal terminal l'aria era umida e satura dei gas di scarico di aerei e automobili. Dovette aspettare dieci minuti l'autobus 851 verso Rečnoj vokzal, sulla Zamoskvoreckaja, la linea due della metropolitana. Doveva esserci stato un concerto rock da qualche parte, o festeggiamenti per qualcosa, perché il vagone si riempì di ragazzi schiamazzanti ubriachi di vodka e vestiti in modo trasgressivo. Un paio le rivolsero la parola, ma lei tirò fuori un libro dalla borsa e li ignorò.

Scese a Majakovskaja e salì velocemente al livello della strada: non si era mai lasciata incantare da quel capolavoro architettonico, con le colonne in acciaio inossidabile e rodonite rosa e i mosaici a soffitto che illustravano il luminoso futuro tecnologico dell'Unione Sovietica.

Era sceso il buio e il *produkty* era già chiuso. Percorse le stradine alberate fino a casa sua in ulica Fadeeva, quasi di fronte al Glinka, il museo statale della cultura musicale. L'ascensore salì riluttante al quarto piano e l'appartamento le diede il benvenuto con una ventata fresca di vuoto. Due locali più una cucina ampia e un bagno. Quattro grandi finestre affacciate su un cortile interno con un castagno e i bidoni della raccolta differenziata.

Lo aveva affittato ammobiliato.

Nella stanza che usava come soggiorno tirò fuori i tascabili che aveva comprato alla libreria dell'aeroporto di Arlanda. Chiuse le tende e andò in cucina a prepararsi del caffè. Era quasi mezzanotte e cominciava a sentirsi davvero stanca. Bevve tutta la tazza in piedi e se ne fece un'altra. Poi si sedette a leggere nell'angolo del divano, decidendo di cominciare da *Tritonus* di Kjell Westö. Non sapeva di cosa parlasse ma l'aveva comprato d'istinto. Proseguendo nella lettura scoprì che parlava di un direttore d'orchestra famoso in tutto il mondo che si dibatteva tra i problemi esistenziali e le riflessioni dell'uomo contemporaneo, e del suo rapporto con vicini di casa e amici. Il titolo si riferiva al termine musicale che indica l'intervallo disarmonico detto anche "Diabolus in musica", e il libro dichiarava di cercare le risposte a domande impellenti: come potremo convivere, considerate tutte le nostre differenze? Esiste la possibilità di rimediare e arrivare a una riconciliazione, o è troppo tardi?

Temi che toccavano anche lei, in maniera estremamente concreta.

La trama era ambientata in un vicino futuro post-pandemico caratterizzato dal movimento #metoo e da minacce terroristiche, e la coinvolse molto. Kjell Westö sapeva davvero scrivere.

Verso le quattro e mezzo del mattino si appisolò nel suo angolino, nonostante la caffeina che le faceva formicolare le dita e la fame che non le dava tregua. Alle sei la sveglia del cellulare la fece riemergere dal sonno.

Arrivò al lavoro, al numero 3 di ulica Grizodubovoj, alle sette e un quarto. Salutò con un cenno il ragazzo ai controlli di sicurezza, ma lui rimase impassibile.

Quando entrò nel suo ufficio al quinto piano, lo trovò deserto. La collega Jegorova avrebbe passato tutta la settimana nella dacia sul Mar Nero insieme al suo amante della Quarta direzione.

Vladlena si sedette alla scrivania. Anche se la poltroncina era scomoda, non avendo quasi chiuso occhio si addormentò, svegliandosi quando Igor, il segretario, entrò senza bussare per portarle del materiale proveniente da fonti aperte. Non dovette fingersi assonnata e confusa, perché lo era davvero. Le era anche colata un po' di bava su un documento top secret, il che rafforzava l'imbarazzo.

Il segretario le lanciò un'occhiata strana e si chiuse la porta alle spalle.

Il pranzo lo consumò da sola, dentro l'ufficio: un uovo sodo e un pezzo di carne tirato fuori dal freezer quella mattina.

Nel pomeriggio Petrov fece capolino per chiederle se quella sera voleva andare a un concerto al Glinka con lui e sua moglie. Ci sarebbero stati anche il generale Gagarin e consorte. Lei ringraziò per l'invito ma declinò dando la colpa al mal di stomaco.

Tornando dall'ufficio fece la spesa al *produkty*: salmone in scatola, funghi, carne trita, limette per unghie e un rasoio. Davanti all'ascensore rispose al saluto di una vicina di casa ma lasciò cadere il suo tentativo di chiacchierare.

Una volta a casa, al quarto piano, tirò le tende e si sedette sul divano per leggere le ultime pagine di *Tritonus*. Poi preparò un intero bricco di caffè e se lo portò in soggiorno.

Si addormentò alle quattro, ma arrivò puntuale in ufficio. Con la scusa del lavoro arretrato, rifiutò un invito a pranzo del collega Kozlov.

Quella sera cenò con una scodella di brodo e cominciò a leggere *I tystnaden begravd* di Tove Alsterdal. Fu fagocitata dal romanzo, cosa a cui era del tutto impreparata.

Raccontava di alcune persone del Norrbotten che negli anni Trenta si erano lasciate alle spalle l'indigenza nella quale avevano vissuto in Svezia per costruire il paradiso socialista in Unione Sovietica. Venivano descritti i loro sogni e le loro speranze, che si sbriciolavano sempre di più finché i personaggi non venivano condannati per alto tradimento e, nella migliore delle ipotesi, confinati in Siberia.

Sua nonna Elin era stata una di loro. Aveva conosciuto Ivan quando lavorava come zatteriere sul Ljusnan, un uomo imponente con un sorriso smagliante e grandi progetti trasferitosi in Svezia per imparare il mestiere ma con l'intenzione di tornare in patria e servire il comunismo. La crisi del mercato del legno degli anni Trenta aveva accelerato i tempi e, quando Elin aveva scoperto di essere incinta, si erano sposati ed erano partiti insieme per l'Ingria. Non era chiaro fino a che punto Elin fosse una convinta socialista, ma amava il marito e la morte di morbillo del figlioletto, il giorno in cui compiva tre anni, l'aveva straziata. La paranoia di Stalin aveva ormai raggiunto vette drammatiche, circostanza descritta in modo spaventosamente puntuale nel romanzo di Tove Alsterdal. Anche se era ambientato in Carelia, la situazione era identica a quella vissuta da sua nonna. Negli anni Trenta erano stati spediti in Siberia e negli Urali sessantamila abitanti dell'Ingria, un quarto dei quali aveva perso la vita lungo il percorso. Ivan era tra loro. Alla sua morte, Elin era di nuovo incinta ed era finita in un campo di lavoro forzato. Grazie ai capelli biondi e agli occhi azzurri, era stata scelta da un funzionario di partito che non sapeva fare tanto bene i conti. Era convinto che la bambina fosse sua, e per questo Elin aveva potuto tenerla con sé. In seguito Kristina, così si chiamava la figlia, si era iscritta a medicina. All'università aveva conosciuto il futuro marito, che studiava Geologia.

E poi erano stati destinati a Udačnyj.

Quella notte Vladlena si addormentò piangendo.

La mattina dopo arrivò un po' in ritardo al lavoro, per la prima volta nella sua carriera. Aveva il viso grigio, gli occhi rossi e incavati. Non chiese il tè a Igor ed evitò la sala mensa.

Nel pomeriggio uscì dall'ufficio prima del solito.

«Ho una visita medica» disse al segretario a voce piuttosto bassa, ma abbastanza alta perché potesse sentirla anche il collega Petrov al lato opposto del corridoio.

Ogni volta si lasciava alle spalle il posto di lavoro un po' più leggera di prima, o almeno era quella la sensazione, come se qualcuno le avesse tolto qualche grammo di peso dalle spalle. Così anche quel giorno. Inspirò a fondo e rilassò i muscoli del collo. Un elicottero si abbassò verso la piattaforma sul tetto, costringendola a combattere il panico scatenato dal rumore delle pale. L'apparecchio che l'aveva portata via da Kallmyren era un modello precedente e più piccolo del Kamov Ka-52K, di dimensioni sufficientemente contenute da rendere possibile il trasporto su un tir. In segreto Vladlena aveva sondato le possibilità di sabotare la fabbrica di Arsen'ev che lo produceva, ma naturalmente non aveva messo in atto quella parte del piano.

Era una splendida giornata di fine estate, aria rarefatta e stormire di fronde. Si tolse la giacca e se la mise sul braccio, percorrendo lentamente i viali alberati verso la fermata dell'autobus Chram, dove si trovava l'ospedale che portava il poco stringato nome Gorodskaja kliničeskaja bol'nica im. S.P. Botkina. Si sedette nel bar di fianco all'ingresso principale, al tavolino più vicino all'uscita, con un caffè e un bicchiere d'acqua, lo sguardo perso nel vuoto. Sentiva che i passanti le lanciavano occhiate distratte, come si fa in ospedale: malattia cronica, mortale o curabile?

Alle sette di sera decise che per quel giorno poteva bastare e prese la metropolitana da Dinamo fino a Majakoskaja, si fermò al *produkty* a comprare salsicce, pesce surgelato e limoni. Finì di leggere il libro di Tove Alsterdal e crollò sul divano prima di riuscire a cominciarne un altro.

Per tutta la settimana si attenne alla stessa routine: piccoli ritardi a inizio giornata, appuntamenti medici nel pomeriggio e colorito sempre più grigio. Stava veramente malissimo. Cominciò a perdere colpi sul lavoro, cosa mai successa.

Nel fine settimana inserì un po' di verdura nel regime alimentare, fino a quel momento strettamente proteico. Non aveva intenzione di morire sul serio: doveva solo sembrare che così fosse. La dieta funzionava, su questo non c'erano dubbi. Si chiamava Dukan, dal nome del medico francese che l'aveva ideata. Dopo una sola settimana era più magra che mai. La domenica pomeriggio si lavò i capelli per l'ultima volta e si strofinò le mani e le ascelle con il succo di limone, provocando grosse tumefazioni rosse.

Il lunedì la collega Jegorova era di ritorno al lavoro. Quando salì dalla piscina e vide Vladlena rimase sconvolta.

«Ma che succede, stai male?»

Lei si scostò i capelli dal viso, imbarazzata.

«Ultimamente non mi sento tanto in forma» rispose fumosa.

L'altra fece un passo in direzione della porta.

«Non sarà quel virus, vero?»

«No, no. Assolutamente.»

Daria Jegorova tirò un sospiro di sollievo e si sedette al suo lato della scrivania.

«Tanto è tutta una montatura» disse, e tirò fuori dalla borsa una confezione di kefir.

La mattina del giovedì Vladlena contattò l'amministrazione e chiese qualche giorno di congedo a causa di un intervento chirurgico urgente, comunicando che contava di riprendere servizio all'inizio della settimana successiva. Nel pomeriggio ricevette un breve messaggio con la conferma che le era stato accordato.

La mattina del venerdì andò in una clinica di chirurgia estetica in Malaja Gruzinskaja ulica e si fece togliere il seno in silicone. Quando venne dimessa, il sabato pomeriggio, si sentiva un relitto umano. L'unica volta che si era ammalata sul serio era stata quando Angelov era andato a prelevarla a Stenträsk e l'aveva portata fino in Unione Sovietica senza curarsi del fatto che allattava. Haparanda non distava più di trecento chilometri dalla frontiera di Suoperja, ma l'ingorgo mammario era già in atto prima che si lasciassero alle spalle la Finlandia. Le era salita la febbre, si erano formate delle ragadi e le era venuta una mastite bilaterale con ascessi. A Leningrado era rimasta ricoverata in ospedale tre giorni, con tubicini in entrambi i seni per drenare il pus. Sempre lì le avevano fatto delle iniezioni di ormoni che avevano fermato la produzione di latte.

Pensò che il seno era proprio il suo tallone d'Achille.

La domenica ripeté l'operazione con il succo di limone sulle mani e si limò uno zigomo fino a procurarsi un'escoriazione. Il lunedì mattina si era formata una crosta abbastanza impressionante. Riuscì ad arrivare al lavoro, ma quasi non si reggeva sulle gambe. Non dovette nemmeno ficcarsi le dita troppo in profondità nella gola per vomitare rumorosamente il pranzo. Lo sguardo dei colleghi indugiava a disagio sulla sua figura curva e come afflosciata. Il colonnello Jegorova passava sempre più tempo nell'ufficio del collega Petrov con la scusa che stavano lavorando a un progetto congiunto.

Ogni tanto Vladlena si chiedeva se avesse esagerato e se avrebbe avuto un crollo fisico. Decise di cominciare a mangiare verdura un paio di volte alla settimana, almeno finché Gagarin non avesse dato segni di aver notato il cambiamento. Tutti i giorni, dopo pranzo, andava al bar dell'ospedale, sedendosi a tavolini sempre diversi ma sempre in modo da risultare ben visibile alle persone che andavano e venivano.

Dovette aspettare fino a metà settembre perché il generale la convocasse. Lei si sedette piano sulla poltroncina davanti alla grande scrivania e cercò di nascondere le mani screpolate.

«Come sta, colonnello Ivanova?» le chiese il superiore in un tono familiare che non gli era proprio.

Lei abbassò gli occhi e deglutì a fatica.

«Non troppo bene.»

«Mia moglie l'ha vista all'ospedale, la settimana scorsa» disse lui.

Vladlena non aprì bocca. Il generale abbassò gli occhi sulle carte che aveva sulla scrivania.

«A metà agosto lei è andata a Stoccolma e c'è rimasta due settimane» continuò. «Ha prenotato degli esami nella clinica privata Sophiahemmet, a diverse riprese. C'è qualcosa che vuole dirci?»

Vladlena alzò gli occhi, sperando di essere arrossita leggermente. Il capo aveva davanti il suo estratto conto, con l'elenco di pagamenti e acquisti con la carta di credito. Non riuscì a sostenere il suo sguardo più che per qualche secondo.

«Naturalmente mi fido della nostra ottima sanità russa» rispose, «ma volevo verificare se magari c'era qualche alternativa... Qualcosa che poteva... Insomma, un secondo parere...»

Lasciò che la voce si spegnesse.

«Quindi? In Occidente sono stati in grado di aiutarla?»

Una chiara sfumatura di biasimo nella voce.

Lei sollevò lo sguardo, fece un sorriso pieno di vergogna e scosse la testa.

«No. È stato ingenuo da parte mia. La diagnosi è stata confermata.»

Il generale Gagarin si agitò sulla sedia, a disagio.

«Mi dispiace. Quando ha avuto... la notizia?»

«Al controllo sanitario annuale. In giugno.»

Gagarin sospirò. Poi prese un'altra cartellina, la lesse e si strofinò il mento.

«So che viene da Udačnyj...»

Lei raddrizzò le spalle e lo guardò.

«Il mio passato è del tutto irrilevante» disse in tono deciso.

Il generale la scrutò.

«Sappiamo tutti della miniera di diamanti e delle sperimentazioni fatte negli anni Settanta...»

Lei sollevò il mento di scatto.

«Non c'entra con la mia malattia» tagliò corto, sentendo avvampare le guance.

Il suo superiore si rilassò contro lo schienale, facendolo scricchiolare. Negli occhi gli era comparsa un'espressione che, in mancanza di aggettivi migliori, poteva essere descritta come deferente.

«Quindi lei è stata colpita da...»

«Pura sfortuna» lo interruppe Vladlena. «Ho avuto una vita lunga e piena, e sono molto soddisfatta del mio lavoro. Le mie origini non hanno nessuna importanza.»

Prese fiato.

«Temo, però, di dover cominciare a pensare alla pensione.»

Il generale sembrò sollevato.

«Ne ha maturato il diritto da sei anni. Basta che informi l'amministrazione e cominceranno a versargliela.»

«Vorrei continuare a lavorare finché ne ho la forza.»

«Naturalmente» rispose Gagarin, alzandosi. «Naturalmente, colonnello Ivanova.»

Tese la mano. Lei si alzò vacillando ma gliela afferrò con forza e fiducia. Si accorse dell'espressione di disagio quando lui notò le vescicole piene di liquido.

«Grazie, generale Gagarin» disse, e uscì dal suo ufficio.

Tre giorni dopo si rase tutti i capelli e anche le sopracciglia, e cominciò a portare un berretto di lana. I colleghi iniziarono a girarle alla larga in quel modo inconsapevole da sempre proprio degli esseri umani, per prendere le distanze dalla malattia. Quando passava nei corridoi si sussurrava: «È di *Udačnyj* ma sostiene che *non c'entra.*» C'era un senso di rispetto, in quelle parole, come se venisse sollevata da ogni responsabilità.

Ordinò una parrucca in un negozio in città, ma non la usò mai.

L'ultimo giorno di lavoro fu a metà novembre. Venne salutata con un pranzo nella sala mensa insieme ai colleghi con cui collaborava più strettamente. Il generale Gagarin avrebbe voluto passare, ma ebbe un contrattempo.

La conversazione non scorreva granché fluida. Igor, il segretario, le chiese cosa aveva in mente di fare, dato che avrebbe avuto un sacco di tempo, e la domanda mise in grave imbarazzo Petrov e gli altri presenti. Vladlena spiegò che aveva intenzione di tornare nel posto da cui veniva, una cittadina della Siberia. Se l'era sempre portata nel cuore e voleva rivederla, finché le era concesso. A queste parole, il colonnello Jegorova si soffiò il naso nel tovagliolino.

«Per fortuna ormai ci sono voli che arrivano dappertutto» disse Igor.

Con lo sguardo abbassato sul tavolo, Vladlena rispose che purtroppo i suoi polmoni non erano più in grado di affrontare un viaggio aereo così lungo, ma che si era organizzata in un altro modo.

Quest'ultima frase fu interpretata come il segnale per salutarsi.

Vladlena sgomberò l'appartamento. Diede via tutti i libri e i vestiti, tranne i capi che indossava: il cappotto più pesante, il berretto e i guanti di pelle, gli scarponi foderati di vello di pecora. Si assicurò di aver buttato via i referti dei costosi esami fatti a Stoccolma e pagati con la carta di credito, da cui risultava che era sanissima. Mise in un vecchio zaino tutti i contanti che aveva risparmiato e nascosto negli anni. Con una valigia, lo zaino e la borsetta salì a bordo del primo treno. La destinazione finale sul biglietto era Nižnij Bestjach.

Si lasciò alle spalle Mosca sotto una fitta nevicata e dormì quasi ventiquattro ore di seguito.

Dopo altri due giorni e due notti arrivò a Tajšet, una cittadina il cui nome significava letteralmente "acqua fredda". Fino agli anni Cinquanta era stata il centro amministrativo per i campi di lavoro forzato di Ozerlag e Angarstroj. Nonna Elin era stata confinata nel secondo. C'erano ventotto gradi sottozero. Vladlena percorse le strade non spalate con la neve che le scricchiolava sotto gli scarponi e prima di prendere il treno per Tynda si assicurò di prelevare al bancomat.

La seconda tappa del viaggio durò quarantasette ore. Dato che il vagone non era pieno, aveva a disposizione due sedili. Si concesse di mangiare pane, frutta e ogni genere di carboidrati, sentendo che piano piano riprendeva vigore. Una volta arrivata pagò con la carta di credito una notte all'Hotel Junost. Il termometro segnava meno trenta. Alle dieci della mattina dopo salì a bordo del treno per Nižnij Bestjach, dove arrivò dopo altre ventiquattro ore. Lì la temperatura era meno trentatré.

Il viaggio filò liscio, nel complesso. In quella stagione i vagoni erano poco affollati, il riscaldamento funzionava e lei aveva tenuto per ultimo il pezzo forte degli acquisti fatti ad Arlanda: l'intera serie *Vardagar* di Ulf Lundell. Le sopracciglia le erano ricresciute e la parrucca rosso-castano che aveva comprato le serviva per nascondere i capelli spuntati da poco.

Dopo una notte all'Hotel Kvant di Nižnij Bestjach, anche quella pagata con la carta di credito, prese un autobus per Mirnyj, il capoluogo del distretto, dove tanto tempo prima Irina Sidorova le aveva asportato un'appendice sanissima. Fu una tappa terribile, la più scomoda di tutto il viaggio: millesettecento chilometri su un pullman senza riscaldamento e, fuori, buio pesto e trenta gradi sottozero.

Come Udačnyj, Mirnyj era una città diamantifera, con un grottesco cratere a cielo aperto vicinissimo al centro abitato ma senza una cavità radioattiva sotto le case. In compenso era sfiorata dal Viljuj, un fiume di inquinamento e radiazioni. Quando era piccola si diceva che Mirnyj era «sulla terraferma», come se Udačnyj fosse un'isola. Ricordava quanto le era sembrata grande e vivace. Pur sapendo che Irina era morta da tempo, Vladlena passò davanti alla casa in cui era vissuta. Cercò di ricordare quale fosse la sua finestra, ma la facciata era tutta scrostata e non riuscì a identificarla con sicurezza.

Si fermò due giorni, finché non trovò un'auto in condivisione per raggiungere Udačnyj. Nell'ultimo tratto, percorso su una specie di taxi – cinquecento chilometri di strada sterrata –, dovette viaggiare stretta fra alcuni minatori che erano scesi in città per fare sesso a pagamento con le prostitute e avevano deciso di festeggiare le loro prodezze con un paio di litri di vodka. Verso la fine, dopo una pausa pipì, riuscì a conquistare il posto del passeggero di fianco all'autista e poté dormire un po'.

Arrivarono nel tardo pomeriggio. I minatori se ne andarono verso casa per prepararsi al lavoro del giorno dopo nella cava. Il buio incombeva sulla città, che non somigliava affatto a quella che ricordava. Si era trasformata, sia nella sua memoria che nella gelida realtà. Il consumismo aveva avuto la meglio anche lì, con minimarket, vetrine e insegne colorate. Essere di nuovo in quel posto le sembrava inconcepibile, e nello stesso tempo normalissimo. Gli ultimi quarantasei anni sbiadirono in un sogno lontano.

Prese una camera nell'albergo che portava lo stesso nome della cittadina e per cena mangiò un'insalata di salmone al ristorante Vernisazj. Dormì profondamente e senza sogni.

Il giorno dopo si rivolse all'ufficio immobiliare locale e chiese di affittare un appartamento a tempo determinato, per tre mesi. La domanda venne accolta subito. Vladlena pagò con la carta di credito.

Il monolocale era al primo piano di un condominio in ulica Mira. Al Magazin Oboi comprò una lampada a stelo e un timer. Li collegò a una presa della stanza, mentre nell'altra mise a caricare il cellulare. Uscì e chiuse la porta a chiave.

Quando fu per strada si ritrovò immersa nello stesso "momento blu" che a volte d'inverno aveva vissuto a Stenträsk: la luce che per alcuni intensi minuti attraversava il buio polare prima che diventasse tutto nero.

Da nord soffiava un vento forte. A un bancomat di fianco a una farmacia svuotò il conto degli ultimi soldi rimasti.

L'aeroporto Poljarnyj doveva essere appena fuori città. Non ci era mai stata, ma le informazioni che aveva si rivelarono corrette. Il tragitto in taxi durò poco più di un quarto d'ora. Pagò in contanti e con la stessa modalità acquistò un biglietto aereo per Krasnojarsk che fece emettere con il suo secondo nome, Arina Ivanova. Non ci era mai stata prima e non aveva legami con nessuno che vivesse lì.

Aveva fatto le ricerche sulla città dallo stesso computer da cui seguiva la pagina Facebook di Josefin. Si trovava nel seminterrato della sua palestra a Mosca e per lo più veniva usato per forme diverse di pornografia illegale. Si era messa in contatto con una cooperativa di artisti che affittava posti letto settimanalmente, con wi-fi gratuito e sconto sul fumo.

C'era la muffa sul soffitto e nei bagni non si poteva usare la carta, ma per il resto la sistemazione rispondeva alle sue aspettative. Comprò un cellulare usato e un computer portatile e cominciò ad aspettare.

Passò Natale e passò Capodanno. Vladlena seguiva gli aggiornamenti di Josefin su Facebook e Instagram in tempo reale. Alberi addobbati, *lussebullar*, bambini allegri, infornate di biscotti allo zenzero, apertura dei regali, link al coro della radio nazionale che cantava *Det strålar en stjärna, förunderligt blid*. Elin era salita a Stenträsk con un'amica, Wiking era dimagrito parecchio. La sera dell'Epifania Maja Maria Helena fece i suoi primi passi. Il breve video le provocò un'inaspettata reazione emotiva: una finestra sulla vita che avrebbe potuto essere la sua. Pianse così tanto che il ragazzo del letto di fianco le chiese se voleva una pasticca di Frisium, gratis. Lei fu commossa dalla sua premura ma declinò l'offerta.

Krasnojarsk era una città antiquata, fredda, grande e solo in parte ristrutturata dopo gli scempi dello stalinismo. Vladlena faceva quotidianamente lunghe passeggiate e mangiava un pasto caldo al giorno in qualche tavola calda, senza che nessuno la degnasse di uno sguardo.

A metà febbraio rifece per l'ultima volta il letto sotto il soffitto ammuffito, regalò il cellulare e il portatile al ragazzo delle pasticche e volò a Mirnyj. Lì comprò da un signore anziano una Lada Samara del 1999 e si offrì di occuparsi del passaggio di proprietà. Non lo fece, e di conseguenza la macchina non poté mai essere ricollegata a lei. Nessun senso di colpa, in ogni caso: l'uomo gliel'aveva venduta a un prezzo esagerato.

C'era una sola strada che portava a Udačnyj, sterrata, e finiva lì. Percorse i cinquecento chilometri con un'unica sosta, a una mensa di Morkoka, per pranzare e andare in bagno. Le conifere erano vicine ai finestrini. Il sole stava tornando a splendere sull'emisfero boreale e verso metà giornata Vladlena poté godere di diverse ore di luce. Quando arrivò a destinazione, però, era già calato a sud-ovest. Percorse al buio il tragitto fino al monolocale che aveva affittato, spostò la lampada a stelo sul pianerottolo, spense e fece a pezzi il cellulare. Nella cassetta davanti all'ufficio postale imbucò sette lettere: una per Daria Jegorova, una per il loro comune segretario Igor, una per il generale Gagarin e una ciascuno per i tre colleghi che avevano partecipato al suo pranzo di addio. Avevano tutte lo stesso indirizzo e lo stesso contenuto: l'invito al funerale del colonnello Vladlena Ivanova, che si sarebbe tenuto alla chiesa di san Serafino di Udačnyj il 19 febbraio alle dieci e mezza. La mittente era Irina Sidorova, un'amica di famiglia. La settima e ultima lettera comunicava la chiusura del conto bancario ed era indirizzata alla sua filiale di Mosca. La cassetta era già stata svuotata, il che significava che le buste avrebbero avuto il timbro con data e nome della città soltanto il giorno successivo, martedì 16 febbraio.

Una volta che le ebbe imbucate, fece il pieno alla macchina e tornò da dove era venuta, superò la mensa di Morkoka e arrivò a Mirnyj intorno a mezzanotte.

Vladlena aveva anche finto che la signora Sidorova avesse capito male l'indirizzo del Gru, riportandolo in modo non del tutto corretto. Di conseguenza le lettere sarebbero finite in un limbo per qualche giorno, forse addirittura settimane, e sarebbero arrivate a destinazione parecchio dopo che il funerale si era già svolto, circostanza che sicuramente avrebbe provocato una serie di sospiri di sollievo all'interno della Seconda direzione del Gru. Un viaggio in un buco radioattivo in Siberia a febbraio non era certo il sogno dei suoi ex colleghi. Avrebbero inviato un messaggio di condoglianze all'indirizzo email indicato sull'invito, spiegando come mai non avevano avuto la possibilità di partecipare alla cerimonia e aggiungendo parole ben scelte e rispettose per dichiarare quanto apprezzavano la defunta. A quel punto sulla storia del colonnello Vladlena Ivanova all'interno dei servizi segreti russi sarebbe calato il sipario.

Forse.

Il piano non era inattaccabile.

Nel letto bitorzoluto dell'hotel di Mirnyj fu assalita dal pensiero delle tante falle che avrebbero potuto smascherarla.

Se qualcuno avesse avuto accesso alle sue cartelle cliniche, sarebbe finita subito male.

Se avessero controllato quali funerali si erano effettivamente svolti nel suddetto buco radioattivo in Siberia in una certa data, sarebbero nati dei sospetti, per dirla con un eufemismo.

Se fosse stata fatta una verifica delle liste passeggeri all'aeroporto Poljarnyj, probabilmente l'avrebbero scoperta.

Se avessero tracciato l'indirizzo email di Irina Sidorova.

Se avessero cercato Irina Sidorova.

Se avessero richiesto un certificato di morte.

Chiuse gli occhi e strinse forte le palpebre.

D'altra parte, la conoscenza approfondita che aveva della cultura imperante nell'organizzazione le suggeriva che non sarebbe successo niente di tutto questo, non senza una ragione palese o un sospetto di irregolarità. L'argomento più solido era che l'avevano vista di persona deperire e diventare un'ombra di se stessa nei corridoi del quartier generale. Era di Udačnyj, e di conseguenza nessuno era interessato a capire di cosa fosse morta. Le piste convenzionali che i colleghi controllavano di routine (triangolazione del cellulare, estratti conto, pagamenti con carta di credito) puntavano tutte nella stessa direzione: malattia, viaggio, morte. Con ogni probabilità neanche sapevano con esattezza dove si trovava l'aeroporto Poljarnyj, cioè a pochi chilometri dalla sua città natale. Al personale amministrativo non era mai arrivata la richiesta di pagarle la pensione e di conseguenza non era necessario interromperne l'erogazione. In pratica, non esisteva nessun motivo concreto per scavare nella sua morte.

Lei non abitava da nessuna parte, non guadagnava, non

aveva un conto in banca, non comprava nulla. Non esisteva più.

Ammesso che alla Seconda direzione del Gru si ricordassero di lei, sarebbe rimasta un'eroica operaia della vigna che aveva servito la patria senza troppo chiasso.

O almeno lo sperava.

Era da molto tempo che elaborava il piano per la propria uscita di scena. Trent'anni, per essere precisi. Aveva messo via i soldi in contanti, in uno zaino. Aveva limato i dettagli.

E non era stata lei a tradire per prima.

L'accordo era che, se avesse ubbidito, avrebbero risparmiato i suoi figli. Invece, nonostante lei si fosse attenuta ai patti, avevano preso di mira Markus. Non avrebbero dovuto farlo. Proprio no.

L'indomani l'aspettava un lungo viaggio. Doveva cercare di dormire. Aveva dieci giorni di tempo.

Le coordinate che aveva ricevuto da Mats Vikander corrispondevano a un punto nei pressi di Mosafer, sul Golfo di Finlandia, a più di diecimila chilometri da dove si trovava.

EPILOGO

WIKING
E
ALICE

Primavera 2021

La terapia per il carcinoma squamocellulare di Wiking fu eseguita al Karolinska di Solna. Era al terzo stadio su quattro.

C'erano diverse metastasi sparse localmente nel sistema linfatico. Il tumore madre non venne mai individuato e, dopo l'intervento chirurgico, fu applicata la dose massima di radiazioni e chemioterapia. Completate le prime quattro sedute di citostatici i valori erano però così bassi che quella parte delle cure venne interrotta. Wiking perse dodici chili, ma non i capelli.

A metà febbraio il trattamento venne dichiarato concluso. Wiking non poteva ancora mangiare e veniva nutrito principalmente attraverso un catetere venoso di mezzo metro che dalla piega del braccio sinistro arrivava vicino al cuore.

Prima che potessero asportarglielo rimase ospite della figlia Elin in Fatburs Kvarngata, dormendo sul divano, per altre sei settimane.

Il 26 febbraio 2021 i fratelli Jonas e Casper Osman vennero rinviati a giudizio per il furto di armi avvenuto nell'agosto del 2020 presso l'abitazione di Johan Björkman a Pålberget, nel comune di Stenträsk. Entrambi furono condannati.

Le indagini della polizia avevano dimostrato che una terza persona era coinvolta nel reato, ma non fu possibile arrestarla.

Nemmeno il caso di duplice omicidio nella pizzeria di Tensta venne risolto. Tuttavia furono trovati degli elementi che lo collegavano all'esplosione di un'auto con esito mortale avvenuta a Spånga all'inizio di marzo. La vittima era il fratello maggiore dell'adolescente sotto il cui letto era stato ritrovato l'arsenale rubato.

All'inizio di aprile, dopo essere rientrato a Stenträsk a terapia conclusa, Wiking Stormberg fu contattato dal suo amico Mats Vikander, che lo incoraggiò a iscriversi a Tinder, se voleva, dichiarandosi interessato a conoscere donne intorno alla cinquantina sulla costa del Norrbotten. Lui rispose secco che non ci pensava nemmeno.

Ma le settimane passarono e nella solitudine del trilocale in Kvarndammsvägen cominciò a essere roso dal dubbio. Era la decisione giusta? Cos'aveva da perdere, che non fosse già andato perduto? La sua serenità, sua moglie, il suo onore?

La vita?

Dovette ricorrere all'aiuto di Mats per inserire sull'app tutti i dati nel modo corretto. Poi venne invitato a verificare quali donne rispondessero ai criteri selezionati e a fissare un appuntamento con almeno tre di loro: non una vera e propria cena in cui si rischiava di restare bloccati per ore ma un drink o un caffè al volo. Una sera uscì a prendere una birra con un'ostetrica di Boden e un pomeriggio si trovò in pasticceria con un'architetta di Piteå. Entrambe erano molto simpatiche e compiacenti, soprattutto la seconda, ed entrambe ci rimasero male quando lui dichiarò che non voleva continuare a vederle. Dopo l'appuntamento a Piteå comunicò a Mats che poteva bastare, e lui gli consigliò di far scorrere il dito nella direzione giusta – non ricordava più se a destra o sinistra – per vedere una consulente informatica di Luleå che a quanto pareva si chiamava Alice Eriksson.

Si incontrarono un sabato per pranzo al self-service di un ristorante cinese. Alice Eriksson, una quarantanovenne trasferitasi da poco a Luleå, aveva capelli corti rosso-castano, occhi scuri e occhiali. Il fisico asciutto, il seno quasi piatto. Forse dimostrava qualche anno in più di quelli che aveva, ma la pelle era liscia e senza rughe e gli occhi grandi e limpidi.

«Lifting al viso, blefaroplastica e botox» spiegò. «Lenti a contatto marroni, filler e un naso più piccolo. E poi mi sono fatta togliere il silicone dalle tette.»

«Bene» disse Wiking. «Erano ingombranti.»

Karin Stormberg venne convocata per il vaccino contro il Covid-19 a metà aprile, ma qualche giorno prima dell'iniezione prese il virus. All'inizio i sintomi non sembravano più gravi di quelli tipici di un'influenza, ma alla terza settimana le sue condizioni peggiorarono e fu ricoverata nel reparto Covid di Sunderbyn. Non venne fatto nessun tracciamento dei contatti, ma un'infermiera del reparto di cardiologia all'ospedale di Stenträsk, che aveva rivendicato il proprio diritto democratico ad astenersi dal vaccino, aveva incontrato Karin Stormberg la stessa mattina in cui aveva cominciato ad avvertire i primi sintomi della malattia. A posteriori, confermò di essere contenta della propria decisione di non vaccinarsi.

Karin Stormberg venne intubata il 15 maggio e al figlio Wiking fu vietato l'accesso al reparto.

Morì una settimana dopo.

La vigilia della festa di Mezza estate Wiking Stormberg presentò al figlio e alla sua famiglia la nuova compagna, Alice. Markus si mostrò poco interessato, lei timida.

Nonostante il lutto recente, andarono insieme ai festeggiamenti della Mezza estate organizzati al Kvarndammsvall con tutte le misure anti-Covid. Tilda Göransdotter, tornata da poco a vivere lì da Arvidsjaur, cantò al microfono, accompagnata dall'orchestra di fiati di Stenträsk.

I giochi intorno al palo di mezz'estate erano quelli tradizionali. Mano nella mano, Wiking Stormberg e Alice Eriksson guardarono i propri nipoti saltellare e scorrazzare in mezzo alle persone danzanti.

Fu quando stavano finendo di ballare al ritmo di *Små grodorna*, la tradizionale canzoncina sulle ranocchie, che Roland Larsson si avvicinò a Wiking Stormberg per dargli la triste notizia: su a Kallmyren un raccoglitore di bacche aveva fatto una macabra scoperta.

Da una pozza di melma era riemerso il corpo della sua defunta moglie.

Roland gli fece le condoglianze, ma disse che in fondo era meglio così, che si fosse arrivati a una conclusione.

Per ragioni evidenti, Wiking sapeva che quella lassù non era Helena.

Doveva essere tutt'altra persona.

Ma questa storia la racconteremo un'altra volta.

Ringraziamenti

A metà degli anni Ottanta sono stata sposata con un ingegnere civile russo.

Le nozze furono celebrate nell'autunno del 1986 davanti alla bandiera sovietica nel municipio di Leningrado.

Era un amico diventato "scomodo", che trovava insopportabile la vita in Unione Sovietica al punto di essere disposto ad attraversare di corsa il confine con la Finlandia anche a costo di essere ucciso dalle pallottole delle guardie.

L'unico gesto umano possibile era sposarlo per consentirgli di uscire.

Perché il matrimonio venisse approvato dal regime dovetti trascorrere parecchio tempo in Urss, durante il quale conobbi cittadini qualunque che lottavano per farsi una vita in condizioni di repressione estrema. La presa di coscienza delle circostanze in cui si dibattevano le persone dietro la cortina di ferro è rimasta una parte di me.

Alla fine, il mio amico si è lasciato alle spalle l'Unione Sovietica. Oggi vive negli Usa.

Sulla storia di Wiking e Vladlena ho rimuginato a lungo. Naturalmente è una finzione narrativa, basata su scenari plausibili.

Non sarei mai riuscita a scriverla senza il grande aiuto di una serie di persone molto competenti.

Prima di tutto voglio esprimere la mia gratitudine a Joakim von Braun e a Christer Olsén per aver così generosamente condiviso con me le loro conoscenze.

Joakim von Braun è scrittore ed esperto di spionaggio. In passato ha lavorato per la Säpo e per l'Ufficio attività d'intelligence umana del Must.

Christer Olsén è un giurista con un passato di agente segreto presso la Säpo e la divisione reti e comunicazioni della Difesa. Per dieci anni è stato presidente dell'associazione Sveriges Öga & Öra, che si occupa di storia dei servizi di intelligence, ed è un apprezzato conferenziere sull'argomento.

Inoltre tengo a ringraziare:

Robert Janeheim, della polizia regionale di Älvsbyn;

Annika Lindh, capo unità della base di sperimentazione Provplats Vidsel;

Stefan Holgersson, professore, Accademia di polizia di Oslo;

Erik Marklund, ingegnere ed esperto di motori turbo, MCXpress, Altersburk;

Ola Österling, commissario di polizia, Stoccolma;

Peter Rönnerfalk, medico, Stoccolma;

Jonas Olsson, ufficio stampa Forze armate svedesi, Stoccolma;

Per Andersen Helseth, comunicatore, Centro di reclutamento;

Mats Samuelsson, funzionario dell'ufficio stampa del ministero degli Esteri;

Thomas Bodström, avvocato;

Anna Laestadius Larsson, scrittrice;

Tove Alsterdal, scrittrice;

Ann-Marie Skarp, la mia editor, e il personale di Piratförlaget;

Niclas Salomonsson, il mio agente, e i collaboratori di Salomonsson Agency.

E, infine e soprattutto: Ronnie Sandahl, regista e sceneggiatore.

Tutti i titoli elencati si riferiscono al momento in cui si sono svolte le interviste.

Le informazioni e lo spunto sull'operazione della Säpo chiamata Così fan tutte, messa in atto nella city di Stoccolma la notte in cui venne assassinato Olof Palme, sono tratti dall'articolo di Jan Almäng pubblicato sulla rivista online *Kvartal* il 29 ottobre 2021.

L'opera dallo stesso titolo con la direzione di Lawrence Renes è stata portata in scena alla Kungliga Opera nel 2016.

Il K4 di Arvidsjaur è stato ripristinato come reggimento a sé stante solo nel 2021, mentre nel romanzo viene dato per esistente.

Voglio inoltre sottolineare che in questo libro il nuovo nome della polizia di Järvafältet entra in uso un paio di mesi prima di quanto sia accaduto nella realtà.

Per chi desideri approfondire il tema delle spie e degli agenti infiltrati sovietici consiglio le seguenti letture:

Grundkurs i sovjetisk underrättelsetjänst samt Rysslands civila underrättelsetjänst 1991-2020 di Joakim von Braun;

Inside Soviet Military Intelligence di Viktor Suvorov;

Spioner emellan di Tore Forsberg e Boris Grigorjev.

Gli eventuali errori sono assolutamente intenzionali.

Stampato da
Grafica Veneta s.p.a., Trebaseleghe - PD
per conto di Marsilio Editori® in Venezia

«Farfalle Marsilio»
Periodico mensile n. 393/2024
Direttore responsabile Giuseppe Lupo
Registrazione n. 1334 del 15.06.1999
Tribunale di Venezia
Registro degli operatori di comunicazione-ROC n. 6388

EDIZIONE	ANNO
10 9 8 7 6 5 4 3 2 1	2024 2025 2026 2027 2028